漫時光

女將星

卷三

千山茶客——著

高寶書版集團

目錄
CONTENTS

第三十六章 同居 005
第三十七章 冬雪 035
第三十八章 奸細 060
第三十九章 驚變 086
第四十章 歸來 113
第四十一章 無情之人 139
第四十二章 少年 165
第四十三章 舊友 193
第四十四章 醉酒 219
第四十五章 濟陽 246
第四十六章 月亮 285
第四十七章 假夫妻 313

第三十六章　同居

禾晏因要照顧宋陶陶，馬車走得慢，比來的時候要多費些時間，等到了涼州衛，已經是傍晚。

沈瀚一行人早已在衛所外的馬道上等著，等馬車停下，沈瀚見肖玨下車，方才鬆了口氣。此去涼州城，肖玨在那頭做什麼，他們也沒收到信件，幾日下來，心是懸著的，生怕情況有變。眼下看來當是順利解決，沈瀚正要說話，就聽到一旁的梁平道：「這……這怎麼還有個姑娘？」

姑娘？但見前面那輛馬車上，跳下來一個十五六歲的粉裙小姑娘，玲瓏可愛，花容月貌。再看一邊的禾晏，神情懨懨地打了個呵欠，不太精神的樣子，沈瀚心中大驚，都督此去涼州，帶回來個姑娘，這是決定要與禾晏劃清干係了？

不過當著禾晏的面這樣做，未免太過無情。

他正想著，又聽見身後傳來少年快樂的聲音：「舅舅、大哥，你們總算回來了！」

跟兔子一樣蹦過來的，正是程鯉素，他身邊跟著的是一身白衣，清麗絕俗的醫女沈暮雪。程鯉素過來，先是對沈瀚不滿地道：「沈教頭，舅舅回來了，你怎麼也不與我說一聲，要不是我自己聽到，豈不是不能為舅舅接風洗塵？」

「大哥，我看你安全回來，此行應當十分順利，袁寶鎮那傢伙走了吧？我就知道你能行……嘎？」他本來愉悅的表情在看到宋陶陶的時候破裂成風，語調剎那間變得刺耳，跳起來指著宋陶陶質問：「宋二小姐，她怎麼在這裡？」

「你那是什麼表情？」宋陶陶皺眉。

「我們在涼州城裡遇到了宋姑娘，」禾晏笑道：「也是巧合，宋姑娘會暫且在衛所住上一段日子。」她沒有細說遇到宋陶陶究竟是怎麼回事，替宋陶陶遮掩過了。

「大哥，」程鯉素不敢置信地看著她：「我讓你幫我躲袁寶鎮，省得被他抓回去成親。你卻直接將她帶到我面前？你這是害苦我也！」

「程鯉素，」宋陶陶聽不下去，站出來一叉腰，朝他氣勢洶洶地吼回去：「你當我很想看到你？實話說吧，我就是因為逃婚才到涼州城的，若不是遇到肖二公子，我才不會過來。你不想與我成親，我還看不上你呢！一個廢物公子，妄想與我相配，我看你是做夢娶西施——想得美！」

論伶牙俐齒，程鯉素實在不是宋陶陶的對手，此刻格外懊悔平日沒有多看些書，竟連罵人都沒有什麼好句子。

「……妳這個潑婦！」他只能很沒有氣勢地道。

「那也總好過你這個廢物。」宋陶陶回他一個白眼。

這倆冤家活寶就在此地吵了起來，梁平只能站出來做和事佬：「程公子，都督他們趕了大半日路，此刻定然乏累，先讓他們回去休息片刻，用過飯食再說可好？」

有人來遞臺階，程鯉素當然要下，就道：「我不與妳計較，我心疼我舅舅和大哥！」

總算是暫且將眼前的局面緩和下來。

一直沒出聲的沈暮雪走到肖玨面前，道：「二公子，之前送回來的密信裡，說有人受傷了，是……」

這幾人看起來都是如常。

肖玨瞥禾晏一眼，禾晏便道：「是我！」

沈暮雪：「……你可有什麼不適？」

「都是些皮外傷罷了，」禾晏笑道：「勞煩沈姑娘替我尋些治外傷的膏藥，上次那種就很好。」

宋陶陶聞言，詫異地看向她：「禾公子，你受傷了？」她沒見著禾晏受傷的時候，還以為什麼事都沒發生。

程鯉素將禾晏拉走，防賊似地盯著宋陶陶：「潑婦，妳離我大哥遠點！」

兩人又吵起來。

禾晏：「……」

少年人的精力，真是令人羨慕。

等回到衛所裡頭，各自先歇息了一陣，用過了飯，天色已然全黑了下來。

沈瀚對肖玨道：「都督的房間，我日日打掃，今日換了乾淨的被褥，都督只管住就好。」

肖珏愛潔幾乎到了偏執的地步，是以沈瀚早就做了周全準備。

肖珏點頭，就要走進去，禾晏一把扯住他的袖子：「且慢！」

這是要說悄悄話了？沈瀚心裡沉思著，此等情景，實在不宜他這個外人參與，便道：「都督，要沒什麼事的話屬下先走了。」也不等肖珏回答，就匆匆離開。

禾晏推著肖珏進了屋子。

肖珏冷道：「何事？」

「都督之前答應我的事忘記了？你可是封雲將軍，說話可要算話。」

「我說過什麼？」肖珏平靜地看著她。

這人想賴帳不成，禾晏急了，「回來之前你我不是說好了，要重新為我安排屋子，我不住通鋪，否則沐浴換藥都不方便。」

肖珏還未回答，又一個聲音響起，「不就是換屋子嗎？哪裡用的上他，我也可以幫你！」

二人回頭一看，卻是程鯉素跑過來。程鯉素與肖珏的屋子本就挨著，中間還有一道中門，將大宅子隔成兩間。平日裡程鯉素被迫抄書，肖珏看書的時候順帶看著他，那道中門也就沒有關。此刻程鯉素從他的屋子跳過來，簡直熱絡過了頭。

「大哥，我這屋子你瞧著如何？」

禾晏：「嗯？」

「你若覺得我這間屋子還不錯，我就與你換個房間。」程小公子迫不及待地道：「今夜就搬，我現在就去收拾行李！大哥你覺得怎麼樣？」

禾晏有點發懵，肖玨擰眉看向自己這位慣來與尋常人不在一條道上的外甥，問：「你搞什麼鬼？」

「舅舅，」程鯉素哭喪著臉道：「誰叫你們把那個潑婦也帶回來了。我剛問了梁教頭，那宋陶陶暫且與沈醫女住一起，就離咱們這十幾步，我若是住在這裡，豈不是日日都要看到她？我如今一看到她就頭暈眼花，還是別了。既然大哥也想換個屋子，我與大哥換一換就行了。宋陶陶什麼時候走，我們就什麼時候再換回來。」

禾晏：「好啊！」

肖玨：「不行。」

程鯉素對宋陶陶的不喜超過了對舅舅的敬畏，只當沒聽見肖玨的話，歡歡喜喜的回頭去收拾東西，肖玨怒道：「你給我回來！」伸手欲將他拎回，被禾晏擋住。

程鯉素趁機跑遠了，「哐噹」一聲，還把中門給關上。

肖玨：「程鯉素！」

「那麼凶小心嚇到孩子，」禾晏笑盈盈地看著他：「都督，程小公子都答應了，你情我願的事，你在這橫插一槓，像什麼話？」

這話說的，像肖玨是個棒打鴛鴦的無理取鬧之人。

肖玨冷笑：「妳憑什麼？」

「就憑我……與做都督深愛的女人只有一顆紅痣的距離。」禾晏笑容滿面地看著他。

屋子裡頓時寂靜幾分。

肖玨嫌棄地移開目光：「禾大小姐，妳不會真的想留在涼州衛？」

「關於這件事，我從未說謊。」禾晏收了幾分笑，鄭重其事地開口，「不僅如此，我也是真的想進九旗營。」

「妳休要得寸進尺。」

「我從來見好就收。」禾晏道：「都督，我只需要一個證明自己的機會，證明我並非奸人，也證明我值得你收為心腹。」

肖玨哂笑：「大言不慚。」

「你連機會都不給我，豈不武斷？」

「妳？」肖玨上下打量她一眼，淡淡開口：「在涼州衛撐得了幾時？」

「比你想像得更久。」

「妳是女子。」

「我不會被人發現。」

「我不會替妳遮掩。」

禾晏聞言，笑了：「你想說的，就是這句話吧。」

肖二公子高貴冷豔，不近人情，要為她一句話替她鞍前馬後的遮掩真相，想想也不可能。但禾晏的身手確實超群，大抵真要放棄，肖玨也有些猶豫。畢竟在肖玨看來，是男子和是女子，其實沒那麼重要，重要的是有沒有能力，夠不夠出色，值不值得留下來。

「做不到就離開。」他的回答一如既往的無情。

「一言為定，」禾晏道：「我憑藉我自己的本事留在這裡，進九旗營也好，立功也好，保管不讓都督操一分心。」

肖玨定定看著她，半晌，他挑眉問：「妳真想進九旗營？」

「當然！」

「可以，」肖二公子勾唇道：「給妳一月養傷時間，一月後，妳的日常武訓，與九旗營武訓同量。」似是怕禾晏不清楚，又補充一句：「九旗營武訓訓量，是妳如今的三倍。」

禾晏：「……」

肖玨，好狠心的男人。

「受得住，就留下，受不住，就滾出涼州衛。」他似笑非笑地盯著禾晏，清眸深深淺淺，帶著淡淡嘲意：「禾大小姐，妳堅持得住多久？」

禾晏回他咬牙切齒的笑容。

「……都督，來日方長，您等著瞧。」

總算將屋子安頓好了，禾晏也得回之前的通鋪房裡收拾東西，順便見見兄弟們。等到了通鋪房外，還沒走進去，靠著門口的小麥遠遠就發現她了，喊道：「阿禾哥，你回來了！」

誰，這一嗓子，把裡頭的人都喊了出來。一時間人人都從屋裡探出腦袋，有膽子大些的先擠到禾晏身邊，問他：「禾晏，你跟肖都督一起回來的？怎麼樣，這次去可有收穫？涼州城裡好玩兒嗎？你們都幹嘛去了？」

「去去去，別都擠這兒，」洪山將他們趕走，讓禾晏進屋來，「你回來的正好，人都在，剛還在說怎麼還不到，阿禾，我瞧著你這趟去瘦了點兒，沒吃虧吧？」

「沒。」禾晏說著，一腳踏進屋子，發現屋裡還挺熱鬧，王霸、江蛟、黃雄他們都在。江蛟道：「我們聽說肖都督回來了，估計你快到了，就先在這裡等你。」

禾晏在榻上坐下來，感嘆道：「還是回來好啊。」

孫家的床倒是又軟又綿，但一想想那院子裡埋葬了那麼多女孩子，便覺得格外陰森恐怖。這地方雖然床板又硬，被子又薄，可人心敞亮，睡著踏實。

「你這番去，和肖都督關係可有改善？」黃雄問。

之前因為前鋒營點了雷侯一事，禾晏對肖玨怨氣沖天，此次與肖玨同行去涼州城，洪山他們都怕禾晏忍不住中途與肖玨打起來。

「還行吧。」禾晏含糊道。

王霸嗤笑一聲，幸災樂禍地開口：「看他樣子就不怎麼樣，真要不錯，怎麼空手回來了，也不賞點東西？」

正說著，外頭拖著三大箱行李的程鯉素已經到了，站在門口問禾晏：「阿禾哥，我可以進來了嗎？」

「進來吧。」

程鯉素一進來，就被屋子裡滿滿當當的人嚇了一跳，道：「這麼熱鬧？夜裡睡覺不會吵吧？」

小麥瞪大眼睛：「這是何意？」

禾晏笑了，慢吞吞地道：「此去涼州，我立下大功，都督甚是欣賞，決定讓我與程公子調換房屋，程公子住這裡，我住都督比鄰而居，以示嘉獎。」

眾人呆住。

「這小子說的是真的？」王霸問程鯉素。

「真的。」程鯉素像模像樣的朝其他人一拱手，「日後就請諸位大哥多多關照了。」

屋子裡如煮沸了的水，登時熱鬧起來，大家七嘴八舌地追問禾晏。

「你立什麼功了？你們出去幹啥大事了？」

「就給換個房間沒給別的賞金麼？也沒讓你進前鋒營？」

「禾晏你是不是要升官兒了？升官兒了能不能帶帶兄弟們？」

禾晏這頭被簇擁著彷彿打了勝仗的將軍，那頭，沈瀚剛剛得知了肖珏此去涼州城裡的全部經過。

「孫祥福在涼州上任八年，民不聊生，」沈瀚嘆息道：「種什麼因得什麼果，如此下場，是他自己活該。」

他在涼州幾年，對孫祥福父子的斑斑劣跡也有所耳聞，可他不是監察御史，亦沒有肖珏神通廣大，只能忍氣吞聲。如今肖珏將孫祥福父子連根拔起，又讓袁寶鎮栽了個跟頭有苦說不出，實在大快人心。

「都督此去涼州，是否已經將禾晏的底細打聽清楚？」沈瀚猶豫片刻，還是問了出來。他有些看不明白如今禾晏與肖玨是什麼關係，若說好，肖玨分明還是防著禾晏，若說是不好，剛剛得了程鯉素的吩咐，說禾晏日後就住程鯉素的屋子。

那不就是挨著肖玨住嗎？若非關係親密者，如何能走到這地步？

莫非他們舊情復燃？可看肖玨的樣子，又不像。沈瀚自己打光棍打了多年，於情之一事，實在一竅不通。但也聽過情絲難斷的說法，或許就是眼下這種情況？

「算是吧。」肖玨道。說起來，軍籍冊上禾晏寫的家中情況，倒是不假，的確是有個城門校尉爹，年紀相仿的兄弟，只是少年郎卻是女兒家，說出來令人難以置信。

「他……算自己人嗎？」沈瀚小心翼翼地問。

「暫且當做自己人也無妨，」肖玨垂眸，「不過，無需事事告知。」

沈瀚心裡大概有數了，就道：「屬下明白。」

「我有件事要你去做。」他道。

禾晏好不容易回答了兄弟們的問題，再回屋的時候，已是夜裡。

肖玨不喜嘈雜，住的地方頗為清淨。禾晏進去的時候，還有些不習慣。乍然從十幾人擠一間的通鋪房變成屬於自己的屋子，讓人以為是自己在做夢。程鯉素這般講究的少爺，臨走時還不忘幫他將房間裡的薰香點上。

淡香縈繞在鼻尖，令人很是放鬆，禾晏在床上躺下來試了試，如躺在一團棉花上，即刻便覺昏昏欲睡，她想，果真驕奢淫逸，睡在這種床榻上，每日睡到日上三竿不足為奇。

她又瞥見那道中門。

中門外以珠簾掩住，掀開珠簾就是門，門後就是肖玨的屋子。肖玨大約是為了監督程鯉素日日功課，不過眼下這門卻是關著的。禾晏嘗試著輕輕推了推，沒推開，不死心的重重一推，仍舊巋然不動。

肖玨居然將這門從那頭鎖上了。

禾晏心道，這嚴防死守的，不知道的還以為他才是女子，而她是個夜裡會採人香閨的採花大盜。肖二公子還真是容不得半點沙子進眼，有這種必要嗎？

肖二公子的心思，真是神鬼難測。

屋子裡的正中擺著一只大木桶，木桶裡是熱水，禾晏走過去，將手指放進去試了試，水溫正好。這大概是沈瀚準備的，他們今日趕路趕了一身塵土，是該好好洗洗。總算不必去五鹿河泡冷水，禾晏很滿意，正要脫衣服，忽然想到什麼，看向那道中門。

差點忘了這裡還有一道門。

中門的兩邊都有鎖，無論哪邊鎖上，另外一頭都無法打開，除非兩邊一齊打開。肖玨將他那邊鎖上了，禾晏也得將自己這邊鎖上，否則萬一洗到中途肖玨突然不知哪根筋不對想過來，豈不是將她看得一乾二淨？

雖然這樣做的下場，極有可能是肖二公子覺得汙了他尊貴的眼睛拂袖而去就是了。

禾晏將中門鎖好，才接著沐浴換衣裳，待換好衣裳，她將木桶裡的水拖出去倒掉。最後回到屋子，坐到榻上。

沈暮雪已經將包紮用的傷藥送來，就放在床邊的小几上，因著有前次的「冰清玉潔只為未婚妻」之說，這回連幫忙上藥都懶得提了。禾晏對著鏡子，將布條拆開，裡頭的藥換掉，正準備重新換上新的布條時，看見旁還有一個玉色圓盒。

這圓盒很小，不及人的掌心大，差點被她忽略了，禾晏拿起來一看，上頭寫著「祛疤生肌」，禾晏一怔，片刻後搖頭笑了。

還是姑娘家心細，只是這也太過周到了，沈暮雪還真是良善，對一個小兵都如此體貼。只是尋常男子，受了傷便受了傷，又不是小倌館中的生意人，哪裡在意這些。

禾晏本該如此想的。

但就在她要將盒子放回去的時候，突然間，眼前又浮現起那個夜裡，紅燭落淚，芙蓉帳暖，那隻溫暖的手在摩挲到她背上的傷疤時陡然僵硬，她尚且還在惴惴如何將編好的謊話騙過她的夫君，眼前的男人卻若無其事地吹滅蠟燭，避開了那個話頭。

他依舊溫柔，她卻陡然間無地自容。這比任何的話語與眼光還要來得傷人。

冰涼的藥膏擦拭在傷口處，有點疼，也有點癢。她在心裡問自己，妳真的不在意嗎？

不是的。

她在意的要命，縱然重來一次，也難以釋懷。

禾晏將布條重新纏好，將那只玉色的盒子放在枕頭下，滅了燈，在榻上躺下來。

這屋子裡安靜而溫暖，沒有通鋪兄弟們嘈雜如雷的鼾聲，也沒有半夜伸過來橫在她身上的腿，本該倒頭就睡，一覺天明的，不知為何，她卻有些心亂如麻，難以入睡。

或許，她本不該想到從前。

第二日一早，禾晏照常卯時起，她如今住在肖玨住的院子這頭，與其餘小兵們離的遠，離演武場也遠，還得提前早點去。等先去領了饅頭往演武場去的時候，遇到了沈瀚與梁平一眾教頭。

禾晏與他們打招呼。

梁平瞧著她意氣風發的模樣，心裡酸溜溜的，他做教頭的，還沒一個小兵升的快，看看，這才多久，就能挨著都督住了。不過是出去了一趟，何以就得了都督另眼相看。孫祥福父子的事沈瀚都與他們說了，但禾晏在其中究竟出了什麼力，立了什麼功，卻是不得而知。梁平心裡仰天長嘆，他也好想立功，好想得都督另眼相看，好想挨著都督住啊！

「禾晏，你來的正好，我有話跟你說。」沈瀚對她招了招手。

禾晏跑過去，沈瀚打量她一下：「都督昨日與我說你受了傷，一些激烈的訓練暫時不便參加。如馬術弓弩一類的暫停，這幾日我們練的時候，你可找些適合你的訓練。」頓了頓，他又道：「不過不可偷懶，日日都要來演武場，早上的行跑也不可落下！」

「明白！」禾晏道，心中卻想，肖玨還挺好心的，她這傷雖然是皮外傷，但好歹在腰背處，若是一直如從前那般訓練，反反覆覆，很難好。

她前生就是如此，舊傷未癒，便要帶兵東奔西走，傷口遲遲不好，渾身上下都落下頑固舊疾，縱然後來恢復女兒身，不再像從前那般風吹日曬，但一到雨季，或是寒冷冬季，傷口就會隱隱泛疼，難以舒緩。

不是不可以忍耐，但如果能夠不這麼勉強，當然最好。

她謝過沈瀚，再往演武場那頭去。今日練的是刀術，倒勉強可行，禾晏自之前在演武場臺上與黃雄切磋過，旁人都知道她刀術超群。她性情又好，但凡有人詢問，總是笑咪咪地耐心回答，比黑臉教頭親切多了。因此小兵們但凡有何困惑，總要找她商量。

禾晏正被一名小兵扯著指點刀法，突然間，有個脆生生的聲音喚她：「禾大哥！」

轉頭一看，竟是宋陶陶。

涼州衛裡，只有沈暮雪一個年輕姑娘，被涼州衛眾人奉為仙子，不敢褻瀆。如今不知何時又來了一個，年紀瞧著還比沈暮雪小一點，雖然不及沈暮雪清麗脫俗，卻勝在嬌憨可愛，如春日綻開的小花，枝蔓都帶著細碎的芬芳。

她紮著雙髻，提著裙擺跑到禾晏身邊，無視周圍小兵們火熱的目光，只看著禾晏問：「我昨日聽沈姑娘說，你傷的不輕，可好些了？」

禾晏：「……」

到了涼州衛，宋陶陶與沈暮雪住在一起，眾人也就沒有刻意去關注她，赤烏和飛奴也不能成天守著個小姑娘不幹正事。因此竟沒注意這姑娘什麼時候跑到演武場來了，居然還一眼就看到了禾晏。

禾晏笑道：「多謝宋姑娘掛懷，只是一點小傷。」

「這怎麼能算小傷？」宋陶陶扯著她的袖子：「我再讓沈姑娘給你瞧瞧。」

不必說，禾晏也能感覺到周圍的人看自己的促狹神情，一邊的梁平臉都要青了。公然拉拉扯扯像什麼樣子！他梁平活了快三十年都是光棍，禾晏在這膩膩歪歪做給誰看？只是宋二小姐他惹不起，只好怒視著禾晏，示意禾晏趕緊把宋陶陶支開。

禾晏正要開口，又聽到一聲怒喝：「宋二小姐，妳跑到這裡幹什麼！」

禾晏一聽這個聲音就頭疼，程鯉素跟嗅著腥味的貓似的，循著宋陶陶就來了，見宋陶陶抓著禾晏的袖子，氣得立刻將他們二人分開，怒道：「妳別接近我禾大哥！我禾大哥已經有未婚妻了！」

宋陶陶先是驚訝地看著禾晏，再看到一旁朝她得意洋洋的程鯉素，沉思片刻後，冷笑一聲：「未婚妻又如何？訂了親也能退，我還是你未婚妻了，有什麼意義嗎？」

程鯉素如遭雷擊，後退幾步。

周圍的人亦是瞠目結舌。

禾晏與程鯉素是結拜兄弟，宋陶陶是程鯉素的未婚妻，禾晏亦是有婚約在身，宋陶陶卻獨獨對禾晏另眼相待，這是多麼扣人心弦一波三折跌宕起伏驚世駭俗的故事！

如果此刻有個洞，禾晏應當頭也不回的就順著洞鑽進去了。

她無力地申辯道：「我不是……我沒有……」

好好的演武場，因為宋陶陶的和程鯉素的出現亂成一團。禾晏一個腦袋兩個大，在梁平的目光下，好說歹說，才將宋陶陶二人勸走。人雖走了，卻留下她一個人面對眾人各異的目光。

洪山拿手碰碰禾晏的胳膊，低聲問：「那個是，程小公子的未婚妻？」

禾晏點頭。

洪山用複雜又佩服的目光看她，道：「阿禾，是我小看你了。」

禾晏：「……你莫要多想。」

但顯然不只是洪山一人這般多想，等操練結束，眾小兵立刻圍上前來，七嘴八舌地問她究竟與宋陶陶是什麼關係，還有人酸氣薰天地道：「那就提前賀喜禾公子了，看來過不了多久，咱們涼州衛就能出位宋大人的乘龍快婿。請問禾公子準備何時請我們吃喜糖？」

禾晏：「莫要亂講！姑娘家的清譽豈是你們一張嘴能詆毀的？」

「那有什麼？」那人渾不在意地開口，「我看宋二小姐滿意你的很。」

江蛟從另一頭經過，看了禾晏一眼，目光如刀，簡直像是恨不得在她身上剜出一塊肉來，哼了一聲拂袖而去。禾晏愣了一下，下意識地問：「江兄這是怎麼了？我沒招惹他吧？」

江蛟素來傲氣，性情卻好，雖比禾晏年長，但每次在槍術上與禾晏討教時，也十分謙虛。還鮮少如此這般給禾晏臉色看。

王霸鄙夷道：「你給你兄弟戴綠帽，折辱誰呢？小江能給你好臉色？長點心吧！」

禾晏：「……」

說的也是，江蛟自己的未婚妻與人私奔殉情，生平最恨此事發生，大抵看著程鯉素就想到自己，禾晏就是那奪人妻室的混帳。

「我給誰戴綠帽了？」禾晏陡然反應過來，「我根本沒有……」

她話還沒說完，另一邊有人叫她的名字：「禾晏！小禾！」

「教頭叫我，」禾晏道：「我先走一步。」

叫禾晏的，是之前與禾晏比試騎射的三個教頭之一，叫馬大梅的老頭兒。這老頭和藹地朝她招了招手：「小禾，聽說你此次跟都督去涼州城，受傷了？」

「只是小傷而已。」禾晏笑道。

「可不能勉強，你如今年紀還小，落下病根就不好了。」馬大梅很熱心地道：「你先去用飯，飯後到這裡來找我。」

禾晏問：「教頭可是有什麼事？」

「當然是好事，」馬大梅居然還很神祕，「到時候你就知道了。」

想不出什麼眉目，禾晏便先去用了飯，放飯的小兵得了沈瀚的命令，知道禾晏如今帶傷，多給了一個饅頭，禾晏就地吃完，便按馬大梅說的，到了演武場練兵的地方。

天氣漸涼，到了深秋，天早早的就暗下來。等到了演武場，禾晏就見已經有十幾人站在此處，皆是涼州衛的教頭。馬大梅朝她招手：「哎……小禾，這裡！」

禾晏走上前去，杜茂與梁平也在，梁平看了他，詫異道：「你怎麼把他叫上了？」

「我聽總教頭說，小禾受傷了，帶他一起去也好，梁平你別這麼小氣。」馬大梅湊近梁平，低聲道：「我看總教頭關照這小子的很，沒準升的比你我都快，賣個好，日後總沒有壞處。」

梁平看著這老頭一臉精明的賊笑，憤然道：「你把我當成什麼人了！我……我可不會討好他！」

「你不會我會，」馬大梅懶得理他，越過梁平，過來攬禾晏的肩，笑咪咪道：「少年郎，走吧。」

「走？」禾晏奇道：「去哪？」

這麼多教頭是要幹嘛？縱然是夜裡訓練，人也不齊，他們莫不是背著肖珏打算喝酒去？禾晏從前在撫越軍裡時，手下的副總兵參將也經常背著自己喝酒。不過帶著他一個小兵，禾晏有點受寵若驚。

「別問，」馬大梅又是那副神祕的笑意：「到了就知道了。」

禾晏一頭霧水，卻不好拒絕對方一片好意，估摸著不是博戲就是喝酒，便沒有拒絕，同這些教頭交好，指不定日後肖珏考量她能否進九旗營時，還能多點籌碼。

「好啊。」她當即笑著應了。

這一行人沒有騎馬，往白月山山上走去，這條路並非之前爭旗時走的那一條，是一條小道，諸位教頭興致勃勃，一路談論近來操練新兵，哪個新兵又出色，再過些日子冬日到了，涼州下雪，今年的柴火夠不夠足。

禾晏正默默走著，聽得有人道：「杜教頭，你那位親戚雷候，近來在前鋒營很是威風啊！」

一聽到這個名字，禾晏耳朵立馬豎了起來。

當日爭旗之後，肖玨點了雷候進前鋒營，除此之外，還有白月山其餘表現優異的新兵，加之涼州衛之前的人馬，一共千人。禾晏縱然不滿，但很快又跟著肖玨去涼州城裡，回來的時候，得知關於前鋒營的訓練，已經開始一陣子了。

不過，令她奇怪的是，前鋒營新兵們的訓練，如她過去所知的一樣，依舊是突襲衝鋒，並非肖玨所說的「三倍訓練量」，禾晏心中生出一個猜想，或許肖玨挑選進九旗營的新兵，和挑選進前鋒營的新兵，本就是兩件事。

但這事她也不能直接去問肖玨，因此此刻只是繼續關注著那頭的動靜。

「不敢當不敢當，」杜茂聽聞誇讚自家親戚，有些得意：「我當年見他的時候，這小子才剛會走路，抱著我的刀不撒手，如今也這般大了，很有些我當年的風采，哈哈！」

「你要不要臉了？」梁平側目，「當大夥兒沒見過你當年是什麼模樣似的。」

「哎，此言差矣，」另一名教頭道：「如今這雷候進了前鋒營，又如此出色，前途無量，我看日後掙個功勳不在話下！咱們老杜雖然不行，可他姪子行，也不差嘛！」

「去你娘的！」杜茂笑罵。

大概是禾晏望向那頭的目光太過明顯，走在她身側的馬大梅注意到了，還以為她在不忿自己沒進前鋒營一事，就道：「少年郎，以後的路還長。你雖然不曾進前鋒營，日後未必就比雷候差。眼光放長遠些，莫要拘泥於眼前。」

禾晏轉頭，正要說什麼，老頭一拍她肩膀，道：「你看，到了！」

這裡離山腰還有一段距離，白沙翠竹，月光如雪，叢林掩映間，有嫋嫋熱氣騰起，暖而輕，彷彿水墨留白，如置身畫中。

「怎麼樣？」馬大梅呵呵一笑：「我沒有騙你吧？」

「這裡竟有溫泉？」禾晏喃喃道。

梁平看她一眼，哼道：「要不是你受了傷，才不帶你來。」

「等等，」禾晏一臉警惕，「你們帶我來這裡，不會是要我泡溫泉吧？」

「當然！」旁邊一位長相略為斯文的教頭聞言，文縐縐地吟了一首詩：「一了相思願，錢喚水多情；騰騰臨浴日，蒸蒸熱浪生。渾身爽如酥，袪病妙如神；不慕天池鳥，甘做溫泉人。溫湯療病，這可是好東西！」

「不錯，」馬大梅道：「你既受了傷，下去泡一泡，對你有好處。」

禾晏尷尬地往後退了一步，「不……我沒帶乾淨衣服，還是算了吧。」

「沒事啊，我多帶了一件，可以給你穿。」杜茂道：「洗過的，不髒。」

「我怕水。」禾晏繼續後退。

「這水池站起來才到胸前，我們看著，有甚好怕？」梁平不耐煩。

「我……我……」禾晏絞盡腦汁想要編個合理的理由，冷不防後腦勺撞到一個人，回身一看，竟是肖玨。

年輕男子一身墨綠雲繡錦袍，月色下髮絲如墨，以玉簪冠起，清姿明秀，俊美無儔，挑眉看向她。

他本就生的出色，站在幽景中，襟韻灑落如晴雪，秋月塵埃不可犯。

禾晏：「都督？」

「都督！」這是杜茂他們叫的。

「都督也來泡溫泉？」禾晏震驚，肖玨竟然和這些教頭一起泡溫泉？畫面實在難以想像。

肖玨將她往旁邊一帶，伸手撣了撣方才被她碰到的地方，十分嫌棄的樣子。禾晏只聽馬大梅解釋道：「這裡有兩處溫泉，挨得不遠，一處小一些的，平日裡都督用。這處大的，就我們來泡。」

「都督這是已經泡完了？」杜茂問。

肖玨點頭：「不錯。」

「那我去那邊泡！」禾晏急忙開口，話音剛落，就見周圍的教頭不約而同的向她望來。

「我……我的意思是，反正都督已經泡過了，那一處溫泉小些，我自己泡就行了……反正閒著也是浪費不是……」

「梁平。」肖玨平靜開口。

「在在在！」梁平罵道：「禾晏，都督的溫泉，那是你能碰的麼？還不快過來！你這下怎麼不怕水了？就不怕一人在裡頭淹死沒人發現！」

這便又回到最初的話頭了，禾晏背對著諸位教頭，轉向肖玨，低聲急道：「你倒是說說啊！」

肖玨雙手抱胸，好整以暇地看著焦灼的她，慢悠悠道：「我說過，不會幫妳掩飾。」

「那我也不知道他們會帶我來溫泉啊！」禾晏氣死了，「再這麼下去，我就只有與他們打一架才能脫身了。」

「哦，」肖玨饒有興致地點頭：「那妳就好好打吧。」

他轉身要走，禾晏咬牙道：「你就不怕我把你腰間的紅痣說出去？」末了，自己也覺這話說的無力，肖玨本就不是真的被她這話威脅。

果然，這人只笑了一聲：「隨便妳。」

「肖玨！」

年輕男子眉眼俊俏英氣，眸若秋水盛開漣漪，似有冷淡笑意，說出的話卻沒有一絲一毫的溫柔，帶著戲謔的冷漠。

「騙子，」他道：「妳要是被發現了，怎麼辦？」

說完這話，他便不再理會禾晏，逕自轉身離開了。

「肖……」禾晏話還沒說完，就被人攥住胳膊，是實在看不下去的梁平，他氣惱道：「你磨磨蹭蹭幹嘛呢？我說你這小子別得寸進尺啊，帶你來泡溫泉就不錯了，衛所裡幾萬新兵就帶了你，你還想去都督那邊泡，膽子也忒大了！」

禾晏掙扎開他，笑道：「我其實根本就不想泡……」

又一隻手來抓他的肩膀，對其他人道：「這傢伙看著也是眉清目秀，怎的這般邋遢，見點水跟要命似的。」

「我……」

馬大梅笑呵呵地看著她：「少年郎，你這是沒泡過溫泉吧，不必害怕，泡一泡，就知道其中的好處了。」

禾晏心道，這樣下去可不行，看來唯有與他們交手逃跑才是，至於之後，隨意編個理由混過去吧。她正要動手，冷不防有人竄到她背後，一腳踢來。

這一腳其實並不怎麼重，但因禾晏正被梁平和杜茂拉著，身子不平，如此一來，便被這一腳踹進泉水裡了。

「噗通」一聲，岸上的，水裡的人，登時大笑起來。

「哎！」那踹他一腳的罪魁禍首站在水邊，笑得很開心：「小兄弟，助你一臂之力，不必感謝我了！」

禾晏從水裡冒出個頭，甩了甩一腦門的水珠，心裡破口大罵，誰要感謝他！

剩下的幾個人看見禾晏進了水，紛紛脫掉衣裳進了水中，也是真的坦坦蕩蕩，禾晏驚得立刻掉頭，只覺得滿眼都是白花花的肉。

山中泉水，溫暖輕盈，裹在身上，舒服熨帖極了，只是此刻的禾晏，實在無心享受。一來她如今懼水，縱然泉水不深，也心中慌亂，二來進來容易，出去就難了。雖然泉水中霧氣蒸騰，她身子沒入水中，暫時不會被發現女子身分，可一旦出水，衣裳貼著身體，只要眼睛不瞎，都能看得出來。

何況這群漢子戲水戲的開心，誰知道等下會不會又「大發好心」，讓局面更加難以收拾。

實在是越怕什麼越來什麼，她離人群遠些，一人孤零零的泡著，一眼就被眾人注意到了。那個將她踢下去的教頭道：「喂，你怎麼不脫衣服？既然下來了，穿著衣服泡你不難受嗎？」

「不必，」禾晏勉強笑道：「我喜歡穿著衣裳泡。」

這愛好有些異於常人，其餘教頭面面相覷，有人盯著他「嘿嘿」笑道：「這傢伙不是害臊了吧？」

一語激起千層浪，這下，其餘教頭就說開了。

「不能吧？我瞧著他素日裡不像是會害臊的性子啊！」

「我看有可能，這小子生的跟姑娘似的清秀，指不定私下裡也是如此。」

「那可不行，涼州衛的兒郎怎能如此扭扭捏捏，不如今日就叫我們來好好調教一番，盡到教頭應盡的職責。」

說罷，幾人就朝禾晏游來。

禾晏驚道：「……你們想做什麼？」

「當然是訓練新兵了！」杜茂笑道：「日後打起仗來若要走水路，你如此不合群，豈不壞我們大事？」

走水路是需要這樣的嗎？禾晏轉身就游。

她不游還好，一游，似是覺得有趣，其餘教頭紛紛過來，一瞬間，禾晏覺得自己彷彿成了蹴鞠的那個球，大家爭先恐後，四面八方來堵她。溫泉裡霎時間熱鬧起來。

若是換個場所，換個情況，這畫面大抵算得上和諧。平日裡嚴肅的教頭們嘻嘻哈哈，顯然是拿她當自己人打趣，只是此情此景，禾晏實在笑不出來。

她一邊躲避這些人的動作，一邊在心中腹誹，這都是什麼人！涼州衛的教頭莫不是有毛病！

如今模樣，想要澈底避開，唯有將他們全部打暈，若是岸上還好，水下實在困難。而且人多勢眾，她無處可避。

她這廂奮力游著，竟不知這群教頭中，有一個自小在水邊長大，熟悉水性，早已潛入水底，悄悄游到她的身前，禾晏只顧著身後，哪裡看得見身前，陡然間被水中的一隻手攥住胳膊，躲避不及。

那教頭彷彿蹴鞠裡搶到球似的，居然還呼朋引伴的喊叫：「我抓到了！你們快來！快來？快來幹嘛！禾晏震驚，可在水下力氣本就使不出來，一時無法掙脫，眼見著杜茂一行人越游越近，大有要一起扒了她衣服的勢頭，不覺一身冷汗。

她可不願意在這裡被人發現身分！

千鈞一髮的時候，攥著她胳膊的手突然一鬆，那教頭「唉喲」一聲大叫起來。有個石頭模樣的東西擦著水面飛過，迅速沉了下去。與此同時，禾晏被人抓著自水中飛起，落於岸邊，一道披風將她自脖頸以下包裹的嚴嚴實實。

這一切發生的太快，眾人都來不及反應，待站定後禾晏側頭一看，驚道：「都督？」居然是肖玨去而復返。

他抓著禾晏出水，又將禾晏裹成個蠶繭，除了禾晏，沒人知道這是為什麼。教頭們一臉懵然地看著他，面面相覷。

「你們在做什麼？」這時候，又有人的聲音響起，密林深處沈瀚走出來，他手裡提著衣裳，當是過來泡溫泉，沒料到遇到這一幕。看著站在肖玨身邊的禾晏頭髮濕淋淋的，其餘教頭躲在水中呆若木雞，心中掠過一絲不好的預感。

梁平道：「我們……在泡溫泉。」

沈瀚心中悚然：「禾晏……你也……」

禾晏：「……對。」

沈瀚頓時大駭，雖然男子與男子，不同於男子與女子，可沈瀚也知人的占有欲這回事，他自己得把好刀都不想給人看，怕人惦記，這禾晏……如今與肖玨的關係不清不楚的，卻在這裡被人看了，還看了別人，肖玨心裡豈會高興？

出大事了！

教頭們都圍成一團，知曉肖玨這人性冷愛潔，也不敢光著身子站起來，紛紛只露出一個頭排在水面上，齊刷刷地盯著禾晏二人，想問什麼又不敢問，一臉困惑。

就像一群等著投餵的鴨子。

禾晏想到這裡，不覺笑出聲來。

肖玨瞥她一眼，揚眉道：「妳居然還笑得出來。」

禾晏立馬噤聲。

諸位教頭不敢說話，場面十分尷尬，沈瀚這個總教頭不能也站著不說話，遲疑了許久，他才問道：「都督，您這是要帶禾晏回去了？」

「問她。」

「啊，」禾晏忙道：「我剛泡的挺好，已經夠了，我想回去了。就和都督一起吧。」

「哦，那好、那好。」沈瀚也不知道說什麼，一眼看到禾晏身上的披風居然是肖玨的，更慌得不知道目光往哪放，就低頭看著自己的鞋，胡亂道：「那都督就和禾晏早點回去歇息吧……山上夜裡風涼。」

雖然不明白沈瀚何以突然變得如此惶恐，禾晏還是很感激他此刻給的臺階，笑道：「如此，那我們就不久留了。」

說罷，她便轉身想走，走了兩步，見肖玨未動，愣了愣，還沒來得及開口，就聽見肖玨說話了。

他道：「日後泡溫泉，別帶她。」

沈瀚心裡「咯噔」一下，滿腦子都是完了完了完了。

這時候，居然還有個不識相的，那位曾潛入水底，水性頗好的教頭頂著個濕漉漉的腦袋，壯著膽子問：「為、為什麼啊？他不是受了傷，泡泡溫泉不是更好嗎？」

禾晏心道，兄弟，我真是謝謝你了啊。

「你們不知道，」肖玨對著眾人，長身玉立，優雅地彎了彎唇，眸光嘲諷，「這位新兵，入營前擇閱時就已查出，」他薄唇吐出四個字，每個字都砸得禾晏頭暈眼花，「身有隱疾。」

身、身有隱疾？

那位提問的仁兄一個不察，嗆了一口水，劇烈咳嗽起來。

氣氛比之前更僵硬了，更讓人難以忍受的是那些教頭看禾晏的目光，同情、驚訝、遺憾交雜在一起，甚至有人還往禾晏的身下看去。

禾晏：「……」

雖然當時擇閱時，胡亂編了個理由，但好歹只有一人，且出發時，擇閱大夫並不會跟著一道，也就無人知道。這下倒好，她日後該如何與這些教頭相處！

肖玨這是故意給她找麻煩吧！

莫不是看她陷入窘境他就很開心？這是什麼樂趣？

「其實我也沒有那麼嚴重……」她無力的為自己辯解。

只是肖都督的話，眾人深信不疑，唯一不信的只有沈瀚，沈瀚以為，肖玨是為了護住禾晏不被人招惹，才刻意說謊放話。

「沒關係，」梁平本來還對禾晏有些酸氣，此番真是一點都無了，都這樣了，還能計較什麼呢？他甚至還熱心地道：「也不是什麼大毛病，可以慢慢調養，我就認識一位大夫，專治這個的……日後說不準還能挽救挽救……」

禾晏無話可說了，丟下一句「多謝教頭，回見吧」落荒而逃。

肖玨道：「你們繼續。」不緊不慢的跟著走了。

沈瀚站在溫泉邊上發呆，眾人等再也看不到肖玨二人的影子，才大著膽子議論起來。杜茂往溫泉邊上游了游，靠近沈瀚腳下，仰著頭問：「總教頭，你是不是早就知道了？我就說你怎麼對這小子特別好，原來事出有因。嘖嘖，年紀輕輕的怎麼得了這種病？還能治嗎？」

「治個屁，」沈瀚氣不打一處來，一腳將他踹回水底，「我看你們是嫌命長了，先治治自己的腦子吧！」

溫泉被拋在身後，密林裡，禾晏跟在肖玨身邊，往衛所的方向走去。

身邊人的腳步不緊不慢，恰好能讓她跟上，禾晏從牙縫裡擠出兩個字：「多謝。」

「妳看起來很不情願的樣子。」他嘴角微勾，「不服氣的話，可以原路折返。」

拿人手短，她身上這件披風還是肖玨的，況且剛剛若不是肖玨出手，還不知會發生什麼事。思及此，抱怨也就消散了些，她道：「哪裡的話，我是真心實意的謝謝都督。」

肖玨哼道：「諂媚。」

這人真是，壞話聽不得，好話也聽不得，禾晏腳步微頓，對著他的背影揚了揚拳頭。

「騙子，」他無言片刻：「妳不知道月亮下有影子的嗎？」

禾晏動作一頓，下意識地低頭看去，就見月光下，她張牙舞爪的影子落在肖玨的影子後，像幅滑稽的皮影戲。

「我剛看見有蚊子，替你驅走了。」她面不改色地說謊，「不必感謝我。」

肖玨聞言，笑了一聲，繼續往前走去。

夜長無賴，他背影風流慵懶，如浮生春夢。

禾晏見他心情還不錯，就道：「我只是不明白，你既然已經決定要幫我，何以到最後才出手？」

若是一開始她剛到溫泉時，肖玨就替她解圍，一句話的功夫，他既不必折返浪費這件披風，她也不必落入水中被澆成落湯雞。

「給妳個教訓。」

「什麼？」

肖玨腳步微頓：「馬大梅叫妳同去妳就同去，也不問去幹什麼。將自己送到如此境地，禾大小姐，妳是愚蠢，還是自負？」

這話教訓的是，只是禾晏還是不理解，「我看到溫泉的時候就已經知道了，也不必讓我落下去遭罪吧？」

「只有被逼到絕望關頭，才會真正知道什麼是教訓。」他淡道：「旁人盡不可信，真到絕境，能依靠的只有妳自己。所以，儘量不要讓自己陷入險境。」

禾晏：「……」

話雖然是這麼說的沒錯，但禾晏覺得，這教訓未免太激進了一些，她小聲嘟囔了一句「哪有人這樣教人的」，不知有沒有被肖玨聽見。

但聽見了也無事，他沒有回頭，繼續往前走了。

第三十七章 冬雪

這天夜裡的禾晏，因全身被澆了個濕透，回去的時候，又重新打水在屋裡洗了一次澡，換上乾爽衣服才作罷。肖玨的披風被她弄濕了，禾晏就去找沈暮雪尋了點胰皂洗乾淨，在門外的樹枝上牽了根繩子掛好，打算晾乾了送還回去。

折騰是折騰了一點，不過涼州衛的這群教頭，好心也並不是全然白費。到了第二日醒來，禾晏只覺得通身舒暢，清晨就暖洋洋的。

溫泉可療病，並非胡言亂語。

她迅速爬起來梳洗，趕上行跑，用飯的時候，見到前鋒營的人在演武場訓練步圍。

雷候就站在最前面，前鋒營與普通新兵們，在穿著上已經區分開。普通新兵只有兩件勁裝，一紅一黑，春夏是單衣，秋冬則在夾層裡縫了薄薄的棉花。勁裝除了腰帶更無其他裝飾，裁剪也並不合身，大的便挽一挽袖子，如洪山這樣體型胖些的，便將衣裳繃的緊緊的，好似下一刻就要裂開。

前鋒營裡的人，則是穿深青色騎服，布料比他們的細膩多了，瞧上去也極合身。這群人都是涼州衛中選出的一千名出類拔萃之人，個個器宇軒昂，站在此地，令人望之生畏。

雷候本就生得高大出眾，騎服穿在他身上，好似為他量身訂做的一般。昨日裡聽教頭們說他在前鋒營裡表現極優異，大概是這個原因，教頭讓他站在行伍的最前面，於是威風凜凜，格外引人注目。

禾晏看得出神，冷不防洪山走到身後，見此情景，拍了拍他的肩：「怎麼，心裡不舒服？」

「不是，」禾晏道：「只是覺得前鋒營的衣裳，果真是比我們的衣裳好看得多。」

「豈止衣裳？」小麥聞言，插嘴道：「聽聞他們吃的也比我們吃得好，每日能多領兩塊饅頭，還有肉粥。」

「行了，你少說兩句，」洪山打斷小麥的滔滔不絕，「沒見著你阿禾哥正煩著嗎？」

禾晏：「我並非妒忌他。」

「就是，」小麥怕禾晏傷心，附和著開口，「他是阿禾哥的手下敗將，有什麼了不起？」

禾晏笑了笑，正要說話，雷候似是注意到他們這頭的目光，轉頭看來，看見禾晏怔了一怔，不過很快就移開目光，專心訓練了。

「這小子還挺狂？」洪山感嘆，「不得了。」

禾晏沒做聲，繼續站在原地，看著雷候訓練了一會兒，直到梁平這頭催促他們趕緊過去，禾晏才作罷。

果如那些教頭所說，雷候的步圍也極不錯，矯捷靈活，的確當得起成為前鋒營的一員。只是禾晏還記得多日前在白月山上爭旗時，她曾同雷候交過手，那時候情勢急迫，她感到有一絲不自然，也不能細想，後來便將此事拋之腦後。今日看到雷候，又勾起了當日交手時的回憶。

但她仍舊沒想出個結果來。

究竟是哪裡不自然？

梁平催得凶，禾晏起身去兵器架拿槍，心道罷了，反正都在涼州衛，實在不行，過些日子尋個機會，再找雷候交手一次便是。

只是還沒等禾晏與雷候交上手，先等到了肖珏要離開的消息。

涼州衛收到急報，距離涼州千里的漳臺城外百姓近來頻頻被烏托人騷擾，烏托人一至，便搶錢搶糧，欺男霸女。漳臺縣丞苦不堪言，只得求助肖珏。請求肖珏帶領兵隊驅逐這些烏托人。

烏托國早在先帝在位之時，就對大魏俯首稱臣，年年進貢。只是自從當今陛下即位，烏托人便蠢蠢欲動。南蠻和西羌之亂相繼平定後，烏托人消停了一段日子，不知為何近來變本加厲，敢直接來騷擾邊關百姓了。

陛下性情寬仁，對烏托人的行徑睜一隻眼閉一隻眼，加之朝中有徐相一派的主和派，旁的將領並不敢接這個燙手山芋。大抵因此，漳臺縣丞才求助於涼州的肖珏。

「都督，什麼時候啟程？」教頭們站在肖珏房中，禾晏坐在程鯉素平日裡寫字的位子，中門沒關，他們沒避開禾晏講這件事。但此事也沒什麼好隱瞞的，漳臺來去間也要一月，肖珏不在，總會被人注意到。

「明日。」

「這麼早？」梁平驚訝，「可軍中還沒來得及與前鋒營說……」

「不必，」肖珏道：「我不打算帶上他們。」

諸位教頭面面相覷，禾晏聽著卻不意外，涼州衛的新兵們，縱然已經訓練了半年有餘，但到底從未上過戰場，舟車勞頓趕去漳臺，再在漳臺與烏托人交戰，並非上策。消耗太多，況且烏托人狡猾凶暴，新兵們未必是對手。想來想去，還是肖珏的南府兵最適合。

肖珏帶著新兵來涼州，南府兵應是駐在別處。兵權在他手中，剛好可以名正言順的帶兵前去，若是得了捷報，陛下一個高興，賞他點什麼，她也能跟著得道成仙。

思及此，便暗中點頭，覺得肖珏這個決定，做的實在很好。

又交代了眾教頭接下來日子需要注意的事，到了深夜，人才全部走掉。肖珏從桌前站起身，走到中門前，伸手欲將門鎖住，冷不防被人從後面一擋，禾晏的腦袋從門後伸了出來。

「妳幹什麼？」他問。

禾晏不讓他關上門，歪著頭看他，「都督，你明日就要走了啊？」

肖珏沒理會她，關了關門，禾晏半個身子卡在門裡，他也關不上，便索性甩手不管了，往屋裡走去。禾晏輕易而舉地越過門，進了他的房，跟在他身後殷勤開口：「都督，此去漳臺，有沒有想過帶上我？」

「妳？」肖珏嗤笑：「帶妳幹什麼，嫌拖後腿的人不夠多？」

在這人眼裡，指不定所有他以外的人都是拖後腿的。

「這話未免太低估我了，我能幫你對付烏托人。」

「罷了，」他上下打量她一眼，揚眉道：「一個侍衛就能讓妳受傷，還說什麼打烏托人，禾大小姐，做夢呢。」

「上次那是特殊情況，而且丁一不是普通人。」禾晏辯解了兩句，卻心知肖珏說的有道理。她身上傷還未好，這些日子連訓練都是小心翼翼，生怕牽扯了傷口留下遺症，倘若跟著去漳臺，上了戰場未必不會添麻煩。而她擅長的排兵布陣又不能發揮出來——一支隊伍裡，有一名主將就夠了。

「好吧。」禾晏有些遺憾地道，忽而想起什麼，看向肖珏：「都督，從此地到漳臺，來回也要一月，加之與烏托人交手，只怕你回來的時候，已是深冬。我傷口早已好的七七八八，那這些日子，我還做什麼？縱然是三倍日訓，你不在，我做了，你該不會抵賴吧？」

「又或者？」她懷疑地盯著肖珏，「你其實是想借漳臺之戰行金蟬脫殼之事？你不會不打算回涼州衛了？將我一個人扔在這裡不管？」

肖珏停下收拾桌上書卷的動作，轉過身來，倒將仰頭看著他的禾晏唬了一跳。

他的眸光落在禾晏臉上，低頭道：「其一，我沒有妳這樣無聊。其二，妳並非我未婚妻，不必說什麼將妳一人扔在這裡不管。其三，我不在，豈不正好稱了妳的心意？」

「什麼叫稱我的心意？」禾晏道：「你可別冤枉我。」

他似笑非笑地盯著禾晏，漆黑的眸子一片深邃，只問：「哦？那妳為何諸多打聽？我什麼時候回來，會不會回來，很重要？」

「當然重要了！」禾晏脫口而出，「我會想你啊！」

能不想嗎？她只有在肖珏面前表現的越是拔萃，得了肖珏的青睞和信任，才能更快的、更光明正大的，以一個略微平等的身分接近禾如非。這麼個活菩薩、金寶貝，她能不想嗎？

似是被她的話意外了一瞬，肖珏撇過頭去，哂道：「妳還真是什麼話都說的出口。」

「你別一口一個騙子，除了身分之事，我可從沒騙過都督，方才的話也是真心的，難道我們暫時分別，都督不會想念我嗎？」

肖珏：「並不會。」

禾晏：「……好歹一起出生入死過，你也不必如此絕情。」

肖珏問：「說完了嗎？說完了請回自己屋去，我要鎖門了。」他扣著禾晏的肩，將禾晏往中門處推。

「都督，我有時候覺得咱倆身分是否顛倒，你這樣防備我，好似你才是女子，我會玷汙你清白似的。」

「妳廢話太多。」

禾晏被他塞得腿都進了自己房間，知曉這人是真的不想讓她繼續留在屋裡，便趁著上半身還能動的時候，眼疾手快的從懷中摸出一把零碎之物塞進肖珏手中。

「砰」的一聲，門被關上了。

禾晏隔著門對那頭道：「雖然都督你如此無情，但我還是重義之人，此去漳臺沒什麼可為你踐行的，送你這些，路上慢慢吃吧。我就在衛所恭候你的好消息啦。」

說罷，便不等那頭的回答，自己上了榻，將燈吹滅，就寢了。

門的另一頭，肖珏低頭看向自己掌心。

那是一把柿霜軟糖，外頭包裹了一層薄薄的糕紙，光是看著，就覺得香甜。

宋陶陶與程鯉素一般，自打來到涼州衛，隔三差五的送些小禮物來。她自己愛吃甜食，便托赤烏去城裡買了許多，也分給禾晏不少。

禾晏是想，肖珏少年時將那只裝著桂花糖的香囊隨身攜帶，愛吃甜食這事不假，上回給他買的糖葫蘆不肯要，大概是因為是在城裡小販處隨手買的，肖二公子不肯吃這種路邊點心。但這把柿霜軟糖，可是宋陶陶央赤烏去正經酒樓讓廚子做的，這下應該能入肖珏的眼了。

總不至於連這也不吃，那也太過挑食。

但願他能知投糖報李這個道理吧！

禾晏第二日醒來，去演武場日訓，快至正午時，用午飯的時候，程鯉素跑來了。

他這幾日為了不見到宋陶陶，搬到禾晏曾住的通鋪屋裡，眾人都以為他堅持不了多久，不曾想竟堅持到現在。只是比起從前住的屋子，當是簡陋了不少，難以維持他翩翩少年郎的模樣，瞧著臉蛋瘦了一圈，髮帶也忘了與衣裳搭配成同色了。

他氣喘吁吁地跑到禾晏面前，禾晏正喝著野菜湯，差點被程鯉素撞倒，禾晏問：「什麼事跑得這麼急？」

「我舅舅，」程鯉素道：「大哥，我舅舅走了！」

「我知道啊。」

「你知道？」程鯉素愣住，隨即憤然開口：「那為什麼不告訴我？若非今日沈教頭跟我說，我都沒發現他已經離開了！」

「已經走了麼？」禾晏稍感意外。她早晨起來沒注意肖玨那頭，還以為肖玨會晚些出發，沒料到走的這般早。大概是不想驚動旁人。

「他走了怎麼不帶走宋陶陶？」程鯉素開始抱怨，「留在涼州衛是要給誰添堵？」

禾晏無言以對。按理說，宋陶陶這麼一個嬌俏可愛的小姑娘，少年郎們討歡心還來不及，程鯉素居然避之如蛇蠍，這孩子究竟是什麼眼光？

她問：「宋陶陶怎麼你了？我瞧著挺懂事乖巧。」

「大哥，你可饒了我罷。」程鯉素苦著臉道：「當初知道這門親事時，我本想去偷偷瞧一眼，誰知正撞上她。也不知她是如何猜出我的身分，將我在門口好一通數落。」

「數落你什麼？」

「還能是什麼，文不成武不就，廢物公子無前程唄。這便罷了，朔京無人不知我本就無能，單只是這樣，我倒不會如此生氣。可她後來卻說，與我成親也可以，可我必須在府中懸梁苦讀，科舉中第，日後進入仕途，力爭上游。若是實在才學艱難，也可走武舉路子，總歸就是，要做個勤勉努力的人。」

「世上怎會有這般狠毒的女子？」程鯉素說起此事，怨氣沖天：「我心愛的姑娘，定然要如我一般不爭閒事，瀟灑出塵，有酒同享，有樂同作方才志趣相投。真同她在一起，下半輩子與坐牢又有何區別？所以，大哥你就別再說她的好話了，我實在畏懼的很，也並不想過那樣的日子！」

這下禾晏，縱然是想勸也不知道該勸什麼了。有時候兩人相處，一見鍾情是一回事，久處不厭又是一回事。你希望他志堅行苦，他卻嚮往閒雲野鶴。本就不是一類人，偏要湊在一起，縱然當時難以察覺，時間也會給出答案。

她前生用了一輩子也沒明白的道理，不如兩個孩子看得通透。

「你若真不喜歡，想辦法解了這樁婚約就是了，不必對個姑娘橫挑鼻子豎挑眼的，做朋友總成。」禾晏想了想才開口。

「算了，」程鯉素擺了擺手，一副不欲多談的模樣，「我與她實在做不成朋友，觀點不合。」

禾晏便岔開這個話頭，又問程鯉素既然肖玨走了，要不他搬到肖玨的屋子。程鯉素居然拒絕了，只說希望離宋陶陶越遠越好。

活像躲瘟神。

等這一日日訓結束，禾晏回到屋子，梳洗過後，看著被鎖上的中門發起了呆。

雖然平日裡肖玨跟她說不上幾句話，但總歸知道他就在一門之隔的旁邊。人一走，便真的覺著偌大的屋子，就只有自己，冷清的很。突然很懷念之前同小麥他們住在通鋪的時候，這個時候，聽著眾人閒談幾句，也不至於無聊。

太過安靜反而睡不著，睡不著就容易胡思亂想，禾晏又自榻上坐起身來，想了想，起身穿鞋走到中門前，從袖中掏出一根銀絲。

這銀絲是程鯉素髮簪上的，髮簪做成一尾黃鯉，這銀絲就是鯉魚的鬍鬚，翹的格外可愛。禾晏第一次見的時候摸的力氣大了些，直接將鬍鬚捋了下來。程鯉素只道沒關係，讓她丟了就是，禾晏卻有些心疼，覺得指不定還能賣掉換杯茶喝，就收起來了。

這會兒，她將捲翹的銀絲拿出來，扳得直直的，從門縫伸出去，耳朵貼在中門上，認真聽著動靜。

這一手，還是當年她在軍營時，一位匠人教給她的絕活。那位匠人是個鎖匠，有時候大戶人家祖上留下或是偶然挖出的帶鎖箱子打不開，便去找他來開，在家鄉挺有名，後來城裡抓壯丁充兵，鎖匠將兒孫藏起來，自己來了。

禾晏還記得那鎖匠年紀有些大，笑起來缺了一顆門牙，有些滑稽。因禾晏與他孫子年紀相仿，便與禾晏投緣。還教過禾晏一兩招開鎖的功夫。

鎖匠早已在漠縣一戰時戰死了，開鎖的功夫禾晏卻還記得。那鎖匠會開達官貴人開的「士」字形鎖，婚禮慶典用的「吉」字形鎖，卻只教了禾晏庶民用的「一」字形鎖。大抵是存著心思，有朝一日若能歸鄉幹回老本行，還能憑手藝吃飯。不可教會徒弟餓死師父，誰知這心思，到最後也沒成。

禾晏抱著僥倖的心思去開鎖，好在肖玨與程鯉素房間裡的中門，恰恰是「一」字形。

不過須臾，「呀嗟」一聲，另一頭似乎有門鎖破開的聲音，禾晏輕輕一推，門開了。

月光落在窗前的書桌上，窗戶沒關，吹得外頭的樹影微微晃動，落在地上似池中水草。

禾晏躡手躡腳地進去，進去之後又站定，竟不知自己何以鬼使神差的幹這種事，有片刻懊惱。

若是此刻有人藏在暗處，以為她是小偷。她並非來偷東西，更不是第一次來肖玨的屋子，將這中門打開，只是因為睡不著，無聊的要命而已。

但既然來都來了，現在說退出去，也有些遺憾。

禾晏環顧四周，牆上沒有了肖玨平日裡掛著的飲秋劍，桌上倒還散著兩三本書，禾晏湊過去一看，都是些兵書一類。他的琴也沒拿，藏在一邊，在月色下泛出瑩潤的光澤，彷彿異寶。

肖玨的屋子，其實並不如何華麗，甚至比起程鯉素的繁複，顯得有些過分清簡，以至於覺出幾分蕭瑟。但禾晏記得，從前的肖二公子，在賢昌館時，可是分外講究。他獨自住宿的那間屋，比師保的屋子還要華貴，地上鋪著的毯子，冬日裡踩上去一點都不冷。

他好似有些畏寒，是以天氣轉冷，一到冬日，便總是錦衣狐裘，而如今這屋子，處處透著寒意，不如往昔溫暖。

這些年，他到底經歷了什麼，才成為如今的右軍都督？

禾晏想著想著，不覺已經走到了桌前，手指碰到什麼東西，她低頭一看，見在筆筒旁邊，散落著一把五顏六色的小粒，撿起來對著月光一看，竟是她昨日塞到肖玨手裡的柿霜軟糖。

軟糖在外頭放了許久，不如之前柔軟了，香甜的氣息似乎也淺淡了不少。禾晏數了數，一顆沒少，他居然沒動，就放在這裡？既沒有嘗上一兩顆，也沒有帶去潼臺？

這是為何？

縱然之前是覺得糖葫蘆太過粗陋也好，還是肖二公子高傲的自尊心作祟也罷，不要就不要。如今這軟糖是城裡酒樓裡的點心師傅做的，雖稱不上珍饈，也絕對不算粗陋，她昨夜塞給肖玨後就關上了門，無人看見肖玨有沒有拿走，是什麼反應。但他若真心喜歡甜食，必然不會留下丟在這裡。

彷彿能見到那人隨手將糖丟到桌上，連目光都吝嗇給一個的淡薄。

是怕她在裡面下毒？還是肖玨這些年連口味變了？

這個問題沒有答案，禾晏沉思著，突然間，覺得有什麼掃在自己臉上，帶起微微的涼意與濕潤，毛茸茸的，她抬眼看去，見外頭有鹽粒似的東西紛紛揚揚的落下來，順著風飛到了案前。

夜深知雪重，時聞折竹聲。

她往前走了兩步，透過窗外，可見遠處的白月山巍巍而立，月光涼而遠，落在曠野中，和著雪一同舞在她眼前。

「下雪了。」她心中默默道。

原來涼州衛的冬雪，來的這樣早。

入了冬，天氣冷得很。涼州的冬日比京城更冷一些，白日裡還好，訓練的時候也能暖暖身子，倒不至於過分，到了夜裡，便覺寒氣逼人。盆裡燒的那點柴火，遠遠不夠。去五鹿河洗澡的兵士少了許多，都自個兒老老實實的去燒熱水來洗。禾晏也是一樣，一轉眼，肖玨走了半月有餘。

她估量著這個時間，肖玨大概已經到了漳臺。但教頭們平日裡並不談起此事，禾晏無從得知漳臺那頭的情況。她每日裡仍然是跟著新兵們一起訓練，不過因身子還未全好，是以並不能按肖玨所說的「三倍日訓」。

這一日，禾晏同新兵們在演武場訓練步圍，快到傍晚時，集訓散去，禾晏與洪山幾人說著話。

洪山搓了搓手，朝手心呵氣：「阿禾，你有沒有覺得這幾日實在是太冷了？」

「還好吧。」禾晏道。她在撫越軍中時，曾在冬日臨靠江邊打仗，營帳就駐紮在岸邊，夜裡江風凜冽，也無柴火可燒，士兵們夜裡睡在一起驅寒，那才叫真正的天寒地凍。

「還是你們年輕人耐得了寒。」洪山感慨了幾句，望向白月山的方向，「涼州怎麼日日下雪，一下就是一宿。」

禾晏順著他的目光看去，冬日的白月山沒有夏日的蒼翠青密了，一眼望過去，白雪皚皚，大雪封山。他們新兵每隔幾日上山砍柴，都不能再往山腰以上走，越往上，積雪越厚，實在不太安全。

「其實這個天氣打獵最好了，」小麥湊過來道：「我和大哥從前這個時候，白日裡就拿食物泡酒，扔在洞穴旁邊，冬日裡沒什麼吃的，兔子狐狸見了就吃，到夜裡出去撿，一地都是獵物。又不費力氣，又簡單。白月山這麼大，兔子狐狸應該很多。」他舔了舔嘴唇。

「打住，」禾晏叮囑，「我看你還是歇了這個念頭，山上地勢複雜，又積雪深厚，別兔子還沒打到，你先成了兔子。」

「阿禾哥也太看不起人了。」小麥嘟囔。

正說著，就見演武場通向白月山馬道的盡頭，走下來一行新兵，走在最中間的，是穿著襖裙的醫女沈暮雪。

她穿著月白襖裙，披著杏色繡梅長披風，髮帶亦是白素，從一片雪色裡緩緩而來時，越發神清骨秀，仙姿玉色。

洪山看得眼睛發直，只道：「世上竟有這樣的女子，生的極美，心還極善，這麼冷的天，一個弱女子上山為傷病採藥，唯有仙子才有如此慈悲心腸。」末了，還問禾晏：「你說是不是？」

禾晏：「不錯。」

新兵們每隔幾日輪流上山砍柴，沈暮雪也會跟著一道，山上有些藥草，冬日裡也能尋到一些。衛所裡藥材短缺，尤其是到了冬日，一些兵士得了風寒，一時半會兒難以痊癒。沈暮雪就令人煮些驅寒的藥汁，以木桶裝了，每人一碗，喝完之後熱騰騰的發一身汗，對身子極好。

她瞧著不如禾晏結實，柔柔弱弱，能這樣冷的天隨新兵一道上山，實在難能可貴。

「她背後那個新兵背的是誰？」石頭蹙眉問道。

眾人一看，看見跟在沈暮雪身後的新兵，背上還趴著個人。這人沒有穿統一的勁裝，一看就不是涼州衛的新兵。他們這頭還沒說話，早已有好奇的新兵先擁過去，打聽看究竟是什麼情況。

不多時，打聽到消息的新兵回來，與同伴說究竟是什麼事，禾晏側耳一聽，就聽人說：「那人是山那頭過來的獵戶，家裡窮得揭不開鍋了，冒險上山來打獵，結果被大雪困住。沈姑娘他們路上遇到這人時，這人半個身子都埋在雪裡，還是大夥兒將他從雪裡刨出來，撿了半條命回來。」

「那他也是福大命大，白月山冷得出奇，怕是再多待幾刻，神仙也難救。」

「可不是嘛！」

小麥嘀咕：「這個天氣上山，真是不要命了。」

「沒辦法，窮人的命不算命，家裡都沒錢吃飯了，哪裡顧得上其他。」洪山唏噓開口。

又看了會兒，眾人才散去。

但這事竟沒完，到了晚上，程鯉素回來了，說要住在肖玨屋裡。禾晏奇道：「你不是不肯搬回來住？」

程鯉素愁眉苦臉道：「今日沈醫女救回來的那個人住在我們屋子，我就被攆回來了。總不能讓他住舅舅的房間，等舅舅回來了，一定抽死我不可。算了，我先勉為其難住幾日，等過幾日他走了，我再搬回去。禾大哥，明日你能不能陪我回去取箱子，我一人搬不動。」

「當然可以，只是你住在這裡的時間恐怕不是幾日，而是很長一段日子了。」禾晏搖頭。

「為何？」

禾晏笑了笑，沒有回答，不過程鯉素很快就知道為何禾晏就這樣說了。

到了第二日，日訓過後，禾晏陪著程鯉素回去取放在通鋪屋裡的幾口箱子，正好遇上沈暮雪去給昨日救回來的獵戶上藥。

禾晏瞧了瞧她手中，除了補氣的湯藥、凍傷需要擦的傷藥之外，還有一些外傷藥。禾晏就問：「沈姑娘，那人受了傷？」

「林中有野獸出沒，他遇上熊了，被熊襲擊，躲避的時候摔下山崖，才會被雪埋住。是有些外傷。」

程鯉素問：「那他傷的很重了？是不是還要在涼州衛待好長一段日子，我還得過許久才能搬回來。」

「程小公子，」沈暮雪無奈道：「縱然他傷好了，也暫且不能離開涼州衛，他是從山那頭過來的。如今白月山大雪封山，只怕須等積雪融化，或是連日晴好才能往上走，現在讓他回去，他只會再次凍死在山上的。」

程鯉素聞言，險些沒跳起來，「那豈不是要等一個冬日！」

「等二公子回來，許會有別的辦法吧。」沈暮雪寬慰道。

禾晏注意到，沈暮雪說肖玨，叫的並非「都督」而是「二公子」，並非主僕之意，倒像是很熟悉似的。

思忖間，幾人已經到了屋前。

屋子裡此刻並無他人，演武場訓練過後，大家都先去吃飯休息了，屋子裡從前禾晏躺的靠牆的邊緣，此刻躺著一人。他穿著薄薄的單衣，將被子裹得很緊，似是很冷。沈暮雪將藥盤放在桌上，轉身來喚他：「胡元中？」

躺在床上的人聞言，被褥微微一動，片刻，他雙手撐著床榻，慢慢地坐起身來。

這是個大約三十左右的漢子，皮膚黝黑，嘴唇乾裂到有些起皮，瞧著有些瘦弱，他掀開被褥，面對沈暮雪有些急促地道：「沈、沈醫女。」

「你該換藥了。」沈暮雪道：「坐到床邊來，將褲腳挽上來吧。」

叫胡元中的漢子看上去更加緊張了，搓了搓手，囁嚅道：「哪能麻煩醫女，我還是自己來吧。」他彎下腰去，剛動作，就疼得「嘶」了一聲。

沈暮雪見狀，在胡元中面前蹲下身來，替他將褲腿挽起，果真，那腿上深深淺淺全是傷疤，大概是被山上的豎石和樹枝所劃傷。

「還未好，」沈暮雪道：「今日我多上一些藥。」

胡元中愣愣地點了點頭。

「我來吧。」正在這時，禾晏的聲音插了進來，不等沈暮雪反應，她便伸手奪過了沈暮雪手裡的藥，蹲下身來：「沈姑娘先起來。」

「這……」胡元中有些意外，「這位小兄弟……」

「我叫禾晏，你現在睡的這張榻原是我的，沈姑娘到底是個姑娘，不方便，我來給胡大哥擦藥，應當沒差是不是？」禾晏笑著看向胡元中。

胡元中鬆了口氣：「當、當然，我也不想勞煩沈醫女。」

「禾晏，別胡鬧了，」沈暮雪微微皺眉，「醫者面前無男女，你不知如何擦藥。」

「傷藥我還是會擦的，沈醫女不必緊張，妳還是先給程鯉素看看吧，今早我瞧他有些咳嗽，可別受了風寒。」

程鯉素就道：「是啊，沈醫女，我覺得嗓子有些發乾。」

沈暮雪一怔，道：「果真？」隨即站起身來，對程鯉素道：「你隨我到外頭來，我先瞧瞧。」

他們二人離開了，屋裡只有胡元中與禾晏兩人。

禾晏先替他清理腿上的滲出的血跡，薄薄的替他上一層傷藥，邊問：「胡大哥，你這傷有些重，是不是很疼。」

「還好，」胡元中道：「只是些外傷罷了。」話雖如此，聲音卻是咬著牙說出來的，瞧著十分艱難。

禾晏手上動作一頓，下手稍重，胡元中痛得叫起來：「啊——」

「對不住啊胡大哥，」禾晏赧然，「是我不小心。」

「沒事，沒事。」

「還是沈醫女細心周到，我個大男人笨手笨腳的，弄疼了胡大哥，胡大哥可不要介意。」

胡元中勉強笑道：「哪裡的話。」

禾晏笑著低頭繼續上藥，心中冷哼一聲。

方才她看的清清楚楚，這姓胡的雖然嘴上推拒說要自己上藥，可一動作就叫疼，沈暮雪蹲下身來時，這人眼裡掠過一絲竊喜。雖然掩藏的極好，可還是被禾晏看到了，她自來最討厭這樣見色起意之人。沈暮雪救了胡元中的命，胡元中對著救命恩人都能起歪心思，這是什麼人？

等撩開他的褲管，禾晏就看清楚這些所謂的「重傷」，看著亂七八糟挺嚴重，實則都是皮外傷。禾晏一個姑娘家受了比這嚴重的傷都能一聲不吭，這人既是已經窮得拼上性命也要上山獵物，當不是這般嬌滴滴。人在餓得吃不起飯的時候，哪裡還有心思絞盡腦汁去打歪主意。

三言兩語，大抵可見這人品格。沈暮雪良善單純，又是醫者看傷患，瞧不上這些彎彎繞繞，禾晏旁觀者卻看得一清二楚，只覺得心裡不舒服。

「胡大哥傷好後有什麼打算？」禾晏問。

胡元中撓了撓頭，「我……我也沒想好。」

「要不在涼州衛留下來吧，當兵有得飽飯吃，餓不著。」禾晏打趣。

「……也好。」胡元中憨憨地笑道。

居然說也好？這下禾晏心中更驚訝了，她隨口打趣，胡元中居然同意了，也沒說什麼「這多不好意思」，可見一來，他並不覺得感激，二來，他從未想過之後的打算。

一個不知道前路如何的人，應當時時刻刻憂愁未來如何打算，怎能這般草率？禾晏心中頓起不悅，他該不會是想賴上涼州衛，好時時刻刻占沈暮雪便宜？

思及此，禾晏便三兩下替他上好藥，將一邊的藥碗端給他，道：「胡大哥，先喝藥吧。」

胡元中伸手接過：「多謝。」

他喝藥倒是挺爽快，一梗脖子，咕嘟咕嘟地喝完，將藥碗遞還給禾晏，禾晏伸手去接，見他伸出的手，虎口至手腕內側都起滿了紅紅的疹子。

禾晏動作一頓。

胡元中注意到禾晏的動作，問：「禾兄弟怎麼了？」

「胡大哥，你這手上的疹子要不要也請醫女來看看。」禾晏道：「也是在山上弄的嗎？」

胡元中一愣，手撫上自己的手腕摩挲了兩下，笑道：「不必了，應當過幾日就消退了，不是什麼大病。別勞煩醫女。」

「如此，」禾晏點頭，笑道：「那就沒什麼了。」

她盯著胡元中，一時沒有說話，盯得胡元中怪不自在，摸了摸自己的臉，道：「禾兄弟，可是在下臉上有東西？」

「沒。」禾晏笑著搖頭，「我先把空碗端出去，雖說沈姑娘是醫者，但終歸是個姑娘。我這幾日無事，就替沈姑娘跑跑腿，胡大哥的傷藥都由我來送吧。」罷了，假裝沒瞧見胡元中眼裡的失落，轉身出了門。

等出了門，沈暮雪正叫程鯉素伸出舌頭來看，見禾晏出來了，狐疑道：「這麼快？」

「本就沒多少傷口。」禾晏問，「程鯉素如何？」

「這幾日吃得太辛辣了些，嗓子冒煙了。」程鯉素不好意思地檢討，「沒什麼大事。」

「那就沒事了，回去吧。」禾晏將藥盤還給沈暮雪，又對沈暮雪道：「我與胡大哥說好了，這幾日胡大哥的傷藥都由我來送。明日起我每天這個時候來沈姑娘房中取藥，給胡大哥送去，沈姑娘不必再跑一趟。」

沈暮雪還有些猶豫：「這……」

「就這麼說定了，就當是沈姑娘送我那盒祛疤生肌膏的感謝。」禾晏攬著程鯉素的肩，「那我們先行一步。」

他與程鯉素走遠了。

路上，程鯉素問他：「禾大哥，你怎麼了？」

「什麼？」禾晏回神。

「你從那個胡元中屋子裡出來後，就不說話了，剛剛屋裡發生了什麼？你們吵架了？」

「沒有。」禾晏走了兩步，想了想，停下來對程鯉素道：「你先回去吧，我找洪山他們有點事。」

「可你還沒吃東西呢。」

「我去要兩個饅頭就行。」禾晏揮了揮手：「你先回去等我。回見。」

洪山與小麥他們正在喝粥，見禾晏來了，給她騰了個地兒，道：「今日來的怎麼這樣晚，我還以為你不來了。」

「路上有些事。」禾晏接過一只饅頭，沒有如平日一般狼吞虎嚥，只咬了一口就停下來，沉吟許久才道：「山哥、石頭，我有件事想要你們幫忙。」

「怎麼這般嚴肅？」洪山放下手中的碗，「什麼事還能用的上我們？」

「昨日沈醫女從山上救回來的那個獵戶胡元中，如今在你們屋裡是吧？」禾晏道：「這幾日，白日裡要訓練就罷了，夜裡能不能幫我盯著他？」

洪山和石頭面面相覷，罷了，洪山問：「你這話我怎麼聽不懂，胡元中怎麼了？為什麼要盯他？」

「……我覺得他不對勁。」

這下，連小麥都顧不上吃飯了，氣氛肅然了一刻，石頭低聲問：「哪裡不對勁？」

「也許是我多想，現在還不太確定。只是我覺得，也許他在山上被沈醫女救回來，並不是巧合。」

聞言，洪山瞪大眼睛：「奸細？」

「你小點聲，」禾晏道：「我只是懷疑，所以才要你們幫忙盯著他，看他夜裡有沒有什麼動靜，有沒有異常的舉動。」

「不是，」洪山仍覺得匪夷所思，「你得先告訴我們他到底是哪裡不對，讓你懷疑他有問題。」

禾晏深吸了口氣，只道：「等過些日子再告訴你們吧，現在只有請你們幫忙盯著。」

「但願是我多想。」她輕聲道。

夜裡，同洪山他們分別後，禾晏回到自己屋子，梳洗過後，上了榻，滿腹心事難以入睡。今日見到胡元中，本是個意外，誰知道到最後，竟會惹得她心煩意亂，只覺得坐立難安。

同洪山他們說的話，並非禾晏瞎編，她的確懷疑胡元中是奸細，混入涼州衛，許有別的目的。至於是從何發現疑點，則是因為今日她將湯藥遞給胡元中，胡元中遞還回來時，讓她瞧見了對方虎口至手腕內側密密麻麻的一片紅疹。

令她想到了羌人。

羌人所處之地，密林遍布，常年氣候潮濕，羌族兵士們平日裡握刀，虎口處至手腕，便很容易長這樣紅色的疹子。禾晏做飛鴻將軍時，還特意尋軍醫一起鑽研過，這些羌人縱然後來進入中原，紅疹也並非一時半會兒可以消退。

是以，當她看到胡元中虎口處的紅疹時，幾乎是不假思索，立刻想到了那些羌族兵士。只是並非全然確定，因世上的紅疹，長得都一個樣，也許是因為氣候潮濕所生，也可以是因為觸碰到一些至敏之物而長。實在沒必要因為一道疹子就懷疑對方。

但大概是因為禾晏做將領時養成了謹慎行事的習慣，尤其是面對羌人之事。又可能是因為胡元中對沈暮雪那點隱晦的心思被禾晏所察覺，先入為主有了不好的印象，如今立刻就懷疑上他。

仔細一想，確實還有種種疑點。譬如山上雪這樣大，白月山另一頭背陰，積雪只會更深。他們新兵連這邊都難以翻越，胡元中獨自一人，又是如何從那一頭翻越過來的。他既然說自己是家中窮得揭不開鍋，走投無路才上山打獵，為何不尋些溫和些的方式？譬如去碼頭幫人搬貨，給人做點苦力活，至少能暫時抵禦饑寒，要知道上白月山打獵，最好的情況是獵到野獸，緩解燃眉之急，但更多的可能，則是死在山上，人財兩空。

放著更容易的路不走，去走一條看起來匪夷所思的難路，這不是迎難而上，這是愚蠢。可觀他假裝喊疼騙取沈暮雪親自照料的行徑來看，卻又不像是個蠢人。

禾晏越想越覺得懷疑，可惜如今肖玨不在，她無法提醒肖玨。但縱然是肖玨在，她也不能直接說出最重要的疑點。羌族與朔京相隔千里，涼州衛的新兵們不可能見過羌族兵士，就連肖玨可能也從未與羌族交手過，禾晏一個生在京城的人，如何能得知羌族的隱祕習慣，只怕一說出口，先被懷疑的不是胡元中，而是她自己。

當年她帶領付士兵將西羌之亂平定，羌族統領日達木基戰死沙場，其餘羌人盡數投降。這之後幾年相安無事，羌族那頭安定的很，不曾聽過動亂。但……並不代表可以真正放下心來。

倘若這果真是個普通的手無寸鐵的平民，怎會在這樣的大雪天，好巧不巧上了白月山，還被沈暮雪撿到，進了涼州衛。

太多的巧合，就不是巧合了，必然有人刻意為之。

如今肖玨不在，一旦真有什麼陰謀，如何應付的來。

肖玨不在……肖玨不在？

一瞬間，禾晏坐起身來，心中掠過一個可怕的念頭。

為何單單肖玨不在時，來了這麼一個人，莫非……漳臺那頭的求救，是假的？「聲言擊東，其實擊西」，兵書裡日日要背的這一條，她竟忘了？

不知什麼時候，雪停了。

禾晏抬眼看向窗外，外頭風聲靜謐，積雪覆蓋大地，安靜得連一根針落在地上都清晰可聞。

但這平靜之下，或許正藏著驚天暗流，只待時機一到，洪水滔天。

第三十八章　奸細

心裡藏著許多事，夜裡也睡不安穩，第二日，禾晏天不亮就醒來。早晨的訓練結束後，她便去找洪山說話。

洪山道：「昨日我和石頭輪流守了半宿，沒發現有什麼不對。」

禾晏看向石頭，石頭對她點了點頭。

「一夜都沒動靜？」

「沒，睡得比我們都死。」洪山懷疑地看著禾晏：「你是想太多了吧，胡元中這個人，就是個普通獵戶，我瞧著說話也沒什麼不對。家裡窮成這樣，還挺可憐的。」

「阿禾哥，他到底有什麼不對，你會這樣懷疑他？」小麥奇道。

有什麼不對？其實說到底，就是虎口處手腕有紅疹罷了，實在算不上什麼大的疑點。只是恰好挑在肖玨出門的這個時候，讓她總覺得有什麼地方不對勁。

在戰場上生死邊緣走過太多回，有時候，身體遠比腦子更能做出直接的判斷。她曾跟過的一名老將常掛在嘴邊的一句話就是：尋常人的直覺可能會出錯，但我們這種人，對於危險的直覺，十有八九都是真的。

她沉吟片刻，道：「容我再看看。」

洪山聳了聳肩，不再追問了。

到了傍晚時分，所有的日訓都已結束，禾晏先去沈暮雪的屋子拿了藥，再去找胡元中。胡元中一個人待在屋裡，正低頭看著一張紙。

禾晏推門進去的時候，他便立刻將手裡的紙藏入懷中。

「胡大哥，一個人在屋裡幹嘛呢？」禾晏只當沒有看見他的動作，笑著問道。

「沒做什麼，」胡元中嘆了口氣，「我腿還未好，不能下床，只能待在屋裡，給你們添麻煩了。」

「不麻煩不麻煩，」禾晏笑咪咪道：「你傷的這樣重，當然該好好調養一番。」

她替胡元中挽起褲腿，蹲下身來上藥，昨日她不曾細看，今日既是帶著懷疑而來，看的也就分外仔細。

這獵戶兩條腿上，全是傷疤，最大的一道大概是被石頭劃的，深可見骨，也是最嚴重的。

「我聽沈姑娘說，胡大哥上山的時候遇到了熊，」禾晏隨口問道：「這個時節還有熊麼？」

白月山的熊，只怕白日裡都在冬眠，胡元中能撞上一隻，委實不容易。

「是啊，」胡元中撓了撓頭，「是我運氣不好，沒找著狐狸，先遇上了熊。」

「怎麼能說運氣不好？」禾晏搖頭，「遇到熊能全身而退，可不是人人都能做到的。我聽聞熊的眼睛不好使，對氣味卻極敏銳，胡大哥當時受了傷，滿身血跡，這熊都沒追上來，胡大哥已經很厲害了。」

「而且，」並不看胡元中是什麼表情，禾晏手上動作未停，一邊繼續道：「胡大哥埋在雪裡，被沈姑娘救出也巧的很。我們涼州衛的新兵，隔三五日才上山一趟，若是胡大哥晚上山一日，或是摔倒的地方不對，只怕現在也不會在涼州衛了。」

胡元中愣了愣，點頭道：「確實，這都多虧沈姑娘。」

禾晏微微一笑，將傷藥上好，替他將褲腿拉下，將藥碗遞過去，胡元中接過藥碗的時候，禾晏的目光又落在他的手腕處，他將衣裳的袖子拉的長了些，但虎口處仍能隱隱約約看見一片紅色。

「胡大哥做獵戶多少年了？」

胡元中邊喝藥邊道：「七八年了。」

「一直都在白月山上打獵麼？」

她問的很快，胡元中遲疑一下才道：「對。」

「那過去幾年這樣的下雪天可有上過白月山？」

「不、不曾。」

「今年為何上了？」

「實在是因為食不果腹。」胡元中喝完最後一口湯藥，奇怪地看向禾晏：「禾兄弟，你問這些做什麼？」

禾晏低頭笑笑：「只是有些好奇而已。」

她伸手去接胡元中手中的空碗。

胡元中伸出手。

禾晏的手在伸向胡元中的時候，陡然變了個方向，直劈胡元中面門，胡元中閃避不及，只慌張側身而退，禾晏的手劈中了他的胸口，後者慘叫一聲，吐出一口鮮血——

少年動作沒有半分停頓，直探入胡元中衣襟處，掏出一張紙來。

「還給我——」胡元中喊道，但因方才禾晏那一掌，如洩氣皮球，聲音嘶啞難聽，半個身子斜躺在榻上，徒勞的朝禾晏伸出手。

這動靜太大，驚動了旁邊人，周圍新兵聽聞聲響，紛紛跑進來，一進來便見胡元中捂著胸口吐血，禾晏站在榻邊，手裡拿著一張紙。

「怎麼回事？發生什麼事了！」

胡元中艱難道：「他搶我東西……」

「你搶他什麼了？」新兵問道。

禾晏低頭看向手中的黃紙。

黃紙上寫著一句詩，「憶君心似西江水，日夜東流無歇時」。

字跡娟秀，一看便是女子所寫。

「這是什麼？」禾晏蹙眉問他。

胡元中盯著他，怒不可遏，沒有說話。

「怎麼了？」沈暮雪的聲音從身後響起，她正巧在附近，聽聞動靜跟了過來，瞧見的就是這麼一幅劍拔弩張的場景。

「禾晏？」她狐疑地看了看禾晏，又看看捂著胸口的胡元中，走到胡元中身邊，訝然問道：「怎麼傷的更重了？」又看見胡元中唇邊的血跡，「誰幹的？」

胡元中瞪著禾晏。

沈暮雪皺眉：「禾晏，你做了什麼？」

「我就輕輕拍了他一掌。」禾晏笑道：「大約沒掌握好力度。」

「胡鬧！他現在還有傷在身，如何能承得住你一掌？」

胡元中掙扎著爬起來，朝禾晏伸出一隻手，語氣猶帶怒意：「還給我！」

禾晏聳了聳肩，將寫著情詩的紙還給了他。

「這是什麼？」有新兵問：「你搶了他什麼？」

沈暮雪也瞧過去，胡元中黯然道：「這是我過世妻子所寫……」

竟是他亡妻遺物。

「禾晏，你拿別人遺物做什麼？」有新兵看不過去，「難怪人家這樣生氣。」

「我不知道那是遺物，同胡大哥鬧著玩而已，」禾晏慚愧道：「胡大哥不會生我氣了吧？」

胡元中看著禾晏，似是有氣難發，最後不得不忍耐下來，道：「無事，日後別做這種事了。」說罷，又劇烈咳嗽起來，虛弱極了。

沈暮雪見此情景，神情亦不好看，只對禾晏道：「罷了，禾晏，這裡沒你的事，你先出去吧，之後胡元中的傷藥還是由我來負責。你日後，不必日日來此。」

活像禾晏是惹麻煩的瘟神。

「好。」禾晏並不生氣，笑咪咪地回答，看了胡元中一眼，轉身出了門。甫一跨出屋門，臉上的笑容就散去了。

方才她的確是故意的，人在危急關頭，會本能的做出反應。就如當時在涼州城裡，丁一試探她究竟是否真的眼盲時一般。倘若胡元中並不像他表面上傷的這樣重，自然會出手反擊。

但他偏偏沒有，硬生生受了禾晏一掌。如果單單僅是這樣便罷了，只是禾晏在發動那一掌時，特意留了個心眼。

她送給胡元中的那一掌，表面上看起來氣勢洶洶，其實並沒有用多少力氣，胡元中頂多被打得肉疼一下，決計不會出血。畢竟禾晏不想傷人性命，如果一切都是她多想，胡元中豈不是白白受了一遭罪？

問題就出在這裡，禾晏對自己力道的把握極有信心，這樣毫無殺傷力的一掌，竟然讓胡元中吐血了？若不是她自己對力道估量錯誤，就是這人在說謊。

禾晏以為，胡元中在說謊。

至於他懷中那張寫著情詩的紙就更奇怪了，一個將亡妻遺物隨身攜帶的人，自然是深情之人，一個深情之人，面對長相美麗的醫女，不應該生出別的心思。

禾晏看這一切，像在看一齣蹩腳的戲，可惜的是，縱然她滿腹狐疑，也無法將此事告知他人。只怕她對別人說方才那一掌是虛晃一槍，別人還以為她是在逃避責任，故意說得輕飄飄的。

這確實有些棘手。

她走著走著，不多時，小麥他們循著過來，見了她先是鬆了口氣，小聲道：「阿禾哥，他們說你將胡元中打了？可是真的？」

這才過了一炷香的時間，怎的全涼州都知道了？

「真的。」

「你還在懷疑他？」洪山皺眉道：「你若是懷疑他有問題，有我們幫你盯著，何必打人，你知不知道，現在全涼州衛的人都說你……說你……」他欲言又止。

禾晏問：「說我什麼？」

「說阿禾哥你恃強凌弱，囂張跋扈呢。」小麥道。

禾晏沉默。

事情變得更加奇怪了。

「阿禾哥，現在怎麼辦？」小麥憂心忡忡地看著他，「要不要同旁人解釋一下？」

「不必了。」禾晏斂眸道。既然這人將流言散的這樣快，就是衝著她來的。解釋也是徒勞，比起解釋這些無謂傳言，她更懷疑胡元中的目的，以及如何才能將此人馬腳揭露出來。

「你們夜裡繼續盯著他吧。」禾晏道：「我且再看看。」

小麥和洪山面面相覷，不再說話了。

一連過了幾日，都是風平浪靜。

涼州衛裡，並未發生什麼動靜。小麥那頭日日幫著禾晏瞧著胡元中，也沒發現任何破綻。倒是洪山幾人夜裡沒睡好，第二日訓練時頂著眼底的青黑心不在焉，被梁平訓了好幾回。

至於禾晏，每日都很想親自去瞧瞧胡元中是什麼情況，能否多弄出些消息。奈何沈暮雪防她跟防賊似的，嚴令禁止禾晏靠近胡元中，生怕禾晏「鬧著玩玩」將胡元中一個不小心再次打傷。因此幾日下來，禾晏連胡元中的毛都沒摸到一根，更勿用提抓他的破綻。

這天夜裡，禾晏獨自一人走到演武場。因受了傷，如今的夜訓，禾晏改成了三日一次。肖玨這一去大半月，連個響動也沒有。禾晏偷偷問過程鯉素，漳臺那頭有無消息傳來，程鯉素也不知道。原先肖玨在的時候，還沒覺得有什麼，他這一走，才覺得涼州衛沒他不行。否則將此事稍微透露一二給肖玨，以這人的心思，指定能窺出苗頭。如今她連個能商量的人都沒有，委實難辦。

她走到弓弩旁邊，正想要練練弓弩，聽得馬道那頭似有響動，抬頭一看，就見一黑影騎馬往白月山頭疾馳而去。

眼下深更半夜，怎會有人上山？不過這幾日接連晴好，山上積雪消融一些，倒比過去幾日好走。禾晏有心想要叫人，可演武場離新兵們住的通鋪房太遠，若是叫人，當就趕不上這人了。

眼見著那人越跑越遠，即將消失在山林的黑暗中，禾晏顧不得其他，從馬廄裡拉出一匹馬來，翻身躍上，追上去。

冬日的白月山，泥土泛著刺骨的寒冷，尤其是積雪消融，馬匹踏在上頭，極易打滑。前面那人沒打火摺子，只就著林間的星光前行。禾晏也看不清楚，跟隨而去，一時間竟無法超越過去。

他亦是很懂白月山的地形，專找小路走，幾次三番想將禾晏帶進溝裡。奈何禾晏這些年來，記路記得比旁人要清楚許多，之前爭旗走過一次，後來砍柴走過兩次，危險的地方早已熟記於心，並不上當，幾次三番下來，那人發現禾晏沒有上鉤，便調轉馬頭，換了個方向而去。

禾晏追得很緊。

她懷疑此人就是胡元中，但胡元中深夜上山所為何事？總不能是趁著夜深人靜無人之時翻身越嶺的回家。

一件事，能看到的太少，就難以推出全景。既推不出全景，也不必浪費時間，直接將源頭拽出來，問個清楚就是。

她今日非捉到此人不可。

不走小路，路就寬敞了許多，禾晏馭馬追上，距離越拉越近，待還有幾丈時，直接飛身掠起，半個身子騰向對方的馬，那人躲避不及，被禾晏逼得勒馬停下，想要逃走，禾晏撲上去，與他交上了手。

她來時走的匆忙，兵器架上只剩一把鐵頭棍，禾晏隨手拿下，權當好過赤手空拳。此刻夜色下，那人翻身躍起，禾晏這才看清楚，這人臉上蒙著面，全身上下包裹的嚴嚴實實，只露出一雙眼睛，身材倒是和胡元中相仿，只是光線昏暗，難以憑藉一雙眼睛辨清身分。他站定，手裡提著一把大刀，刀鋒如彎月，在夜裡閃出凜冽的光。

「彎刀？」禾晏心中狂跳。

羌族兵士愛用彎刀，因彎刀割肉方便。不僅能殺人，也能吃肉。這彎刀的厲害，禾晏曾領教過，她曾見過被這彎刀揮中的戰友，血還沒流出，頭顱先落了地。西羌入侵中原的那些年，統領日達木基最愛做的，就是用彎刀割下俘虜的頭顱，串成一串，綁在他的愛馬尾巴上，所到之處，令人膽寒。

此刻見到這彎刀，禾晏便知，這是羌族的手法。

她皺眉：「你果真是羌人？」

那人聞言，怪笑起來，聲音嘶啞混沌，「你怎麼知道？」

「廢話少說，」禾晏將鐵頭棍立在地面，盯著他冷道：「告訴我，混進涼州衛到底有何目的？」

「噓——」那人伸出食指豎在唇邊，道：「小聲點，免得被人發現了。」他見禾晏不言，似是有趣，又道：「你打敗了我，我便告訴你。」

「張狂！」禾晏斥道，話音落地，身子便直撲那人而去。

鐵頭棍雖不及彎刀鋒利，卻勝在質樸堅硬，揮動間讓人難以近身。禾晏先前受了傷，如今傷口並未全好，行動間多有束縛，但即便比如，與此人交手，也是不分上下。

蒙面人彎刀用的極好，熟練到令人側目，下手十分狠辣，招招對著禾晏的心口。禾晏被逼的節節後退，恍然間，腳步一停，因停的急促，腳邊帶起翻起的積雪，她回頭一看，身後已是深淵。

「被發現了？」那人笑了一聲，道：「怎麼不上當？」

「因為你的手法實在太蹩腳了。」禾晏冷冷道，說罷，鐵頭棍往地上一頓，身子藉著棍子往前一躍，落到了蒙面人身後。她手上動作亦是不停，狠狠朝對方腦袋橫劈而下——

但這一棍落空了，那人側身避開，鐵頭棍劈在對方肩上。縱是如此，也足夠了，禾晏成日練石鎖，力氣早已不是剛進涼州衛時的柔弱。換了黃雄那樣體格的滿漢尚且要吃苦頭，還不說此人。

蒙面人被禾晏這一擊，痛得低喝一聲，手中的彎刀差點握不穩，即使如此，他的右手當也失去力氣，暫且不能再揮舞他那把彎刀了。

「如何？」禾晏冷笑。

對方不言，轉身往前跑，就要逃，禾晏眉頭一皺，緊隨而去，她耐力驚人，體力驚人，又跑得夠快，一時間，蒙面人無法擺脫禾晏。

只要追上此人，扒掉他的面巾，就能知道他的身分了。人證物證聚在，大半夜穿成如此模樣上山，若真的是胡元中，沈瀚拷打一番，應當能問出他們到底在抽籌謀些什麼。

正想著，忽然見前面的人停下來，他朝禾晏吼道：「送你個禮物！」那把彎刀便朝禾晏心口扔來，禾晏下意識地接住，握住刀柄，但見叢林裡，又「咕嚕嚕」的滾出一個人。

夜色下，滾出的這個人，竟穿著涼州衛新兵們紅色的勁裝。

山路是斜著的長坡，這新兵一路向下滾去，再往下，可就是萬丈深淵了。禾晏看著蒙面人嘿嘿一笑，逃往叢林深處，一咬牙，轉身去追往下滾落的新兵了。

穿勁裝的新兵越滾越快，連一絲呻吟聲都未發出，禾晏心中一沉，飛身掠起，橫於那長坡中央，將新兵抱了個滿懷，二人一同往旁側滾去，須臾，總算在一棵樹前停了下來。

懷中的身體尚有餘溫，卻一聲不吭，禾晏低頭看去，藉著星光，一張年輕的臉露了出來。

她怔然一刻。

涼州衛數萬新兵，她記不得每一個人的名字，至多有眼熟的，能回憶的起來。這人的臉她記得，之前白月山上爭旗，下山路上遇到的膽小鬼王小晗。

幾日前還會紅著臉與她道謝的少年，如今臉上再無一絲血色，他眼睛瞪得很大，似乎死前充滿了驚怖，衣裳是紅色的，看不出什麼，卻濕淋淋的貼在身前，禾晏低頭看向自己的手，滿手都是血跡。她顫抖著解開少年的衣衫，胸口處，有一個巨大的血窟窿，被勾走了一些皮肉，顯得有些空洞。

他死在彎刀下。

即便看過再多的生死，每一次重新面對身邊人的死亡時，禾晏也不能泰然處之，她閉了閉眼，心中油然而生一股憤怒，低聲喃喃：「畜生！」

他還這樣年輕，甚至還未真正上過戰場，就死在白月山荒涼的夜色裡，如果不是今夜禾晏追隨蒙面人而上，他連死都是悄無聲息，只會在第二日的時候，被衛所的兄弟發現少了這麼一個人。

少了……這麼一個人？

為何要將這少年拖至山上殺掉？是他撞見了什麼所以被滅口，還是另有他因？

不對，不對！

禾晏抱著少年的手一緊，中計了！

她剛想到此處，便聽得前方窸窸窣窣傳來人的聲音，有人在喊：「有沒有看到人啊？到底在哪？」

猛然間，面前的灌木叢被人拂開了，一張新兵的臉露了出來，手裡還舉著火把，正巧與禾晏對視。

不必想，也知道此刻的畫面多猙獰。

她手裡握著一把彎刀，彎刀尚帶血跡，雙手亦是血腥，在她手上，一名涼州新兵仰面躺著，死不瞑目，胸前一道血肉模糊的窟窿，觸目驚心。

「找、找到了！」那新兵惶然大叫，連滾帶爬的往後退，「殺人了！禾晏殺人了！」

迅速而來的人緊隨趕到，禾晏抬起頭，就見數十人，包括沈瀚梁平一眾教頭都過來了。

他們盯著禾晏，目光驚疑不定，杜茂喝道：「禾晏，你竟然殺人？」

凶器在她手上，屍體在她腳邊，深夜上山，形跡可疑，怎麼看，她都像一個居心叵測，殺人滅口的奸細。

這，才是蒙面人送她的真正禮物。

「人不是我殺的。」禾晏站起身，面對著他們道。

那個最先發現禾晏的新兵恐懼地指著她喊道：「不是你是誰？」

「我夜裡去演武場練弓弩，無意中見有人騎馬往白月山上而來，當時情況危急，我便跟了上去。與他交手一番，他逃跑了，逃跑之前將這位兄弟給扔下來，我救到人的時候，他已經死了。」

「你這把彎刀，又從何而來？」沈瀚沉聲問道。

「是對方所有，他將刀也一併扔過來。」

「他瘋了嗎？把自己的武器拱手相讓，你說謊前能不能過過腦子？」杜茂並不相信。

「不，我認為他很聰明，」禾晏平靜地開口，「現在，有了這把刀，我就成了被懷疑的人。」

凶器都塞在她手上，豈不就是按著她的頭說，她就是殺害新兵的凶手。

沈瀚盯著禾晏：「你上山時，可曾帶了兵器？」

「帶了一枝鐵頭棍。」禾晏道：「剛才同這位死去的兄弟滾下來時，丟在路上了。總教頭令人去找一找，許能找到。」

沈瀚吩咐梁平：「你帶人去找找，小心點，有事發信號。」

梁平點頭稱是。

禾晏覺得有些累，在石頭上坐下來。她傷未好全，今日一番折騰，腰間的舊傷隱隱作痛，實在很想休息片刻。

過了一會兒，梁平帶著新兵回來了，對沈瀚道：「總教頭，沒有找到鐵頭棍。」

「我看他在說謊，」杜茂蹙眉，「上山就只帶了這把彎刀。」

禾晏心中暗暗嘆息，對方既然是衝著她而來，自然不會落下把柄。想必方才她去救新兵時，就將鐵頭棍撿走。

不過，她也算留了一手。

「我懷疑此人是胡元中，」禾晏道：「我與他交手時，鐵頭棍曾劈中他的右肩，只要回到衛所，查查他是否夜裡外出，看他右肩是否有傷口即可。」

「你莫不是在狡辯？」有個新兵懷疑地看著她。

禾晏聳了聳肩，「眼下我手無寸鐵，你們這麼多人，還怕我一人不成。冤枉我一人事小，引狼入室事大，讓真正的凶手混跡在涼州衛中，指不定下一個被暗殺的人，就是這位兄弟你了。」

她說話不疾不徐，語氣卻森然帶著寒意，將說話的新兵唬了一跳，不敢再繼續說了。

馬大梅看向沈瀚：「總教頭，這……」平心而論，他還是挺喜歡禾晏的，如今這樣年紀的少年，各方面都如此出色，實在難得。且他性情開朗隨和，沒有半分矯矯之氣，討人喜歡的緊。但事關人命，草率不得。

「先帶回去，看他說的是否是真的。」沈瀚轉身道：「聽我命令，即刻下山。」

禾晏暗暗鬆了口氣，好在沈瀚還是個講道理的，沒有將她一棍子打死。

下山的時候，可能是因為死了一個夥伴，氣氛有些沉悶。禾晏問馬大梅，「馬教頭，你們怎麼會上山？」

馬大梅逢人掛著三分笑意，神情和藹，待她一向和氣，縱然到了這個時候，也仍然耐心回答了禾晏的問題。

「一個新兵半夜起來如廁，看見有人騎馬往白月山上去，告訴了總教頭，總教頭交代我們上山來查查。來之前，我們也不知道這人是你。」

這不就是同她追蒙面人一模一樣的過程麼？禾晏心中隱隱覺察出幾分不對，沒有說話。

「你既然說你與對方交過手，」馬大梅問：「對方身手如何？」

「很不錯，如果不是我身上帶傷，再拖延一刻，能抓住他。但此人狡猾殘暴，以同袍屍體引我離開，自己逃走了。」禾晏說起此事，便生怒意，「今日一場，全是他安排。」

馬大梅笑了笑，語氣不明地問：「少年郎，雖然我一向很欣賞你，可也不得不問你一句，你有什麼特別的，何以讓對方兜這麼一個大圈子，來汙蔑算計？」

有什麼特別的？

禾晏仔細回憶起來，她與人為善，同涼州衛的新兵們更無任何衝突，無非就是前幾日與胡元中「打鬧」。

胡元中應該是涼州衛裡唯一對她有敵意的人。

但她做了什麼？她從未直接的詢問過胡元中的來路，至多是旁敲側擊的問了他幾句話，縱然懷疑他是羌人，也從沒表露出一絲半點。如果這就是他設計陷害禾晏的理由，豈不是此地無銀？

思索著，終是下了山回到了涼州衛。

大半夜的，涼州衛熱鬧起來。

禾晏前後左右都有教頭看著，先去了胡元中的屋子。屋裡的人都在睡覺，教頭讓起床的時候，都有些摸不著頭腦。小麥迷迷糊糊地叫了一句：「今日怎麼這樣早？還不到時辰吧。」待看清楚來人時，驚得差點鞋子都穿反了。

禾晏沒有猶豫，朝靠牆的那一頭看去，一看，心中就是一沉。

榻上蜷著一個人，正睡得香甜，被吵醒後，便慢吞吞地坐起身，睡眼惺忪的模樣，正是胡元中。

他竟然在屋裡。

沈瀚問屋中人道：「你們有沒有人看到，今夜胡元中出門？」

「沒、沒有啊。」

「胡老弟腿傷了，每日睡得比我們早。不曾見他出門。」

禾晏看向洪山，洪山對她輕輕搖了搖頭。

果真沒有出門？

沈瀚上前一步，看不出什麼表情：「把你的衣服解開。」

胡元中一頭霧水，但沈瀚沉著臉不說話的時候，便顯得有幾分可怕，他猶猶豫豫的去解自己的衣裳，脫下的外裳到手臂，只見右肩上除了之前被灌木劃傷的幾道小口，沒有任何問題。

那樣一棍鐵頭棍劈下去，至少得青黑一大塊。但他右肩什麼都沒有。

不是他！

禾晏瞪大眼睛，非但沒有鬆口氣，臉色更不好看了。這就是一出局，胡元中在其中扮演了什麼角色不得而知，但，既然他沒問題，只能說明一件事，他不僅僅只是一個人。

涼州衛有內奸，裡應外合，才能將這齣戲安排的完美無缺！

「沈教頭，」她冷道：「那個人恐怕現在就在涼州衛裡，趕緊帶人去查探一番！」

「我看最讓人懷疑的就是你了。」一名教頭盯著她道：「你先前口口聲聲說人是胡元中殺的，叫我們回來看胡元中傷勢，眼下胡元中洗去嫌疑，你就又要換一個人，你這樣拖延時間，究竟是何目的！」

「我沒有說謊，」禾晏皺眉，「只要去查探整個涼州衛就能知道我所言不假。」

「住口！」沈瀚喝道。

爭執聲停住，禾晏看向沈瀚，「沈教頭，你不相信我說的？」

「我只相信自己的眼睛。」沈瀚道：「來人，把他押進地牢！」

禾晏：「你可以將我關起來，但也要查清事實！否則涼州衛恐有大難。」

「都這樣了還詛咒人，」一教頭怒道：「太囂張了！」

禾晏被人按著押走了，屋子裡其餘人想問又不敢問，小麥幾人神情冷峻，胡元中疑惑地問：「沈教頭，發生什麼事了？是……有人死了麼？」

沈瀚沒說話，轉身出了屋，跟著出來的幾個教頭面色凝重，梁平猶豫了一下，問沈瀚道：「總教頭，您打算如何處置禾晏？」

畢竟是自己手下的兵，梁平也不願意相信禾晏竟是居心叵測之徒，只是人證物證俱在，即便想為他開脫，都找不到理由。

「此事事關重大，禾晏身分也不一般，」沈瀚沉聲道：「先關著，等都督回來再說。」

「是。」

涼州衛的地牢並不大，卻足夠黑暗潮濕，因著又是冬日，人進去，便覺寒冷刺骨。沒有床，只能睡在稻草鋪成的地上，被子也是薄薄的一層布，破了好幾個洞，不知是老鼠咬的還是怎麼的。

禾晏坐在地上，打量著周圍。

這地牢裡，除了她以外，竟然沒有別的人了。地牢的鎖是特製的，不再是之前如她與肖玨房間中門那樣簡單的「一」字型，只一看，禾晏就知道自己打不開。

重活一世，還沒來得及大展身手，居然把自己送進牢裡了，本該好好唏噓感嘆一番，不過此刻的禾晏，確實沒心情。

她現在可以確定，涼州衛裡早就出了內奸，那個內奸恐怕也早就盯上了她，才會知道她這些日子每隔三日夜裡要去演武場訓練的事。也正是如此，才好安排人在馬道上候著，將她引上白月山。

夜裡上山也好，殺掉新兵也罷，就是為了給她安上一個「圖謀不軌」的罪名。至於馬大梅說的為什麼要如此大費周章來汙蔑算計自己，是因為禾晏發現對方羌族的身分。

她本就懷疑胡元中手上的紅疹，和他前後並不一致的舉動，後來在白月山上遇到的蒙面人手持彎刀，又是羌族兵士慣用刀法，心裡已經確定了八成。

如今禾晏身陷囹圄，涼州衛裡卻還混跡著羌人，這就令人毛骨悚然了。肖玨不在涼州衛，數萬新兵從未真正上過戰場，如果這時候遇著羌人，就如當年她在漠縣裡的遭遇一般，只怕會全軍覆沒。而對方如此處心積慮，定然所圖不小。倘若漳臺那頭烏托人騷擾百姓是假消息，為的是將肖玨引開，那麼此刻的涼州衛，就如案板上的魚肉，只有任人宰割的份了。

肖玨此去已經二十天了，按照他到了漳臺後發現情報有假，連夜往回趕，到涼州衛，也還要十日才成。那麼對方選擇動手的時間，必在十日以內，留給他們的時間不多了，而現在禾晏還被關在地牢裡，並且無一人相信她說的話。

沈瀚令人將她押往地牢時，禾晏也不是沒有想過直接與他們交手，擺脫控制。可這樣一來，不是她殺的人，也真的成了她殺的了。背負著殺人罪名活下去，實非她所願。況且涼州衛的新兵們都是她的夥伴，日日待在一處，她不願意自己獨活，看他們白白送死。

這棋，不知何時，竟成一齣死局。

只是，西羌之亂已經被她平定，羌族兵士也在那一戰中元氣大傷，沒個十年無法再捲土重來，如何又敢走這麼一步險棋？

禾晏想不明白。

正在這時，忽然聽得外頭傳來吵吵嚷嚷的聲音：「你們放我進去，我就是進去說一句話！我爹是內侍省副都司宋大人，出了什麼事有我擔著！」

是宋陶陶的聲音。

禾晏一怔，宋陶陶平日裡，隔三差五來給她送點糕餅糖果之類，今日一事，沒想到連她也知道了。

外頭守門的小兵又說了什麼，禾晏聽得宋陶陶蠻不講理地道：「你再攔我試試？你再攔我，等肖二公子回來，我就告訴他你非禮我！」

有什麼「哐噹」一聲落到地上，下一刻，禾晏就看見一道粉色裙子飛了進來。

宋陶陶道：「禾大哥！」

「宋姑娘。」禾晏笑了笑。

宋陶陶撲到跟前，隔著柵欄，匆匆往禾晏手裡塞了兩個饅頭：「太晚了，我拿沈醫女晚上吃剩的給你，我以前聽我爹說下了獄的人每日沒飯吃。我怕我不能日日來，先給你拿兩個，你省著點吃。」

眼下涼州衛裡人人都拿她當殺人惡魔，這小姑娘卻絲毫不怕她，還生怕她餓著。禾晏心裡，湧出一陣感動。她溫聲道：「宋姑娘，妳不該來的。」

「我為何不來？我聽他們說你殺人了？」

「人並非我所殺。」

宋陶陶點頭：「我猜也是，你心腸這樣好，平日裡路見不平都要拔刀相助，怎麼會殺人？肯定是被人算計了。你放心，我一定救你出來。」

禾晏哭笑不得：「宋姑娘，妳還是別摻和這件事了。」

這姑娘卻十分固執，「你是我救命恩人，我爹說過，滴水之恩當湧泉相報。如今涼州衛那些教頭古板固執，聽不進我的話。等肖二公子回來，我再與他說說，看能不能幫上忙。」

禾晏心道，恐怕等肖玨回來時，已經晚了。

她抬眼看向宋陶陶，小姑娘一臉鄭重，小臉嚴肅的很，禾晏有些想笑，隨即想到眼下境況，又笑不出來。

如果羌族真的前來，宋陶陶落在他們手上，又會怎麼樣？禾晏不寒而慄。

「宋姑娘，」片刻後，她道：「妳既然想要幫我，那我現在就拜託妳一件事吧。」

「何事？」宋陶陶看向她。

禾晏輕聲嘆息，「也只有死馬當作活馬醫了。」

沈瀚屋裡，程鯉素正與沈瀚對峙。

「程小公子，您回去吧，沒有都督的命令，在下是不敢將禾晏放出來的。」沈瀚無奈道。

程鯉素坐在他門口，堵著門不讓他出去，只道：「沈教頭，你相信我，禾大哥真的不可能是凶手。」

杜茂站在一邊，忍不住開口道：「小公子，大家都知道你與禾晏交情不淺，只是我們上山時候人證物證俱在，這如何抵賴。縱然是都督在此，也要按規矩辦事。再說現在我們也沒有立刻定禾晏的罪，一切如何，都要等都督回來做決定。」

「可現在舅舅根本不在涼州衛啊！」程鯉素嚷道：「你們說的輕鬆，可知那地牢裡有多冷，有多黑，禾大哥孤零零一個人在裡頭，有多害怕嗎！」

杜茂：「……」

程鯉素這話說的，像他自己待過地牢感同身受一般。況且要說禾晏一個人有多害怕，也不見得。以禾晏的脾性，可能根本就沒將此事放在心上。

還真用不著程鯉素瞎操心。

見沈瀚態度堅決，程鯉素也沒轍，只能自己退讓一步，道：「你們不放他出來也行，那我有一個條件。」

沈瀚問：「小公子有何吩咐？」

「地牢裡吃的用的太寒酸了，我大哥受不了這樣的苦，我也不說過分的話，平日裡我大哥吃的什麼，在牢裡也要照常供應。還有冬日太冷了，給他多加兩床被子，熱水也要日日有……」

「程小公子，」沈瀚打斷他的話，「這不合規矩。」

「這也不行那也不行，你們到底要怎樣？」說到此處，程鯉素也怒了，站起身來，大聲道：「你們不行我就自己去，我跟你們說，你們這樣對我大哥，會後悔的！」

說罷，轉身跑遠了。

門被「哐噹」一聲甩上，沈瀚忍不住頭疼，這個年紀的孩子，尤其是被家裡寵壞了的小公子，還真是令人吃不消，肖玨平日裡看著冷漠苛刻，能與程鯉素日日相處這麼久，也算是很有耐心了。

屋子裡剩下的幾個教頭都看向沈瀚。

梁平問：「總教頭，現在該怎麼辦？」

軍營裡死了一個人，雖然現在將禾晏關起來了，可禾晏的話，不是沒有在眾人心中掀起波瀾。倘若涼州衛真有內奸，到現在，那人仍隱藏在新兵中，且神不知鬼不覺的殺了一名同伴，必然不是為了好玩。

這人究竟是誰，背後的主子是誰，所圖的目的又是什麼，什麼時候才會露出馬腳，一切不得而知。這人也許是禾晏，也許是其他人。如果是禾晏還好辦，如果是其他人，就大事不好了。

「找人盯著那個胡元中，」沈瀚沉吟道：「如果禾晏說的是真的，這個人必有動作。」

馬大梅問：「都督這幾日可有來信？」

沈瀚搖頭，目光也籠上一層憂色。

潬臺那頭到現在都沒傳來消息，這在過去……是很少見的啊。

但願沒什麼不好的事發生吧。

程鯉素跑出去，迎面撞上一個人，那人捂著額頭，「唉喲」了一聲，斥道：「你走路不長眼睛的嗎？」

程鯉素定睛一看，卻是宋陶陶。

他剛在沈瀚那邊憋了一肚子氣，此刻看見宋陶陶，氣不打一處來，「誰讓妳自己撞上來的？」

宋陶陶白他一眼：「懶得理你。」徑直往前走。

「站住！」

宋陶陶轉過頭，問：「幹什麼？」

「妳這是去找老沈？」程鯉素指著沈瀚屋子的方向。

宋陶陶乾脆回過身，沒好氣道：「怎麼，不行啊？」

這下程鯉素可來勁兒了，他上前幾步，道：「妳可是為了我大哥求情？」

宋陶陶看了他一眼，雖然她極不喜歡程鯉素不求上進這副廢物模樣，但不得不承認這小子對禾晏還挺上心的。隔三差五給禾晏送吃的，禾晏與他關係也不錯。便道：「是又如何？」

「別提了，」程鯉素擺了擺手，一副沮喪的樣子：「我剛剛才從老沈屋裡出來，這人固執的不得了，我好說歹說，他們都不相信我禾大哥沒殺人。也不肯讓人送吃的和被子給禾大哥。」

「你傻啊，」宋陶陶恨鐵不成鋼，「他們不答應，你不會自己去嗎？」又看了程鯉素垂頭喪氣的樣子一眼，沒好氣道：「我剛才已經去過了，給禾大哥送過饅頭，你不用擔心了！」

「真的？」程鯉素眼睛一亮，看向宋陶陶：「沒想到妳還挺講義氣的。」

宋陶陶冷笑一聲：「承蒙程公子看得起了。」

她說罷，抬腳繼續往前走去。

「哎哎哎，」程鯉素攔住她：「妳怎麼還要去找老沈？都說了這人靠不住，還不如靠咱倆呢。」

因為禾晏，這兩人現在居然也稱得上「咱倆」了，倘若禾晏在此地，必然會不敢相信自己的耳朵。

「我也這麼認為，誰讓禾大哥相信他呢。」宋陶陶無奈：「我受人之托忠人之事，是禾大哥讓我去找沈教頭的。」

「大哥讓妳去的？」程鯉素愣住。

「對。」宋陶陶繞過他：「所以別打擾我辦正事，我先去找人了。」說罷便不再管程鯉素，徑直往前走去。

走了兩步又回過頭，走回發呆的程鯉素身邊，宋陶陶壓低聲音，在他耳邊低聲道：「禾大哥還說了，這幾日你在涼州衛，切勿到處走動，如果有新兵找你，不要去，最好時時刻刻跟在沈教頭身邊。」

「老沈？」程鯉素皺眉：「我幹嘛要跟著他？我煩他還來不及！」

「這是禾大哥的交代！」宋陶陶沉下臉，「你最好聽話。」

她想起那少年站在黑暗的地牢中，將手中的東西塞給自己，憂心忡忡道：「涼州衛恐有奸人混跡其中，我不在，跟著沈瀚，讓他保護你們。」

「務必千萬小心。」

第三十九章　驚變

禾晏在地牢裡待了兩日了。

兩日裡，除了沈瀚來過一次，並無其他人來。縱然是沈瀚過來，也並沒有與她提起外面的情況，想來暫時是無事發生。越是如此，禾晏就越覺得不對勁。可惜的是，涼州衛的地牢堅如磐石，她難以逃越。宋陶陶和程鯉素大概被管制起來，這兩日並不見他二人蹤影。

吃的睡得粗糙，對禾晏來說，並沒有很難以忍受。隨著時間一絲一毫的流逝，看不見的危機逐漸逼近才是最可怕的。

只可惜現在還沒有人察覺。

半夜裡開始下雪。

雪花大如鵝毛，片片飛舞，落在人的身上，棉衣也抵擋不住刺骨的冷。兩名哨兵站在臺樓上，冷的忍不住搓了搓手，朝手心呵氣，頓時，一團白霧落在眼前，很快又消散了。

涼州衛籠在一片寂靜中，冬日的衛所不如夏日熱鬧，沒有去五鹿河夜裡沖涼的新兵，也沒有知了聒噪的叫聲，有的只有雪融化在地的冷。

「我去趟茅廁。」一名哨兵跺了跺腳，「憋不住了。」

同伴催促：「快去快回。」

這人放下敲鼓的鼓槌，提了把刀轉身下去上茅房了。雪下的大，不過須臾就積了厚厚一層，踩下去將鞋面沒過，寒氣順著腳爬到了頭上。哨兵冷的打了個冷戰，匆忙跑到後面的茅廁裡去。

茅廁外有點著的火把，前些日子有個新兵半夜起來小解，沒看清路，被結了冰的地面滑了一跤，摔傷了腿，之後沈瀚便讓人在這裡放置了一把火，能照清路。

哨兵進去的時候，裡頭也有一個人，他就著昏暗的燈光，看了那人一眼，笑道：「喲，你也起來？」

對方笑答：「剛來。」

「太冷了，要不是憋不住，我都不跑這一趟。」哨兵抱怨道。

他放完水，提上褲子，就要往外走，那人也完事兒了，隨他出門，一前一後。

門口的火把在雪地上映出人的影子，搖搖晃晃，哨兵隨意一瞥，見他身後的黑影，不知何時張開雙手，心中一驚，正要喊——

一隻手捂住他的口鼻，身後的人順手抽出他腰間的刀，順著哨兵的脖子狠狠一抹。

血跡迸濺了一地，年輕的身體悄無聲息地倒了下去，不再有氣息了。

黑影沒有任何猶豫，彎腰將哨兵的屍體拖走，雪越下越大，不過片刻，就將剛剛的血跡掩蓋住。一炷香的時間後，哨兵重新走了出來。

他抓了一把雪，將刀上的血跡擦拭乾淨，重新別在腰間，再整理了一下頭上的氈帽，往臺樓走去。

臺樓上，同伴正等得不耐煩，突然聽到動靜，見剛去上茅廁的哨兵回來，鬆了口氣，罵道：「怎麼去了這麼久？是不是去偷懶了？」

哨兵搖搖頭，低頭往嘴裡呵氣，彷彿被冷得開不了口，同伴見狀，也忍不住跟著搓了搓手，「娘的，這也太冷了。」

哨兵將氈帽壓得很低，同伴見狀，罵道：「你以為把帽子拉下來就不冷了嗎？拉上去，看都看不見，你這樣還守個蛋的夜！」他伸手要過來掀哨兵的帽子，就在湊近的一剎那，突然怔住。

哨兵的衣裳同新兵們的純粹赤色黑色不同，在衣領處錯開了一層白邊，如今對方的衣領白邊處，映著兩點紅色。

這不是陳年墨蹟，顏色鮮亮，還在緩慢的氤氳增大，而一刻前對方上茅廁的時候，這裡並沒有。

同伴望向從回來後就一直一言不發的哨兵，就要拔刀，可是他的動作還是慢了一步。

對方竟有兩把刀。

一把刀，是原先死去的哨兵的，插進了他的胸膛。另一把刀，刀尖彎彎，劃開了他的喉嚨。

他無法喊叫出聲，踉蹌著倒在地上，凶手已經轉身往臺樓下走，哨兵吃力的在地上爬行，想要撿起落在地上的鼓槌。

只要抓到鼓槌，敲響哨鼓，整個涼州衛就能醒來。

這是他能做的最後一件事了。

身下的血被拖了一路，觸目驚心，他用盡全身力氣爬到鼓槌旁邊，握住了鼓槌，想要抬起身去敲鼓面。

半個身子才抬起，陡然間，一陣劇痛傳來，血濺在鼓面上，那隻握著鼓槌的手也落到了地上。

他被砍掉了右手。

凶手去而復返，站在他面前，低聲道：「差點忘了。」

不遠處，這邊的動靜似驚到另一頭地面巡邏的兵士，有人喊道：「喂？你們那沒事吧？」

這人壓了壓氈帽，照遠處揮手：「沒事！摔了一跤。」

地上，血流的到處都是，方才奄奄一息的哨兵睜大眼睛，澈底死去了。

如深淵一般的夜，逼近了涼州衛。

第二日一早，天剛亮，新兵們起來吃飯去演武場晨跑。

洪山和小麥幾人坐在一起吃飯，不多時，王霸、黃雄和江蛟也來了。黃雄問：「禾晏還沒被放出來？」

洪山搖了搖頭。

「這樣下去可不行，」江蛟道：「這幾日冷得出奇，我聽程小公子說，地牢裡什麼都沒有，就算不凍死，也會凍出病。」到底是一起爭過旗的夥伴，縱然之前因「綠帽子」一事對禾晏頗有微詞，真到了這地步，也並非全無擔心。

「你們說，等都督回衛所後，禾晏能不能被放出來？」王霸問。

「難說。」石頭答道。

「為何？」王霸奇了。

「如今全涼州衛都知道禾晏殺人了，可要說他沒殺人的證據，誰也找不出來。」洪山嘆息。

「這還需要什麼證據？他又不是傻子，管殺不管埋，還特意留下屍體給人捉贓用？這就是證據！」

小麥小聲道：「這也太牽強了。」

王霸眼一瞪：「哪裡牽強？你說說哪裡牽強？」

正說著，外頭突然傳來一陣哄鬧聲，其中夾雜著人的驚呼：「死人了！死人了！快去找教頭來！」

「什麼什麼？」眾人出去看，但見一個子矮小，神情機敏的新兵急道：「演武場，演武場放哨的兄弟們都死了！」

都死了！

眾人神情一變，紛紛起身往演武場趕去。

演武場內，血流成河。

雪不知是什麼時候停的，一些血跡被雪掩埋了，一些結成了冰，落在演武場上，依稀可見昨夜殘暴的行徑。

幾十個哨兵，臺樓站崗的，演武場周圍放哨的，無一人活口。屍體擺在演武場中心，橫七豎八的摞在一起，彷彿在摞豬羊口糧。死去的兵士全都是一刀斃命，喉嚨被刀割斷，極其淒慘。其中摞在最上頭的，右手自小肘處被齊齊砍斷，這人穿著哨兵的衣裳，當是想敲鼓的時候被人砍斷右手。

都是平日裡朝夕相處的同伴，就在一牆之隔的地方被人取了性命，一時間，演武場眾人都紅了眼眶。有人恨聲道：「誰幹的？若是被我發現，我必……我必……」

有人的聲音傳來，帶著一股沉悶的囂張：「你必如何？」

不知何時，自演武場的後面，白月山相連的馬道中，呼啦啦來了一片騎兵，大概有幾百人左右，至多千人。為首的是個長髮男子，騎在馬上，他穿著暗色鎧甲，手持一把半人高的彎刀，身形極其魁梧健碩，肩背很寬，鼻子很高，眼睛竟是湖水般的暗藍色。相貌與中原人生的不同，他一笑，如飲血磨牙的禿鷲，帶起陰森血氣，令人心悸。

「你們是誰？」新兵們道。

為首的長髮男子卻沒理會他們，只是逼近方才說話的那名新兵：「若是被你發現，你必怎麼樣？」

他的笑容帶著一股殘酷的暴虐，新兵面對此人，忍不住瑟瑟發抖，他鼓起勇氣道：「我、我必要為死去的戰友討回公道！」

「是嗎？」長髮男子笑起來，「你要如何討回公道？」不等新兵回答，他就揚起手中的彎刀砍下！

「咚」的一聲，一道身影掠過，擋下了他的彎刀，然而卻被這一擊擊得倒退幾步，待站定，才看向長髮男子：「閣下膽子好大，在我涼州衛殺人！」

是沈瀚。

「沈教頭，是沈總教頭來了！」諸位新兵激動叫道，頓時有了主心骨。

「總教頭？」長髮男子看向沈瀚，「你就是涼州衛的總教頭？」

「閣下何人？」沈瀚面沉如水。

「本人名叫日達木子，聽聞大魏將門出將，封雲將軍肖懷瑾安行疾鬥，百戰無前，特來領教，怎麼？肖懷瑾不敢迎戰？」

「你胡說八道什麼！」一名新兵忍不住反駁：「你明明知道都督不在才敢……」

「住嘴！」杜茂喝止他的話，可是已經晚了。

「不在？」日達木子眼眸一瞇：「那可真是不巧了。」

教頭們彼此對視，一顆心漸漸下沉。所謂的要找肖珏領教，無非是藉口，只怕這人早就知道肖珏不在涼州衛，才帶人前來挑釁。只是……至多一千的人馬，面對涼州數萬兒郎，縱然是沒上過戰場的新兵，是否太過狂妄了些。還是……另有陰謀？

哨兵們一夜之間被人殺光，若是敵人，不可能做到如此，除非出了內奸，死於自己人手中。

馬大梅低聲道：「禾晏說的是真的。」

禾晏說的是真的，他們這些日子盯著胡元中，但胡元中安分守己，並未有任何異動。倘若他還有同夥藏在新兵中，一切都說得通了。

「列陣。」沈瀚吩咐道。

身後數萬精兵，齊齊亮出武器。

既然對方來者不善，大魏的兒郎們，斷沒有後退的道理。

日達木子見狀，放聲大笑起來，他道：「哎，總教頭，我來此地，可不是為了與你們打仗。」

「閣下似乎是羌人。」沈瀚冷笑，「許多年前，飛鴻將軍與羌族交戰，我以為，羌族已經沒有異心了。如今來我涼州衛，殺我數十人，不是為了交戰，總不會是求和？」

提到飛鴻將軍，日達木子臉色微微一變，片刻後，他視線膠著沈瀚，森然笑道：「總教頭莫要汙蔑我，我本意只是為了與肖懷瑾切磋而已，誰知昨夜路過此地，這裡的哨兵未免也太不友好，與我兄弟起了爭執，不得已，才將他們全殺了。」他說的輕描淡寫：「我原以為肖懷瑾帶出來的兵，多少有點本事，沒想到實在不堪一擊，他們死的時候，連叫都沒叫一聲——」

「你！」新兵們聽得義憤填膺。

「總教頭不要生氣，我來，真的只是為了切磋，」他饒有興致地看向沈瀚身後的新兵，「如果肖懷瑾不上，就讓他的兵上，實在不行，你們這些教頭上也行。」

梁平上前一步：「閣下未免太高看自己，何以篤定我們就要迎戰？」

「不願意？」日達木子不慌不忙的拍了拍手，自遠而近走來幾人，有人掙扎道：「放開我——」

沈瀚驀然變色。

幾個異族士兵提小雞一般的提著兩人，一人是程鯉素，一人是宋陶陶，他們二人皆是雙手雙腳被反綁，形容狼狽，掙扎不已。

「沈教頭！」程鯉素看見沈瀚，彷彿見到了救星，叫道：「他們是什麼人，為什麼要綁我們啊？」

什麼人，沈瀚嘴裡發苦，他已經派了許多人守在程鯉素和宋陶陶門口，暗中保護，可他們還是被抓了。對方的實力，不容小覷。且知道抓住程鯉素與宋陶陶來制約涼州衛，可見對涼州衛很熟悉。

「現在，」日達木子滿意地看著沈瀚的臉色：「教頭，還願意與我們切磋麼？」

宋陶陶喊道：「怎麼可能切磋？他們怎麼會這般好心，定然有詐！」

沈瀚道：「好。」

「爽快！」日達木子坐直身子：「天氣太冷，我也懶得太多，就三場。你們挑三個人吧。」他朝身後的人道：「兄弟們，有誰願意上的，去吧！」

他身後，一人道：「統領，瓦剌願意出戰！」

這是一個很健碩的男人，羌族人向來體格強壯，中原人與之站在一處，便顯得格外瘦弱了。他年紀不大，也就二十出頭，卻身高九尺，猶如遠古巨人。亦是一臉凶相，眼睛微凸如牛，手持一把彎刀，一看就不好惹。

「好！」日達木子喝道：「瓦剌這般驍勇，不愧是我羌族兒郎！」他又看向沈瀚：「你們呢？」

瓦剌生的如此怪異巨大，瞧著就令人心生退縮之意，況且演武場的屍體明明白白昭示著這些羌人有多凶殘，涼州衛裡一時無人應聲。

「實在沒有人迎戰，就你們教頭上嘛。」日達木子笑道：「這樣的戰場，正是給新兵們上課的好時候。」

一邊的梁平咬牙，正要出聲迎戰，一個聲音響了起來：「我來吧。」

這是個前鋒營的少年新兵，叫衛桓，沈瀚還記得此人，因他刀術出色，在前鋒營中數一數二。不過性格卻很溫柔靦腆，不如雷候出色，因此雖然他與雷候都是佼佼者，卻遠遠比不上雷候惹人注目。

對了，說到雷候，沈瀚一怔，雷候呢？

「你嗎？」日達木子看了衛桓一眼，皮笑肉不笑道：「勇氣可嘉。」

衛桓慢慢上前，走到瓦剌跟前：「我願意與你切磋。」

瓦剌笑起來，只看了看周圍，看見演武場的高臺，道：「就那吧，高度很好，如果我在上面砍掉你的脖子，底下的人能看的一清二楚，是不是很好？」

衛桓神情不變，瓦剌哈哈大笑，一躍飛上演武場高臺，道：「來戰！」

演武場的高臺，這些日子，曾經無數次的有人上去過，可都是涼州衛的新兵們，彼此切磋，臺下看戲的新兵亦是心情輕鬆，邊看邊指點，瞧出其中的紕漏與精彩，每一場都有所收穫。

因他們知道，這樣的切磋還有很多。

沒有一場如今日這般沉悶，尤其是日達木子突然想起什麼，看向沈瀚，用周圍人都能聽到的聲音道：「總教頭，忘了跟你們說，我們羌族的規矩，上了生死臺，生死不論，到一方死亡才能分出勝負。」

「什麼？」梁平怒道。

「戰士，就要有隨時戰死的覺悟，這是至高無上的榮耀。」日達木子冷冷開口：「沒有例外。」

臺上，衛桓慢慢抽出腰間的刀，朝瓦剌點了點頭。

地牢裡，一如既往的陰暗潮濕。

門口的守衛，不知什麼時候已經不見了，牢裡靜謐無聲，針落在地上都清晰可聞，人的腳步聲，就顯得格外刺耳。

黑影順著臺階，一步一步走下來。門口的火把照的影子微微晃動，最裡頭的一間，有人蜷縮成一團，靠著牆睡著，似乎冷極受了風寒，瑟瑟發抖，唇色蒼白。

黑影在禾晏的牢房前停下腳步。

地上擺著一只空碗，裡頭原本裝的不知是水還是飯，被舔得乾乾淨淨，碗都有些發亮。薄被很短，連全身都遮不住，蜷縮成一團，都還會露出腳來。她身子有些輕微發抖，臉色亦是白的不正常。黑影瞧了片刻，伸手將鑰匙插進鎖孔，「啪嗒」一聲，鎖開了。

牢房裡的人仍然無知無覺。

他走了進去。

少年過去意氣風發的模樣全然不再，這個樣子，與所有的階下囚並沒有任何區別，他似是有幾分遺憾，又有幾分警惕，站在原地不動，盯著少年的臉。

少年一動不動。

過了一會兒，黑影慢慢的覆蓋過來。

就在此時，少年驀地抬起頭來，露出一雙眼睛，黑白分明，沒有半分睡意，清醒的很。

「你——」他才來得及說出一個字，手上的刀還未落下，便覺身下一痛，被一腳踹得正中紅心，痛得他頓時跪倒在地，下一刻，白綢自身後勒住他的脖頸，禾晏的聲音從身後傳來。

「我等你很久了，雷候。」

雷候被勒得眼睛上翻，禾晏的力氣卻極大，雙腿壓著他的腿，令他動彈不得，眼見雷候就快要被禾晏勒死了，禾晏驟然鬆手，雷候乍然得了呼吸的空間，捂著脖子大口喘氣，就見禾晏三兩步走到他面前，如撬開鴨子嘴一般，往他嘴裡灌了什麼東西。

雷候正張嘴喘氣，哪裡防得住這個，當即將那東西一滴不剩的喝了下去，他想說些什麼，但竟使不上力氣，只覺得渾身發麻，不過須臾，便昏死過去，再也沒動靜了。

禾晏伸腳在他臉上踢了兩下，確認此人沒意識，便將方才的白綢扯成兩段，把雷候的手腳都捆了起來。

那一日她對宋陶陶有事相求，問宋陶陶身上可有武器。可宋陶陶一個姑娘家，哪會隨身帶著刀啊劍啊，摸遍全身，也只有一瓶蒙汗藥，還是她從沈暮雪的桌上順來的，想著若是遇到壞人，還可以一用，禾晏也就死馬當活馬醫，要了過來。

這還不夠，她還借了宋陶陶的腰帶。宋陶陶的腰帶是回到衛所後，托赤烏在涼州重新買的，布料特殊，極結實耐用，和繩子有得一拼。

必要時刻，腰帶也能勒死人。

禾晏是想著，對方既然處心積慮汙蔑她殺人，將她送進涼州衛的地牢，看來對她多有忌憚。等她進入地牢，對方定然不死心，會來殺人滅口。須得隨身攜帶武器，隨時反殺。可她的武器全都被收繳，只有一瓶蒙汗藥和宋陶陶的腰帶了。

今日一大早，沒人來給她送早飯，這很奇特，往常這個點，該來送早飯了。因著有宋陶陶和程鯉素的央求，沈瀚雖然不許宋陶陶他們過來看她，卻並沒有苛待禾晏的吃食。衛所裡平日裡極其注意準時，這個時間點沒有人過來，定然是出事了。

禾晏心裡撓心撓肝，卻又出不去，不曉得外頭是什麼情景。後來逐漸冷靜下來，既然出事，說不準對方的人會趁亂來到這裡，將自己殺人滅口。

宋陶陶走之前，不知道什麼能幫上忙，便將所有的東西一股腦都給了禾晏，其中還有一盒脂粉。禾晏塗了點在臉上，又抹了些在嘴唇，蜷縮在一團，真如重病不起的階下囚。

她正猜測著外面出了什麼事，就聽見腳步聲，於是，有了眼前這一幕。

禾晏將雷候拖到角落，臉對著牆躺著，蒙汗藥藥效八個時辰，這短時間裡，雷候不會醒來了。

她出了牢房，轉身將門鎖上了。

雷候成了階下囚。

演武臺上，衛桓的水龍刀與瓦刺的石斧膠著在一起。

一個是中原年輕質樸的前鋒營新兵，一個是西羌凶殘暴虐的戰場老手，縱然衛桓的刀技出眾，實戰經驗到底不熟。更何況，對方還是個能力拔千斤的力士。

比起衛桓的靈活，瓦刺的石斧巨大而沉重，像是沒有章法的劈砸，那石斧看著笨重，他力氣又大，衛桓躲避的時候，石斧砸進地面，連石頭地都劈出一道裂痕。

衛桓體力漸漸跟不上了。

他到底年輕，又不如瓦剌健碩，這樣橫衝直撞的劈砸招架不了多久，而他自己除了在瓦剌臉上掛了一道彩外，就連對方的身都近不了——對方可是穿著鎧甲的！

這本就是不公平的戰鬥，衛桓身上的傷痕越來越多，而瓦剌卻並不想要他命，每一次可能命中的時候，就稍微偏上一兩分，並不刺中要害，但卻令衛桓傷痕累累。

像是貓抓老鼠，抓到了並不急於一口吃掉，非要玩弄到老鼠精疲力竭才會吞下肚去。

這根本就是一場單方面的虐殺。

臺下的沈瀚見狀，拳頭被捏得「咯吱」作響，就要上前，被日達木子擋住。生的似禿鷲般的健碩男人倚在馬上，笑容嗜血：「教頭，不可以幫忙喲。」

沈瀚拔出刀來。

「怎麼？你也想與我打一場？」日達木子笑起來，目光陰森，「那我當然要，奉陪到底了。」

演武臺周圍，有意無意地圍了一群羌族兵士，一旦涼州衛的新兵想要上去幫忙，這些羌人就會與新兵交手，縱是可以，也晚了。

臺上，衛桓的視線已經慢慢模糊了，躲避身後的追砍也越來越慢，他的力氣在迅速流失，「呼呼」的喘著氣，躲避不及，被瓦剌一斧頭砍中右腿，鑽心的疼，但他竟按捺住沒有出聲。

瓦剌走到他面前，衛桓已經沒有力氣再逃跑了。他見瓦剌居高臨下地看著他，如同屠夫看著案板上的羔羊，瓦剌道：「嘖，這麼快就完了，沒意思。中原人好弱，連羌族一根手指頭都比不過。」

衛桓不說話，額上大滴大滴的滲出汗水，混著臉上的血，十分淒慘。

「你放心，不會疼的，」瓦剌舔了舔嘴唇，目光貪婪地盯著他道：「這一石頭砸下去，你的腦漿會飛出來，很漂亮。可惜你自己看不到了。」

說罷，揮舞巨大的斧頭，直取衛桓項上人頭！

「衛桓！」馬大梅失聲叫道，衛桓進前鋒營前，曾是他帶的，情誼本就深厚。他欲上前救人，卻被一個西羌人拔刀攔住，眼看著衛桓就要性命不保。

就在這時。

演武場臺後，有一顆枝繁葉茂的榕樹，縱然是冬日，也未見半分衰黃，眾人都在演武臺前，也就沒有發現，那榕樹裡什麼時候坐了個人。

等看見的時候，那個人如一道閃電黑影，抓著綁在樹上的布巾如鞦韆一般盪過來，在半空中鬆手，這一切都發生的太快，她順著掠到演舞臺前，將向著衛桓腦袋砍去的斧頭一踢——

藉著慣力，既是瓦剌身強力大，也被她這一側踢踢得往後仰倒，斧頭沉重銳利，將他自己也砍傷了，若非他力大出眾，往後倒退兩步站住了身子，這石斧，或許該砍得更深一點。

「禾晏？」衛桓喃喃道。

涼州衛的新兵們也愣住了。

禾晏之前因為白月山的事，被關在涼州衛的地牢裡人盡皆知，他怎麼會突然出現在這裡，他被放出來了？

瓦剌看向面前的人。

黑色勁裝的少年雙手叉腰，歪頭笑盈盈道：「閣下也太凶了吧，方才要不是我出手，我這位兄弟的腦袋，可就保不住了。」

涼州衛的新兵人人視他們為眼中釘，又因為滅了所有的哨兵，血海深仇，看見他們都紅著眼眶，最好的也不過是衛桓這般面無表情，這少年卻笑嘻嘻彷彿無事發生，瓦剌生出一絲興趣，彷彿找到了新的獵物。

「你又是誰？」他問。

黑衣少年拂了拂頭上亂髮，笑道：「本人禾晏，前段時間涼州衛爭旗第一。」她看了看瓦剌，「也許你們不知道什麼叫爭旗，沒關係，你只需要記得，我是涼州衛第一就行了。」

「第一？」臺下的日達木子瞇著眼睛看她，道：「就你？」

禾晏看起來太矮小瘦弱了些。如果說瓦剌和衛桓站在一起，如同健碩的老虎與羔羊，那麼比衛桓看起來還要孱弱的禾晏與瓦剌想比，就像小雞和老鷹。

「抱歉，我來得遲了些，不知道諸位是在做什麼？」少年言笑晏晏，「倘若是在比武切磋的話，不找我來找其他人，實在是暴殄天物。」

瓦剌哈哈大笑：「你真是大言不慚！」

「禾晏！」沈瀚叫她。

「沈總教頭，」禾晏看向他，「我這幾日正憋了一肚子氣沒處發，打一場消消氣也好，煩請總教頭通融下，不要再阻攔我了。」

沈瀚無話可說。

日達木子是衝著涼州衛的新兵來的，既不肯讓教頭上，只能讓新兵上，新兵裡，除了禾晏，能與之一戰的，其實並不多。有出眾技藝的，實戰經驗不足，有實戰經驗的，年紀又大了些，體力不如年輕人。禾晏武藝絕倫，又心思靈巧慧黠，算起來，已經有很大的贏面了。

演武臺上這頭吸引了羌人的目光也好，更重要的是……

禾晏道：「請問現在是不是要切磋。如果是的話，我代替我這位兄弟上可好？」

「你？」

「不錯。我乃涼州衛第一，打敗了我，比打敗了他，」禾晏看了地上的衛桓一眼，「有成就感的多吧。」

臺下的西羌人哈哈大笑起來。

日達木子看著她：「這個人的脾性，我很喜歡！換他上！」

禾晏道：「來人，請把這位兄弟抬下去。」

衛桓被抬走了，抬走時，他看向禾晏，低聲道：「你……小心。」

禾晏：「知道了。」

演武場高臺上，重新剩下了兩個人。

臺下的新兵們看著，皆為禾晏捏了一把汗。

過去大半年間，禾晏在這上頭出風頭，也不是一回兩回，有真心佩服崇拜她的，也有嫉妒眼紅不爽她的，但這一刻，涼州衛的新兵們同仇敵愾，只願她能打敗瓦剌，給那些羌人點顏色看看，讓羌人們知道，涼州衛不是好欺負的！

臺下的新兵們提心吊膽，臺上的禾晏卻渾然未覺，她笑道：「對了，我也不知這邊比試的彩頭是什麼。我先說了，不如這樣，我輸了任你們處置，你輸了，」她想起記憶裡的少年，噗嗤一笑，吊兒郎當道：「就得叫我一聲爹。」

這下子，涼州衛的新兵們「哄」的一下笑出聲來。

梁平又是擔憂又是自豪：「都什麼時候了，還在貧！」

日達木子的人，卻無一人笑得出來。瓦剌陰沉沉地看著禾晏，抹了把唇角的血，道：「我們不需要彩頭，比三場，輸的人死，贏的人活，這就是規矩。」

「生死勿論？」禾晏道。

「怎麼，怕了？」

「倒也不是。」禾晏道：「教頭，替我扔一截鋼鞭來，要長的！」

沈瀚從兵器架上抓起最上面一條最長的鋼鞭扔過去，禾晏順手接住，拿在手中把玩，看向瓦剌：「我用武器可以嗎？」

「可以。」瓦剌冷笑：「不過你確定不換成刀劍？鞭子，殺不死人的。」

少年唇角微勾：「殺你，足夠了。」

瓦剌還沒回味過來她話中的意思，就見那少年突然持鞭衝來，瓦剌一愣，隨即哈哈大笑，掄起巨斧往前迎戰。

那少年衝至跟前，卻並不出手，只是腳尖輕點，避開了石斧的攻擊，繞到了瓦剌身後，待瓦剌轉過身去，才掄動斧頭，就又側身避開。

她看似主動，卻不出手，鞭子繞在手上，不知道在幹嘛，彷彿圍著瓦剌轉圈，不過須臾，她轉身就跑，瓦剌跟上，甫一抬腳，便覺自己腳上纏著什麼，維持不住平衡，往一邊摔倒。

但這大塊頭反應極快，意識到自己被禾晏的鞭子纏住腳後，就要穩住步伐，可禾晏哪裡會給他機會，將鞭子負在背後，如駝運貨物般狠狠一拉——

瓦剌再也支撐不住，他本就身形巨大笨重，兩隻腳踩著穩，一隻腳失去平衡，另一隻腳就難以穩住，加之禾晏在另一頭拉動，便「咚」的一聲摔倒在地。

那鞭子看起來也就一人來長，不知禾晏是如何使得，從瓦剌身下一拉，鞭子又輕鬆回到她手中，她腳步未停，衝至瓦剌伸手，一手繞過瓦剌脖頸，鞭子在瓦剌脖頸上纏了個圈。

瓦剌下意識去拉。

禾晏雙手一勒——

成日投擲石鎖，手上的力氣不容小覷，古怪的力士身上穿著鎧甲，脖子卻沒有任何覆蓋，普通的血肉是最脆弱的地方，他畢竟不是真正的鋼筋鐵骨。

演武場的人只聽見一聲讓人牙酸的「咯啦——」

瓦剌的腦袋軟綿綿地垂了下去。

「你不算人，你是畜生，」禾晏低聲道：「所以，殺你，鞭子就夠了。」

她抬起頭，雖是微笑，眼中寒氣襲人，望著臺下眾人平靜開口，「他死了，我贏了。勝負已分，下一個。」

演武臺上，情勢陡轉。

方才瓦刺虐殺衛桓，如貓戲老鼠，遲遲不下最後一擊，大約也沒有料到，自己會死在這個看似孱弱的少年手中。

殺死一個人需要多久？一盞茶，一炷香，還是一刻鐘？

統統不需要。

涼州衛的新兵們知道禾晏厲害，之前在這裡同黃雄江蛟比試的畫面還歷歷在目，但眼下的禾晏，和過去演武臺上「切磋」的禾晏，似乎又有不同。這少年收起玩笑之意時，冷而寒，身帶煞氣，不可逼視。

她開口笑道：「戰場上不需要花裡胡哨的表演，想清楚怎麼殺，就可以動手了。」目光落在日達木子身上。

日達木子回視著她。

臺下的涼州新兵們漸漸反應過來，紛紛激動道：「禾晏贏了！禾晏殺了瓦刺！」

「禾大哥了不起！」程鯉素被抓著，還不忘給禾晏叫好，「把他們打的滿頭包！」

梁平與馬大梅面面相覷，禾晏殺人的速度，就算是天縱奇才，也太快了些。

「你們，」那少年站在高臺上，望著西羌人微笑，「不會是輸不起了，下一個誰來？」

西羌人那頭，暫且無人說話。

她便又笑了，笑容帶著一點挑釁，「我知道，以生命做為賭注，是有些可怕。沒想到口口聲聲無所畏懼的西羌勇士，也會有不敢上臺的時候。不過沒關係，我大魏中原兒郎，從來心地仁善，實在不願意，就此認輸，就如剛才我所說，叫我一聲爹，這切磋就到此為止，怎麼樣？」

「不過，是誰來叫我一聲爹？」禾晏盯著日達木子：「你是他們的首領，不如你來叫，如何？」

「混帳！」日達木子身後一名兵士上前一步怒斥。

禾晏絲毫不懼，無辜開口：「這也不行嗎？」

王霸小聲道：「真痛快！」

「她是在故意激怒對手，」黃雄沉聲道：「只是，現在這種情況，好像沒必要這麼做。」

禾晏的性子從來都是這般狂妄自信，以往這樣，旁人只當她是少年天性，如今這樣的情況，激怒日達木子，可不是什麼好事。

「我來跟你比。」一個聲音自日達木子身後響起，「統領，巴囑願意一戰。」

日達木子瞧他一眼，看不出喜怒，只道：「去吧。」

這個叫巴囑的男人上了演武場高臺。

同方才的瓦剌不同，巴囑雖然健碩，卻不如瓦剌那般巨大的過分，年紀也比瓦剌更年長一些，大約三十出頭。他渾身上下攏在一層烏色的披風中，連腦袋都藏在帷帽裡，露出半個下巴，眉眼不太清晰，整個人看起來蒼白又古怪，狀如鬼魅。他的嗓子也是嘶啞的，像是被火燒過，難聽如烏鴉叫聲。

巴囑走到瓦剌身邊，雖同是夥伴，卻無半分同情，一腳將瓦剌的屍體踢下演武場高臺，罵道：「礙手礙腳的東西。」

瓦剌的屍體咕嚕嚕的滾了下去，他看也不看一眼，只對禾晏道：「你身上有舊傷。」

禾晏心下一沉，這個叫巴囑的男人，比瓦剌更棘手一些。

瓦剌無非就是身負蠻力，不懂得變通的力士而已。對付這種人，只要抓住他的弱點並予以打擊，很快就能結束戰鬥。每一場戰鬥中，最怕的，是遇到如眼前這樣有腦子的敵人。他能發現對手身上的弱點，這樣接下來的每一步，都會有所制掣。

他緩緩舉起手中的刀，禾晏將鐵鞭繞於手上，朝對方衝去。

衛桓與瓦剌那一場，禾晏是觀眾，提前看到了瓦剌的弱點與短處，是以與瓦剌對戰時，能快準狠的解決對方。而這一場，巴囑是她沒見過的人，而瓦剌與自己交手的時候，卻被這人看的一清二楚。

換句話說，巴囑瞭解禾晏，禾晏卻對巴囑一無所知。

他的披風下，似乎藏著不少東西，禾晏提防著，這人十分狡猾，並不正面與禾晏發生碰撞，有了方才瓦剌的前車之鑑，他更與禾晏保持距離，鞭子只要朝他揮過去，巴囑就會迅速改變方向，他身體比瓦剌靈活的多，一時間，鐵鞭無法近前。

禾晏的腰上，已經隱隱作痛了。

她之前在涼州城裡時，和丁一交手受了傷。後來又被內奸騙到白月山上去，與藏在暗處的人一番搏鬥，幾次三番，原先已經快要痊癒的傷口，早已裂開了。這還不算，回頭就被扔進了涼州衛的地牢，地牢裡可不會有沈暮雪日日來送湯藥，又冷又潮濕，傷口大約是惡化了。

方才殺瓦剌時候，用力太大，牽扯到傷口，短時間還行，長時間此刻與巴囑對戰，便越發覺得痛得刺骨。

巴囑笑道：「你臉色怎麼不好看，是因為腰上的舊疾犯了嗎？」

禾晏一怔，巴囑手中的彎刀已經纏上她的鐵鞭，將禾晏拉的往前一扯，臺下眾人驚呼一聲，巴囑手上刀被纏著，另一隻手毫不猶豫地朝禾晏腰間的舊傷處就是一掌。

禾晏挨了結結實實的一掌，卻動作未停，手中鞭子鬆開，捲上他的臉，被巴囑避走，卻將他的帷帽捲掉了，露出這人的臉來。

兩人齊齊後退站定。

那一掌牢牢實實地貼在了她的舊傷口，禾晏勉強將喉頭的血咽了下去，面上仍然掛著幾分笑意，看向眼前人，嘲笑道：「嘖，真醜。」

沒了帷帽遮掩的巴囑，露出了真面目。這人一半臉是好的，生的也算英俊，另一半臉卻被火燒過，坑坑窪窪，泛著暗紅色的疤痕猶如蜈蚣，生長在他臉上，將五官擠得錯位。

臺下有人嚇得驚呼一聲。

被禾晏碰倒帷帽，真容暴露人前，巴囑臉色難看至極，盯著禾晏的目光，恨不得將禾晏吃肉飲血。

禾晏一笑，朝他勾了勾手指：「再來！」

巴囑冷笑，衝了過去。

禾晏甫一動，便知不好，方才巴囑那一掌，沒有留情，現在血已經浸了出來，所幸的是她來的時候為了保暖，換上了雷候的黑色勁裝，縱是流了血，也看不出來。只是，這樣下去，不知還能堅持的了多久。

事實上，演武場高臺上的切磋，從來都不是重點，重點在於，用這三場「切磋」，來爭取更多時間。如果沒有人能扛得住西羌人的彎刀，成為單方面的屠殺，那麼後面的一切，都沒有機會了。

必須殺了巴囑，才會有第三場。

西羌人善用彎刀，每個人的彎刀，又會根據身材力道不同，各有調整。巴囑的彎刀趨於靈活，禾晏的鐵鞭想要纏住他的刀，便不太容易。

禾晏的鞭子去纏巴囑的腿，巴囑輕蔑道：「同一招，你想用在兩個人身上，也太天真了些！」說罷，繞開禾晏，彎刀朝禾晏脖頸劈下——

同瓦剌不同，巴囑一開始，就是衝著禾晏的命去的，沒有半分虛招。禾晏兩手扯著鞭子，將巴囑的彎刀勒在眼前，巴囑獰笑一聲，往後一倒，禾晏躲避不及，見這人右手從披風裡，又摸出一把匕首來。

這把匕首，只有人的拇指長，纖薄如紙，與其說是匕首，更像是刀片，若非近前，實在讓人難以看清，他手掌往前一送，外人看過去，只當他一掌拍在禾晏腰間，但除了禾晏，無人知道他掌心的這柄銳器，盡數沒入血肉。

禾晏只覺得腰間痛得鑽心，驀地捏拳揍過去，巴囑的臉近在眼前，他獰笑道：「疼不疼，疼你就——」

他的話戛然而止。

禾晏握緊的拳抵在他喉嚨間，死死不鬆手。

巴囑瘋狂掙扎起來，可不知何時，那鐵鞭竟將禾晏的腿與他的腿綁在一起，他逃離無門，劇烈掙扎，可越是掙扎，便越是翻白眼，到最後，口吐鮮血，漸漸不動了。

禾晏面無表情，將拳用力往裡再一抵，確認身下這人再無氣息後，鬆開了手。

巴囑的脖子上，露出了一點鐵樣的東西，只有一點點，其餘的已經看不到了，當是插進了喉嚨深處。那是一支鐵蒺藜。

禾晏來的時候，在地上撿到的。

隨時隨地，在身上放一些暗器，只有好處沒有壞處，誰也不知道自己會遇到什麼樣的敵人，也不知道接下來會遇到什麼樣的事，什麼時候會遇到，唯一能做的，就是增加活著的籌碼。

她靠近不了巴囑，因巴囑已經對她有了提防，最後一擊，無非是傷敵八百，自損一千的兩敗俱傷之策。但她到底比巴囑好一些，她不過是，被匕首傷在腰間舊傷，而巴囑現在已經沒命了。

「你有底牌，焉知我沒有？」她喃喃道。

片刻後，禾晏艱難的將鐵鞭從巴囑與自己的身上抽出，重新繞回腕間，她站起身，黑色勁裝穿在她身上，不如紅色勁裝時的活潑，多了幾分肅殺。她站得筆直，看起來沒有半分疲累，把玩著腕間鐵鞭，淡淡笑著，說出和方才一模一樣的話。

「他死了，我贏了，勝負已分，下一個。」

第四十章　歸來

底下眾人，並沒有看清楚禾晏與巴囑究竟是何分出勝負的。只看到他們二人扭打在一起，巴囑打了禾晏一掌，禾晏用什麼暗器刺進巴囑的脖子。

手段雖不算光明磊落，到底是贏了。

「禾大哥好厲害！」程鯉素率先叫道：「打得好！打得好！」

「你閉嘴吧！」一邊的宋陶陶呵斥他。

程鯉素不滿：「我替我大哥叫好怎麼了？」

「現在還不到放心的時候。」宋陶陶搖頭，女孩子到底比男孩子心細，她覺出禾晏臉上比方才要蒼白一些，心裡「咯噔」一下，想著禾晏可能受傷了。但禾晏穿著黑色衣裳，看不出究竟傷在哪裡。

臺上，黑衣勁裝的少年下巴微揚，笑問：「沒有人敢上來了嗎？」

就在這時，日達木子突然放聲大笑，他邊笑邊拊掌：「有趣，有趣！沒想到涼州衛還有這麼有趣的人！」話音未落，便駕馬朝演武高臺奔去。

他動作迅捷，周圍的人猝不及防，有幾個涼州新兵差點被他的馬踩在腳下，幸而被身邊人拉了一把，日達木子在演武臺一步之遙驀然勒馬停住，飛身上臺。落於禾晏跟前。

有半分不悅。

「統領該不會想親自下場吧？」少年詫然道：「我一介新兵，何德何能啊？」

「你殺了我兩名勇士，可不像是普通的新兵。」日達木子大笑。並未因方才損失愛將而有半分不悅。

「只是僥倖而已。」

「不必謙虛，你方才與他們二人交手，我都看過了，當得起涼州衛第一！」日達木子說著，看向演武臺下眾人，笑得輕蔑，「我看這裡，就你擔得起有勇有謀。不過……」他話鋒一轉，「不知道你腰間的傷口，還撐得住幾時？」

禾晏不語。

日達木子饒有興致地看著她：「巴囑是我最得力的手下，他剛才連續兩次攻擊你的腰部，看來是有舊傷在身。最後一次，你把暗器刺進他喉嚨的時候，他……」他走到巴囑身邊，用腳撥弄一下巴囑的屍體，巴囑仰翻過來，「他的手鬆開了，是把什麼刺進你的腰間，是刀？」

日達木子關切地問她：「哎喲，一定很疼吧。」

「其實還好。」禾晏微笑，「不及他疼。」

日達木子盯著她看了一會兒，笑了：「很好，我最喜歡你這樣的硬骨頭，敲碎了會特別香甜。」他如方才巴囑對瓦剌所做的一般，一腳將巴囑的屍體踢下高臺，輕笑一聲：「沒用的廢物。」

緊接著，日達木子緩緩抽出腰間的彎刀。

沈瀚見狀，目光一凝，怒道：「日達木子，你身為統領，怎可與我涼州衛新兵交手，若要切磋，我陪你來！」

「你？」日達木子緩慢搖頭：「還不如他呢，我就要他，這位禾……禾晏。」

「沈總教頭，還是我來吧。」禾晏道。

其實她與沈瀚說什麼，並不重要，日達木子已經盯上了禾晏。這是最糟糕的事，但與此同時，也是足夠幸運的事，他們就有更多的時間了。

「你不換換兵器嗎？」日達木子笑道：「我的刀，可是會砍斷你的鞭子。」

「說不定是我的鞭子絞斷你的刀。」禾晏笑盈盈道，雙手握鞭，橫於眼前。

羌族士兵用彎刀的，每個人的彎刀又各有不同。日達木子這把彎刀極大極長，有半人高。上頭不知道淋過多少人的鮮血，泛出暗紅色。刀甫一出鞘，日光落在上頭，泛起些血腥氣。

禾晏只能選鞭子。她同羌人作戰的那些年，一直用劍，只要這裡頭曾有見過「飛鴻將軍」的人，一眼就能認出她與「飛鴻將軍」所用劍法一模一樣。而用刀，羌人最擅長用刀，在他們面前用刀，無異於以己之短攻彼之長，無非自討苦吃。想來想去，竟只有用鐵鞭方便。

日達木子持刀衝過來。

他的步伐很快，與他健碩的身形不符的是，他動作非常靈活。亦很巧妙，距離卡恰好在禾晏的鞭子接觸不到的地方。

禾晏的鞭子想要捲住他的刀，被日達木子躲過，反手一刀砍在鐵鞭上。「砰」的一聲，雖然鐵鞭未斷，不免使人心驚。

這樣下去，不知道這根鞭子能撐得住幾時。兵器架上的兵器，是給士兵們練武用的，結實耐用就好，可日達木子這把刀，明顯是寶刀，不可相提並論。

他哈哈大笑著，橫刀劈開，禾晏的鞭子纏住刀，卻沒拖動，日達木子力氣太大，他道：「天真！」將刀往自己身邊拉，拉的禾晏的身體忍不住往他那頭飛去。

「阿禾哥小心！」小麥忍不住脫口而出。

但見禾晏朝日達木子飛去，眼看就要撞上日達木子的刀鋒，少年卻突然一笑，鞭子挽了個花，從刀鋒下面溜走，順手拍在了日達木子的臉上，而她自己藉著飛過去的力道，從日達木子頭上掠過，在地上滾了個圈兒方才停了下來。

臺下眾人的一顆心這才落回肚子。

日達木子緩緩轉頭。

他本就生得凶狠暴戾，此刻被禾晏一鞭子抽在臉頰上，出了血，血順著臉頰流下來，日達木子渾然未覺，不甚在意地抹了一把，舔了舔落在唇邊的血跡，死死盯著禾晏，道：「你可真厲害。」

他說話的聲音很輕，落在人的耳中，卻令人毛骨悚然。

禾晏道：「彼此彼此。」

腰上的傷口，牽扯一下都很疼，剛剛那翻滾一下，讓刺進身體裡的刀片更深了。但她現在不能把刀片拔出來，一來，這裡容不得她有時間拔刀，二來，拔出來的話，血止不住，很快就會沒有力氣。

禾晏並不像是表現的那般輕鬆。巴囑捅進她身體裡的那把匕首不長，短而纖巧，大概食指寬，又是橫著送進去的，雖不及要害，卻恰好覆在舊傷之上。原先的傷口開裂，而她在演武場上與人交手，牽動皮肉，刀片扎的更深，無異於清醒著感覺被割肉。

她低頭，迅速咬了一下嘴唇，唇上重新出現血色，看上去，又是那個意氣風發的少年了。

「你還撐得了多久？」日達木子並不擔心，笑道：「你的汗，都快要流乾了。」

「是麼？」禾晏摸了一把：「許是天氣太熱。」

日達木子緩緩舉刀，獰笑著撲來：「你的血，也會流得一乾二淨！」

禾晏衝了上去。

底下的涼州衛新兵，皆是看的提心吊膽，禾晏面對日達木子的時候，並不如面對前兩人時游刃有餘。而日達木子狡猾凶殘，禾晏平日裡再如何厲害，說到底，也只是個十六歲的半大孩子。

江蛟喃喃道：「他撐不住了。」

「可能受了傷。」黃雄眉頭緊鎖，「實在不行，」他摸了摸自己身上的金背大刀：「咱們一起衝上去，總不能看他白白送死。」

王霸罵道：「幹！這些教頭怎麼不阻止，就讓一個毛頭小子上去迎戰？丟不丟人！」

沈瀚站在人群中，死死盯著禾晏的身影，手中，紙條都要被捏碎了。他身邊的梁平焦急不已，低聲道：「總教頭，咱們不能這麼一直等著，不能讓他們西羌人做主，不如……」

「別自作主張！」沈瀚低喝，「再等等。」

等？等什麼？

臺上的禾晏，與日達木子再次交手十幾招。

她的動作不如方才迅捷了，已經令人明顯的看出緩慢，擦中了日達木子幾刀在手臂上，每次都被險險避過，但終究是掛了彩。

可她面上的笑意，自始至終，都沒變過。好似這並非是一場攸關生死的血戰，不過是日訓過後，與夥伴隨意快樂的切磋。

這令日達木子感到費解。

他道：「中原人都如你一般能裝模作樣麼？」

「也不是如此，」禾晏疼的聲音有些不穩，她笑道：「我特別能裝模作樣。」

日達木子的笑容不如方才輕鬆了。

禾晏並不敢放鬆對他的警惕。

當年與西羌人交戰，對方的統領日達木基暴虐凶殘，一把彎刀收割亡魂無數。所到之處，白骨累累。日達木基最愛做的事，就是用彎刀砍掉俘虜的腦袋，綁在他的坐騎馬尾上，死人血肉模糊的頭顱，足以成為許多中原百姓一生的噩夢。

禾晏帶領的撫越軍，和日達木基帶領的羌族軍隊，惡戰連連，每一次交手，禾晏都能察覺出對方的狡猾與可怕。

在最終一戰中，日達木基死在禾晏的手上。

他生前喜愛砍別人的頭顱，大概沒想到，死後，自己也會被別人砍下頭顱，裝進鑲著珠玉的匣子中，帶到京城皇宮，送到皇帝跟前，成為將軍的軍功，換來豐厚的賞賜。

日達木基死後，西羌群龍無首，叛亂很快被平定。而眼前這個叫日達木子的男人，生了一張和日達木基一模一樣的臉孔。

日達木基是禾晏親眼看著咽氣的，不會死而復生，何況日達木基的眼珠子是暗綠色的，而日達木子的眼睛，是暗藍色。禾晏便想到，曾聽過日達木基有一名孿生兄弟，天生蠻力，凶惡橫行。不過與日達木基因統領之位兄弟不和，早年間離開，行蹤不知了。

如今看來，這就是日達木基的那位孿生兄弟，日達木子。

他大概知道了兄弟的死訊，或許又得了羌族的殘兵，才帶著人馬趕到涼州衛。他亦是狡猾，從內奸處得知了肖玨如今並不在涼州衛，這裡的新兵到底稚嫩，才敢如此明目張膽。

但日達木子也不是傻子，縱然他的部下再如何英勇蠻橫，一千人對上涼州衛的數萬精兵，也不可能勝。所以，他的人馬，應該遠遠不只如此。這是一出早就針對涼州衛布好的局，衛所前面是白月山，後面是五鹿河，他們若有軍隊，從白月山橫貫過來，如此大雪，當是不可能的。因此，最有可能的，是趁夜走最近的水路，越渡而來。

禾晏過去不曾見過日達木子，但與日達木基交手多次，早知此人底細。此人最愛擺上擂臺，嘴裡說要與對方切磋，其實手段陰狠，中原武士行的光明正道，多數會敗於對方之手，如此一來，仗還沒打，就丟了士氣。一旦對羌人有了畏怯之心，之後多會潰敗。當年多少大魏武將，正是中了日達木基的詭計。

兵不厭詐，士氣為重。禾晏看得明白，日達木子雖然與其兄弟不和，行事手段卻如初一轍。涼州衛的新兵，今日免不了要與日達木子的手下一番惡戰，她已經做了能做的所有事，而最後一件事，就是在這演武場上，替大魏的兒郎們攢足這股氣。

有了士氣，他們的第一場戰爭，才會發揮出真正的實力。

「我最討厭裝模作樣的中原人。」日達木子終是不耐煩了，他看了看遠處，似乎在等什麼消息，然而並未等到，便轉過頭來，道：「快點結束吧！」

禾晏笑道：「我也正是這般想的。」

她伸手，將腰帶重新綁的更緊了些，腰帶覆著傷口，讓血不至於流得過多，但同樣的，也更痛，更難受。

日達木子看著她的動作，突然道：「你讓我想起一個人。」

禾晏：「何人？」

「我雖沒見過，但聽我那倒楣的兄弟曾說過，中原有一個叫禾如非的將軍，戰場上中了箭都能拔掉箭柄繼續指揮作戰。他最終死於禾如非之手，你，和那個人很像。」

禾晏聞言，笑了：「錯了，我不是禾如非，也和他不像。」

她看了臺下的涼州眾人一眼：「不過我大魏兒郎，人人皆如我一般，只要不死，就會戰鬥到底！中原會有千千萬萬個飛鴻將軍，你西羌，」她抬眸，語含譏誚：「又出得了幾個？」

說罷，揮舞鐵鞭，直衝日達木子而去！

日達木子冷笑一聲，並不放在心上，在他看來，禾晏已經受了傷，舊傷新傷，不過是強弩之末。雖然她的忍耐力令人驚訝，不過，也撐不了多久了。

彎刀與鐵鞭交纏在一起，發出金鳴碰撞的聲音。

「禾大哥……」小麥在臺下看的一顆心揪起，怎麼都不敢落下。

禾晏的動作變快了。

她揮鞭子的動作越來越快，快過了日達木子揮刀的動作。那彎刀又大又沉，對尋常人來說，日達木子的動作已經很快了。但快不過鋼鞭，鞭子趁著刀還未揮動的空隙間嗎，無孔不入的從各處鑽進來，抽到了日達木子的臉上。方才只是一道血痕，可不過須臾，他臉上已經多了好幾條血跡。

「你就只會這樣嗎！」日達木子被接二連三的中鞭激怒了，神情變得暴虐起來，彎刀直取禾晏脖頸，奈何禾晏身材嬌小，輕鬆躲過。

「你也不過如此。」這少年甚至還有時間側頭來調侃。

怎麼回事？日達木子越發驚異，怎麼好似隨著時間流逝，禾晏的動作反而越來越快了。他不是受了傷嗎？為何還可以身姿靈活，絲毫不見半分影響？莫非他之前都是裝的？這小子根本沒有任何舊傷？

禾晏閃身避開刀尖，腳尖點地，繞到日達木子身後。

這人身穿鎧甲，剛硬無比，她的鞭子不是沒有打中日達木子身上，只是落在鎧甲上，什麼都沒留下。

那麼，他全身上下，也如巴囑瓦剌一般，只剩下一個弱點了。

她眼眸微瞇，朝日達木子身後攻去。

日達木子轉身用刀擋住禾晏的鐵鞭，將禾晏震得飛了出去，不過眨眼，她就藉著力又撲向日達木子。

這簡直是不要命的打法，只管攻不管守了。

「他該不會是想要同歸於盡吧。」江蛟喃喃道。

在外人眼中瞧上去孤注一擲的禾晏，實則並沒有那麼糟糕，反而是日達木子，從一開始的勝券在握，開始漸漸淪落下風。

這個少年似乎知道他每一次出刀的痕跡，在每一次交手中，早早的避開了，而他又很迅速地捕捉到日達木子刀術上的弱點，趁著弱點進攻，讓日達木子有些手足無措。

他才多大？十五六歲的模樣，不過須臾就能看出自己的弱點，有此敵人，該是一件多麼可怕的事。而如這少年若說，中原有無數同他一樣的人，西羌呢？西羌出的了多少？這樣的天縱奇才，沒有，一個都沒有。

一瞬間，日達木子竟生出退意。

他的士氣泄了。

不過這一點，他倒是冤枉禾晏了。禾晏再如何厲害，也不會交手數次，就能迅速判斷出對方的身手軌跡，更何況是日達木子這樣的人。實在是因為，許是因為是孿生兄弟血緣關係，又或者可能是他們師承同一人，日達木子的刀法，和日達木基的刀法，竟一模一樣。

禾晏前生與日達木基交手無數次，知己知彼，早已對其招數熟記於心，此刻卻便宜了自己對付日達木子。而日達木子因此生出的畏怯之意，正好中了禾晏的下懷。

不過是以其人之道還治其人之身罷了。

他們慣來喜歡打擊旁人士氣，來增加自己士氣，如今總算領略到灰心喪氣的感覺，這正是機會。

禾晏的鞭子越抽越快，抽得周圍的人都有些目不暇接，日達木子只覺得那鐵鞭好似成了一條活著的蛇，在他面前盤旋飛舞，影子綽綽，他的刀揮過去，竟撲了個空，卻是額上挨了一鞭，真鞭子在此。

他狂怒著朝禾晏劈砍下去，那少年卻已繞到他身後，他這個動作，之前在對付瓦剌的時候也出現過，日達木子心中暗叫不好，但見那鐵鞭已經飛舞在眼前，如一副沉重的鐐鏈，即將套中他的脖頸。

然後，再一勒，他的喉嚨就會斷掉，就會如瓦剌一般死去。

千鈞一髮的時候，他高喊了一聲：「柯木智——」

這似乎是他某個部下的名字，下一刻，演武場上，忽然響起女子的驚呼，竟是宋陶陶，被抓著她的羌人一把扔上了演武臺。

羌人身材健碩，力氣極大，宋陶陶不過是個纖瘦的小姑娘，猛地如貨物一般被拋上去，若是掉下去，縱然不死也是重傷。

臺下沒有人趕得及。

禾晏手中的鞭子，在日達木子脖頸前打了個轉兒，飛向宋陶陶，她的身子亦是朝宋陶陶撲去。

鐵鞭捲住了宋陶陶的身體，禾晏飛身過去，將宋陶陶接到懷中，二人一同重重摔在地上，禾晏托著宋陶陶的身體，這一摔，便將腰間的刀刃摔得更深，她冷不防「嘶」的一下出了聲。

「大哥小心！」陡然間響起程鯉素的喊叫。

「禾晏！」

「阿禾哥！」

四面八方傳來焦急地聲音，梁平的聲音淒厲至極，禾晏側頭一看，就見一線刀光朝自己撲來。

她接著宋陶陶的時候，後背露出來，日達木子的彎刀凶狠落下，就要將她砍成兩段。

禾晏一把將宋陶陶推開，被刀風掃得閉上了眼。

她已經沒有動彈的力氣了。

「去死吧！」

「砰——」

沒有想像中的疼痛，也沒有血濺五步，有什麼東西將彎刀撞得翻倒，似乎有人擋在她的面前。

禾晏慢慢睜開眼。

熟悉的暗藍身影，袍角繡著銀線織成的銀鱗巨蟒，年輕男人站在她身前，身姿筆挺如松，冷靜令人安心。他手中的長劍還未出鞘，似冰雪般晶瑩剔透，流轉璀璨光彩。就是這麼一把窄而薄的飲秋劍，拂開了那把要人性命的屠刀。

「都督……都督！是都督！」臺下眾人訝然片刻，頓時沸騰起來。

「都督回來了！」

「舅舅！」

肖玨……回來了嗎？

禾晏望過去，已覺得視線都模糊，看不太清楚。

肖玨一把將她從地上拉起來，禾晏沒了力氣，軟軟地倚在他身上，肖玨扶著她的腰，似是察覺到什麼，低頭一看。

穿著黑衣勁裝的少年，看起來除了虛弱些，並沒有任何傷口，但此刻扶住禾晏腰間的手，卻摸到一片濡濕。

手上，都是血。

他神情微頓，緩緩看向日達木子，話卻是對著禾晏說的，語氣是一如既往的譏諷：「怎麼每次遇到妳，妳都能把自己搞得如此淒慘。」

「……」

禾晏笑了一下，輕聲道：「可能是因為，我每次都知道，你會來救我吧。」

「肖懷瑾？」日達木子看著眼前的人，目光陰晴不定。

「飛奴。」

飛奴出現在他身後，肖玨將禾晏交給他：「帶她們下去。」

飛奴扶著禾晏，宋陶陶爬起來跟在身後，二人到了演武場臺下。此刻周圍都是人，飛奴問禾晏：「可還撐得住？」

禾晏點了點頭。

「先坐，」飛奴將她扶到樹下靠著樹坐著，「大夫馬上到。」

大夫？禾晏不解，涼州衛就只有一個醫女沈暮雪，此刻正被羌族的兵士虎視眈眈地盯著──美貌的女子在軍營中，向來都是惹人注目的。

她抬眼看向臺上。

演武臺上。

「不是要找我切磋嗎？」肖玨漫不經心地抽劍，黑眸看向眼前人，微微勾唇道：「上吧。」

日達木子問：「你就是肖懷瑾？」

肖玨笑了一下：「如假包換。」

世人皆知，大魏有兩大名將，封雲將軍肖懷瑾，飛鴻將軍禾如非。但正如禾晏從未跟南蠻人交過手一般，肖玨也從未和西羌人做過戰。威名都聽過，可真正的照面，還是頭一回。未曾見過肖玨的真實樣貌，而在此之前收到的消息是肖玨去了漳臺，從漳臺到涼州，來去時間，他根本不可能回到這裡。

但他手中的劍……並不像是普通的劍。

見他遲遲不動，肖珏揚眉：「怕了？」

日達木子冷笑一聲：「裝模作樣！」提刀撲來。

但見青年動也不動，手中劍寒徹驚秋，鋒銳不可擋，而他行動間如落花慵掃，直破彎刀，迅而猛，令人看得眼花繚亂目不暇接，日達木子剛剛同禾晏交手已然破了士氣，此刻更是應付不及，節節敗退，飲秋劍直刺入他胸前。

「統領！」這是部下的驚呼。

日達木子仰身後退，未被肖珏刺中前胸，卻被他破開鎧甲挑在劍尖拋下，一瞬間，他前胸已無鎧甲遮擋。

「西羌勇士？」肖珏唇角微翹，嘲諷道：「不過如此。」

日達木子怒火中燒，但方才交手已然看出，他自己並非肖珏的對手。涼州衛臥虎藏龍，方才的禾晏也是，一個新兵，竟有如此能耐，誰知道還會不會有其他人？演武場上的切磋已經沒有必要繼續進行下去了，此番賠了夫人又折兵，失去兩名愛將，還被部下看到自己狼狽的樣子，眼下士氣已失，再多耽誤只會誤事，還是正事要緊。

他側頭看向演舞臺下，可是……為何還沒有動靜。

年輕男人優雅的擦拭劍身，似笑非笑地看了他一眼：「你在等什麼？在等五鹿河邊的伏兵捷報？」

日達木子心中大震，緩緩抬頭。

「那你恐怕要失望了。」肖珏輕笑，眸底一片漠然。

「柯木智！」日達木子飛快後退，喊道：「糧倉！糧倉！」

「沒有消息，」部下的聲音也帶著一絲張惶：「統領，他們還沒回來！」

肖珏微微一怔。

臺下，有人笑起來。

日達木子循著聲音一看，見方才差點害他栽了跟頭的罪魁禍首，那個叫禾晏的黑衣少年臉上露出快意的笑容，她已經虛弱得聲音都很輕了，說話卻還是如此令人討厭，她道：「偷偷去別人糧倉放火這種行徑也太卑鄙了，所以早早的就有弓弩手在那邊準備，這位統領，你的部下回不來了。」

竟早有準備！

日達木子陡然間意識到不好，他早早準備，到了如今原以為可以滿意收網，殊不知螳螂捕蟬黃雀在後，他以為是他是螳螂，卻不知還有一隻黃雀。

上當了！

只怕肖珏去漳臺是假的，涼州衛新兵不堪一擊也是假的，統統都是假的，一切都是為了讓他們上當。這裡的內應，早就暴露了！

「中計了！快走！」他朝臺下眾人吼道：「河邊有伏兵！」

伏兵？羌族兵士一頭霧水，河邊的伏兵不正是他們自己人的嗎？為的就是將涼州衛的新兵一網打盡。可這話的意思……

「既然來了，」肖珏看向他：「就別走了。」

日達木子咬牙，橫彎刀於身前，事已至此，他們西羌士氣不足，又身中圈套，唯一能做的，無非是背水一戰。然而留得青山在不愁沒柴燒，他若是能逃出去，日後必有機會捲土重來！

「勇士們！」他舉刀：「殺了他們！殺光他們！」

身後的兵士紛紛舉刀，大肆屠殺起來，同涼州衛的新兵混戰在一處，有人暗中燃放信號，煙筒飛上去，在空中炸響。

日達木子轉身，想要趁亂逃跑。

他剛回頭，便覺有人按住自己肩頭。

「想跑？」年輕的都督這一刻，五官漂亮的令人驚豔，然而笑容漠然，「跑得了嗎？」

就此交手。

正在此時，又聽得前方突然傳來震天響聲，循聲一看，便見自五鹿河的方向，奔來一支軍隊，皆是黑甲黑裳，最前方的人騎馬，手持戰旗，寫著一個「南」字。

「是南府兵！九旗營！」

「南府兵來了！」

禾晏的眼睛已經快要睜不開了，飛奴為了不讓她在混亂中被人傷到，扶著她往後撤，禾晏只能匆匆一瞥。

源源不斷的南府兵自河邊而來，彷彿無窮無盡。

救兵來了……她昏迷過去之前，望向肖玨的方向，腦中只有一個念頭。

原來……他打的是這個主意。

這是一場慘烈的戰爭。

日達木子不會傻到只率領一支千人的兵來挑釁涼州衛，不過是占了離五鹿河最近的村寨，連夜水渡，在河邊處設下伏兵。若涼州衛的新兵抵擋不過，想要撤離，便如羊入虎口，將被一網打盡。

只是人算不如天算，大概日達木子自己也沒想到，他與人在演武場「切磋」時，五鹿河邊的設伏不太順利。原以為所有新兵都在演武場周圍了，竟不知為何，又有一支弓弩隊，藏在五鹿河邊的叢林裡，羌人一出現，便射出箭陣，羌人陣腳一亂，率先與這些新兵交上手。再然後，原本不該這個時候回來的肖玨突然出現，還帶回來一萬南府兵。

一萬南府兵，對戰一萬多的羌人，不會贏的太過輕鬆。可若是再加上士氣高漲的涼州衛新兵，和所向披靡的九旗營，自然攻無不克。

原以為勝券在握的局，頃刻間勝負顛倒。

日達木子周圍親信皆戰死，自知今日再難逃出生天，亦不願做俘虜任人宰割，便拿彎刀抹了脖子，自盡了。

統領一死，群龍無首，剩下的羌人很快棄甲曳兵，抱頭鼠竄。

比預料中結束的要快。

涼州衛的演武場上，白月山下，馬道旁，五鹿河邊，盡是屍首。這一戰，涼州衛的新兵也損失不少，最慘烈的，大概是昨夜被人暗中殺害的巡邏哨兵。其次便是在五鹿河邊的那支弩手，羌人最先與他們交上手。

活著的，輕傷的兵士幫著打掃整理戰場，將同伴的屍體抬出來。重傷的，則被送到醫館，由沈暮雪和她的僕役診治。

肖玨往外走，沈瀚跟在身後。

「舅舅！」程鯉素被赤烏帶著，撲過來，驚魂未定道：「你怎麼現在才回來了！嚇死我了，我還以為我今日要死在這裡！」

肖玨還沒來得及說話，程鯉素一眼看到了跟在肖玨身後的沈瀚，想到前些日子在沈瀚那裡吃的苦頭，如今長輩過來，立馬告狀，就道：「舅舅！你說說沈教頭，今日若不是禾大哥，那個叫什麼木頭的，早就在涼州衛大開殺戒了。禾大哥幫了我們，結果呢，前些日子還被沈教頭關進地牢！也太委屈了！」

「地牢？」肖玨看了沈瀚一眼：「怎麼回事？」

沈瀚頭大如斗，答道：「……說來話長，當時情勢緊急，我也不敢確認禾晏身分。」

「你們還冤枉他殺人！結果呢？結果你們把禾大哥抓起來了，把真正的凶手放出來了！我大哥今日不計前嫌救了你們，你們回頭都得給他道歉！」

「夠了。」肖玨斥道：「赤烏，你帶程鯉素回去。」

「哎？舅舅你去哪？」

「我去換件衣服。」肖玨懶得理他，對沈瀚道：「你跟著我，我有事要問你。」

他回來的匆忙，不眠不休的趕路，又經歷一場惡戰，渾身上下都是血跡和灰塵。一回到屋便迅速沐浴換了件乾淨衣裳，才出門，迎面撞上一名身穿白衣的年輕人。

這年輕人年歲與肖玨相仿，生的眉清目秀，又文質彬彬，臉上逢人掛著三分笑意，衣裳上繡著一隻戲水仙鶴，大冬天的，竟手持一把摺扇輕搖，也不嫌冷。

見到肖玨，他笑道：「你受傷了？要不要給你看看？」

肖玨抬手擋住他上前的動作：「不必，隔壁有個快死的，你看那一個。」

「哦？」這年輕人看向隔壁的屋子，露出不太願意的表情，「我白衣聖手林雙鶴從來只醫治女子，你已經是個例外，咱們幾年未見，你一來就要我破了規矩，現在連你手下的兵也要看了？這樣我和那些街頭坐館大夫有何區別？」

肖玨：「去不去？」

林雙鶴「唰」的一下展開扇子，矜持道：「去就去。」

一邊的沈瀚聞言，心中詫然，這看起來斯斯文文的年輕公子竟然是白衣聖手林雙鶴？林雙鶴給禾晏看病？如此說來，禾晏與肖玨的關係果真不一般，想到自己之前將禾晏關進地牢，沈瀚不由得一陣頭痛。

這下可真是捅了馬蜂窩了！

幾人一同去了禾晏屋子，屋子裡，宋陶陶正坐在床前給禾晏擦汗。禾晏到現在也沒醒，身下的褥子被血染紅了，也不知傷到哪裡，宋陶陶有心想幫忙，卻不敢輕易下手，沈暮雪在醫館醫治重病傷患，亦是分不開身。這會兒見肖玨帶著一個年輕人過來，當即喜道：「肖二公子！」

「大夫來了。」肖玨道：「妳出去吧。」

宋陶陶看向林雙鶴，怔了一刻，「林公子？」

朔京說小不小，說大也不大，宋慈與林雙鶴的父親認識，兩人曾見過面，算是舊識。

「宋姑娘，好久不見。」林雙鶴搖搖摺扇：「我來給這位小兄弟瞧病。」

「可你不是、不是……」宋陶陶遲疑道。

「我的確只為女子瞧病，」林雙鶴嘆息，「只是受人之托忠人之事，也就破個例，只此一次，下不為例。」

宋陶陶還想說什麼，肖玨對她道：「宋姑娘無事的話請先出去，以免耽誤大夫治病。」

「……好。」小姑娘起身出了門，肖玨在她身後將門關上，宋陶陶望著被關上的門，突然反應過來。肖玨自己還不是在裡面，怎麼他在裡面就不是耽誤大夫治病了？

哪有這樣的！

屋裡，林雙鶴走到禾晏榻前，將自己的箱子放到小几上，一邊打開箱子一邊道：「這兄弟什麼來頭，竟能挨著你住？身手很不錯麼？瞧著有些瘦弱了。」

肖玨：「廢話少說。」

林雙鶴不以為然：「你方才其實不必讓宋姑娘出去，看樣子，她很喜歡這位兄弟。就算在一邊看著，也不會礙事，你又何必將人趕走，讓人在門外心焦？」

肖玨無言片刻：「你想多了，我讓她出去，是怕嚇到你。」

「嚇到我？」林雙鶴奇道：「為何會嚇到我？又不是什麼疑難雜症。」他說著，就要伸手去剝禾晏的衣裳。

肖玨按住他的手臂。

林雙鶴抬起頭：「幹嘛？」

「先把脈。」

「他是外傷？把什麼脈！我一看就知道是怎麼回事，得先包紮傷口！」

肖玨看他一眼：「我說了先把脈。」

「肖懷瑾你現在怎麼回事？」林雙鶴一頭霧水，「連我怎麼行醫也要管了是嗎？」

「把不把？」

「把把把！」林雙鶴被肖玨的目光壓得沒了脾氣，只好伸手先給禾晏把脈。一摸脈象，他神情一變，起先是不敢相信自己的感覺，又把了兩回。末了，看向肖玨：「她是……」

肖玨挑眉：「沒錯。」

林雙鶴彈起來：「肖玨！你竟然金屋藏嬌！」

肖玨皺眉看向門外：「你這麼大聲，是怕知道的人不夠多？」

「別人不知道啊，現在有誰知道？」林雙鶴低聲問。

「就你我二人，飛奴。」

「這妹妹可以呀，」林雙鶴慣來將所有的姑娘稱作「妹妹」，看向禾晏的目光已是不同，「我說呢，你怎麼會讓人住你隔壁，原來是醉翁之意不在酒。你倆什麼關係？咱們這麼久沒見面，你終於有喜歡的姑娘了？怎麼也不說一聲，弟妹是哪裡人？怎麼來涼州衛？定是為了你是不是？你也是，姑娘當然是要用來疼的，把人弄到這麼荒山野嶺的地方受苦，你還是不是人？」

肖玨忍無可忍：「說完了嗎？你再多說幾句，她就斷氣了。」

「哪有這麼詛咒小姑娘的？」林雙鶴罵他：「你過來，幫我把她衣服脫下，找塊布蓋住其他地方，腰露出來就行。」

肖玨險些懷疑自己聽錯了，問：「你說什麼？」

「來幫忙啊。雖然醫者跟前無父母，但若只是個尋常姑娘，我也不會在乎這麼多，可這是你的人，當然你來脫。否則日後有什麼不對，你對我心生嫌隙，找我麻煩怎麼辦？」

「什麼我的人？」肖玨額上青筋跳動，「我與她毫無瓜葛。」

「都住一起了什麼毫無瓜葛，你既然已經知道人家身分了，定然關係匪淺。你快點，我剛才摸她脈門，情況不大好，已經很虛弱了。」林雙鶴催促道：「我先用熱水給她清洗傷口。她傷口在腰上。」

肖玨想到方才扶禾晏的時候，染上一手的血，深吸口氣，罷了，走到禾晏身邊，洗手後，慢慢解開禾晏的衣裳。

他側過頭，目光落在另一邊，並不去看禾晏，縱然如此，卻還是不可避免的碰到了禾晏的身體。手下的肌膚細膩柔滑，和軍營裡的漢子們有著截然不同的觸感。也就在這時，他才意識到，禾晏的確是個女子。

這人平日裡活蹦亂跳，與涼州衛的眾人稱兄道弟，又性情爽朗，比男子有過之而無不及，久而久之，雖知道她是女子，卻還是拿她當男子對待。

腦中又浮現起當日在涼州城的知縣府上，被發現女子身分的那個夜裡，飲秋剪碎了禾晏的衣裳，那一刻，才發現素日裡看上去剛毅無雙的身體，原來披著這樣瑩白的肌膚。

脆弱的不堪一擊。

他扯過旁邊一張薄毯，將禾晏的半身包裹起來，手去解她的腰帶，甫一動手，便覺得意外。禾晏的腰帶，未免束得太緊了些，是因為姑娘家愛美？看這人平日行徑，絕無可能。

他將腰帶解開，瞬間便覺手心濡濕，禾晏身下的褥子被染紅大塊。林雙鶴也收起玩笑之意，伸手查探，一看便怔住，肅然道：「她身上帶著把刀。」

肖玨：「什麼？」

林雙鶴從箱子裡拿出細小的金鉗和銀針，用金鉗輕輕探了進去，榻上，禾晏昏迷中蹙起眉頭，似是被疼痛驚醒，但終究沒有醒來。

小鉗小心翼翼的自她腰間的傷口夾出一塊薄薄的刀片。

肖玨眉心一跳。

林雙鶴半是感慨半是佩服的道：「這位妹妹，還真是能撐啊！」

肖玨看向丟進盤子裡的那只刀片，薄而鋒利，她就一直帶著這麼個東西在演武臺上？這是什麼時候有的？是日達木子與她交手的時候刺中的，還是在那之前。倘若是在那之前的話，之前兩場，禾晏每與人交手一次，刀片進入的更深，猶如活生生割肉，只會疼痛難言。尋常男子尚且忍受不了，禾晏又是如何忍受下來的？這便罷了，肖玨還記得自己趕到的時候，那少年的臉上甚至還掛著笑意，一絲一毫不對都看不出，騙過了所有人。

騙子慣會裝模作樣，但如果連她自己也要欺騙的話，未免有幾分可憐。

「這姑娘什麼來頭？」林雙鶴一邊幫禾晏清洗傷口，一邊頭也不抬地問肖玨。

「城門校尉的女兒。」

「城門校尉？」林雙鶴手上動作一頓，「怎麼跑到這來了？為你來的？」

「想多了，」肖玨嗤道：「建功立業。」

「啥？」

「她自己說的。」肖玨看向窗外。

林雙鶴咀嚼這句話半晌，也沒瞧出個意思，便道：「這姑娘實在是不得了，能忍常人不能忍，我行醫這麼多年，治過的女子無數，這樣的，還是頭一次遇見。」

林雙鶴取出乾淨的白布，替上過藥的禾晏包紮。心中不是不感慨，他在朔京醫治的女子，多的數不清，什麼千奇百怪的病由都有。有認為自己額上胎記不好看，請他幫忙去掉的。也有打娘胎裡身體孱弱，要他開副方子調養身體的。有成親多年無子來求得子妙方的，也有不得夫君寵愛，請他調製一些養顏食譜滋潤美容的。

能請得起他的人，大多是富貴人家的女子，於身體上，實在不曾吃過什麼苦頭。因此，見慣了人間富貴花，如此傷痕累累的狗尾巴草，也就顯得格外特別。

「你與她是什麼關係？」他問。

肖玨：「沒有關係。」

「沒有關係你會這樣關照她？連我都被你拿來使喚。」林雙鶴「嘖嘖嘖」的搖頭，道：「罷了，你之後打算如何處置？」

「處置？」

「別以為姑娘家穿著你們新兵的衣服，就真是你的兵了。我瞧著也是好好一個清秀佳人，看看現在都被折磨成什麼樣子？你總不能一直讓她混在你們軍營當個新兵吧？不如把她送到沈暮雪那邊，給沈暮雪打個下手，既留在你身邊，也不必去那種危險的地方。這姑娘柔柔弱弱的，就該放在屋裡好好呵護，你倒好，辣手摧花，狠心驅燕……」

「柔弱？」肖玨似被他的話逗笑，勾唇慢悠悠道：「我趕回之前，她剛砍了兩個西羌人的腦袋。」

林雙鶴：「……」

「我再來的晚一點，她就要砍第三個了。」

林雙鶴包紮的手抖了一下，半晌，才笑道：「……那還真是真人不露相，露相不真人，哈哈，哈哈。」

第四十一章 無情之人

禾晏這一覺，睡得委實長了些。

她甚至還做了一個夢，夢裡是她與日達木基交手，那統領暴虐凶殘，被她用劍指著頭，猛地抬起臉來，竟是禾如非的臉。

禾晏手中的劍「噹」的一下掉了下去。

她睜開眼，目光所及是柔軟的帳子，身下的床褥溫暖，低頭看去，她躺在榻上，人好好的。

禾晏還記得自己昏過去之前，正在演武場上，肖玨和日達木子交上了手，遠處援軍南府兵已至。眼下是什麼情況，已經結束了？

她撐著身子慢慢坐起來，一動，便牽扯到腰上的傷口，疼的她忍不住皺眉，頓了一會兒，才扶著床頭坐好。

身上的傷口已經被包紮過了，她回到了自己的屋子——挨著肖玨的那間，屋裡一個人都沒有，想叫人問問眼下是什麼情況都不行。

正想著，門被推開了，一個年輕人捧著藥走了進來，他關了門，端著藥走到禾晏榻前，看見禾晏已經坐起來，便笑了：「醒了？看來恢復的不錯。」

這是張陌生的臉，在涼州衛裡禾晏還是頭一次見，但看他穿的衣裳，絕不會是新兵。禾晏盯著他的臉，腦中空白了一剎那，突然回過神來，差點失口叫出對方的名字。

好在她及時反應過來，話到嘴邊，又硬生生地咽下去。那人笑著看向她，道：「我叫林雙鶴，是大夫，也是肖懷瑾的朋友，妳的傷，就是我給看的。」

見禾晏只瞪著他不說話，林雙鶴想了想，又道：「妳別誤會，衣裳不是我脫的，是肖懷瑾脫的，我只負責看病。咳……妳的真實身分，我也知道了。」他壓低了聲音，湊近禾晏道：「妹妹，我真佩服妳呀。」

禾晏：「……」

她艱難的對著林雙鶴頷首致謝：「多謝你。」

「不客氣。」林雙鶴笑道，把藥遞給她：「喝了吧，已經涼的差不多了。」

禾晏接過藥碗，慢慢地喝藥，心中難掩震驚。

林雙鶴，林雙鶴居然來涼州衛了！

對於林雙鶴，禾晏並不陌生。事實上，他也是禾晏的同窗。當年一起在賢昌館進學的少年中，禾晏覺得，她與林雙鶴，其實比與肖珏的關係更熟悉一點。

原因無他，因為作為每次校驗與禾晏爭奪倒數第一位置的，十次有八次都是這位仁兄。是的，林雙鶴看起來長了一副聰明的臉，實際上對於文武科，爛得一塌糊塗。他又與禾晏不同，禾晏是努力了還倒數第一，林雙鶴，壓根就沒努力過。他與肖珏關係很好，日日形影不離，功課就抄這位好友的，先生讓謄寫的字帖，則是出錢請人幫忙代寫。

賢昌館的少年們，家境非富則貴，誰也不缺那幾個子兒，可奈何這位林雙鶴仁兄每次拿出來的，都是奇珍異寶，總有人眼饞。禾晏也曾沒忍住誘惑，幫林雙鶴抄了一宿的書，得了一塊玉蟈蟈。

林雙鶴極有錢。

林家世代行醫，祖輩就在宮中太醫院做事，如今林雙鶴的祖父林清潭就是太醫署的太醫令，林清潭的小兒子，林牧為太醫師，對女子醫科極為出眾，深得宮中貴妃喜愛。林牧還喜愛研製一些美容祕方，討好了太后皇后貴妃，時不時得賞賜。這些賞賜回頭就給了林雙鶴。

林牧只有林雙鶴一個兒子，寵愛至極。林雙鶴也就仗著家裡有錢，在賢昌館裡混日子。

大抵林家對林雙鶴要求不高，從未想過要林雙鶴文武出眾去入仕什麼的，對他的功課也並不在意，只要不丟人丟到家門前就行。家裡無甚負壓，要應付的，只有賢昌館的先生，是以林雙鶴的求學生涯，每一日都充滿了招貓逗狗的輕鬆與愜意。

紈褲子弟林雙鶴自己墮落也就算了，看見禾晏這般努力，還覺得很不理解，曾在禾晏忙著背書的時候湊到禾晏跟前問：「禾兄啊，你說你，日日這般努力，還老是拿倒數第一，又有什麼意思呢？」

禾晏不理他，繼續吭哧吭哧背書，林雙鶴討了個沒趣兒，自個兒走了。

過了幾日，禾晏校驗從倒數第一變成倒數第二時，他又來找禾晏，問道：「禾兄，打個商量，這次校驗，你能不能還是考倒數第一，容我拿倒數第二。」

禾晏：「……為何？」

「先生在我祖父面前告狀，祖父罵了我父親一頓，我父親令我下次校驗必須進步，否則便要斷我財源。我如今是倒數第一，只要你考倒數第一，我不就進步了嗎？」

禾晏：「……」

「禾兄，求求你了。」這少年懇求道：「你若是幫我這回，我將淑妃娘娘賞的那支鳳頭金釵送給你。」

「不要，」禾晏拒絕，「我又不是女子，要金釵做什麼？」

「你可以送給你母親呀！」林雙鶴搖搖扇子，繼續與他打商量，「或者你喜歡什麼告訴我，我送給你，只要你幫我這一回。」

「抱歉，」小禾晏搖頭：「我實在愛莫能助，林兄何不找懷、懷瑾兄幫你溫習功課，他課業這樣好，只要為你指點一二，你必然能進步。」

林雙鶴聞言，大大地翻了個白眼：「你饒了我吧，誰要他指點，他成日只顧睡覺，又沒什麼耐心，要他指點，還不若我自己鑽研。」說罷，又嘆了口氣，「世上怎麼會有成日睡覺還考第一的人呢？是妖怪吧！」

禾晏看了正伏在課桌上睡覺的肖玨一眼，對林雙鶴的話深以為然。

老天爺一定是肖玨親爹，才這般厚愛他。

林雙鶴垂頭喪氣，十分可憐，禾晏瞧著瞧著，動了幾分惻隱之心。就對他道：「其實，你也不必灰心，我每日都要溫習功課，你若是不嫌棄，可與我一道。我整理的功課，你可以拿過去看。沒關係的。」說罷，又有幾分不安，「不過，我整理的也不太好……」

林雙鶴瞅著她，瞅得禾晏心裡發毛，這少年才一合扇子：「好吧！」

「什麼？」

「與你一道溫習就一道溫習，我也來試試，頭懸梁錐刺股是什麼感覺。」

其實林雙鶴在賢昌館裡的人緣，比禾晏要好得多。他不戴面具，不搞特立獨行，人生的風度翩翩，又出手闊綽，沒有架子，處事圓滑，動不動請大夥兒吃好吃的，再者誰家少年沒個母親姐妹，要有個頭疼腦熱，還得央求林太醫幫忙醫看。加之他祖父在宮中與貴人們交好，誰也不敢得罪。因此林雙鶴在少年們中，人人都喜歡他。

不過，喜歡是一回事，與他溫習功課又是一回事了。按理說林雙鶴想要求人幫忙，願意幫忙的人多不勝數。可他底子實在太差，賢昌館的少年們又多是天資優越，實在沒那個耐心和時間陪他從頭一點點溫習起。一來二去，就無人肯來接這個苦差事。

而禾晏就不一樣了，半斤八兩，誰也沒比誰好到哪裡去。

於是禾晏在下一次校驗之前，便與林雙鶴整日在一起溫習功課。

林雙鶴的武科不行，直接放棄了，與禾晏溫習，多溫習文類。不管別人怎麼說，倒還像模像樣的。傍晚下了學，眾人都去吃飯了，兩人還坐在學堂裡，互相背誦。

不過這種背誦，一般都是林雙鶴歪坐著拿著書看，禾晏抑揚頓挫的背。

她道：「大學之道，在明明德，在親民，在止於至善。知止而後定；定而能後靜；靜而能後安……古之欲明明德於天下者，先……先……」

背到這裡，忘記後面講什麼了，禾晏看向林雙鶴。

林雙鶴也不給她提醒，一邊吃乾果一邊故意逗她：「先什麼？」

禾晏憋得臉頰通紅，死活想不起來接下來是什麼。

偏林雙鶴還在催她：「先什麼？快說呀。」

「先下後上！」禾晏胡亂編了個。

「咳咳咳——」身後有人喝茶被嗆住了，兩人回頭一看，暗處裡的桌前，肖珏懶洋洋地撐起了身子。

「懷瑾，你還沒走哇？」林雙鶴詫然，「我還以為你早就走了。」

少年從桌前站起，他大概是剛睡醒，尚且有些惺忪，走到禾晏二人跟前，隨口問林雙鶴：「你在做什麼？」

「我在溫習功課啊！」林雙鶴攬住禾晏的肩，彷彿很熟稔似地道：「我決定與禾兄一同進步。」

「溫習功課？」他問。

「對，禾兄整理的手記也給我看。禾兄真的很大方。」林雙鶴道。

肖珏看了禾晏一眼，伸手拿起桌上的手記，禾晏還沒來得及阻止，他已經翻了起來。上頭都是禾晏平日裡將先生課堂上講的，私下裡總結的小記。肖珏拿的那本，應當是算經。

他個子很高，禾晏只得仰著頭看他，少年隨手翻了一頁，目光一頓，嘴角抽了抽。

禾晏有些緊張。

片刻後，肖珏將手記放回桌子，面無表情道：「一頁五題，你寫錯三題。」

禾晏：「啊？」

林雙鶴也不知所措。

肖玨掃了他們二人一眼，勾了勾唇，語氣不無嘲諷：「一同進步？」

林雙鶴：「……」

他轉身走了，面具下，禾晏面紅耳赤。

那一次校驗最後是什麼結果，禾晏還清楚記得，她與林雙鶴並列倒數第一，也不知最後林雙鶴回去是如何交差的，這究竟算進步了還算沒有進步，誰也不知道。

如今多年已過，她沒料到再遇到林雙鶴，竟是這樣的場景。在遠隔朔京千里之外的涼州衛，不是書聲陣陣的學堂，而是剛經歷了廝殺的戰場。他們也不再是一起溫習功課的倒楣同窗，一個是新兵，一個是大夫，命運何其玄妙。

禾晏將藥碗裡的藥喝光，將碗放在一邊，打量起面前的人來。

比起多年前，林雙鶴的眉眼長開了許多，少了幾分少年時的稚嫩，看起來更沉穩了些。不說話的時候，是翩翩公子，不過一開口，就儀態全崩，他湊近禾晏，笑道：「妹妹，妳老實跟我說，妳來涼州衛，是不是為了肖懷瑾？」

禾晏：「什麼？」

「妳喜歡他？所以追來涼州衛？」他佩服道：「勇氣可嘉。」

禾晏無言片刻，解釋道：「並非如此，實在是我在京城遇到些事，待不下去，走投無路，才投了軍。」

肖玨與林雙鶴關係一向很好，既然林雙鶴知道了自己女子身分，想來這些事情，肖玨也對林雙鶴提起過。

「那他為何會發現妳的女子身分？」林雙鶴不信：「你們的關係，我看並不普通。」

「發現我身分，是因為肖都督神通廣大，對我多有懷疑，令人去京中查驗我的身分得知。林大夫，」禾晏耐著性子與他交談，「我能否請求你一件事？」

林雙鶴正色：「請說。」

「在涼州衛裡，可不可以不要叫我『妹妹』？這裡人多嘴雜，我的身分一旦暴露，也會給都督招來麻煩。平日裡，叫我『禾兄』就可以。」

「妹……禾兄，這是小事，當然可以。」林雙鶴看著她，搖頭嘆息：「妳一個清秀佳人，不好好待在屋裡，怎麼跑到這地方來受苦，多讓人心疼啊。」

禾晏：「……」

又來了，說起來，林雙鶴在這件事上，還真是一點都沒變。

同肖玨不一樣，肖玨年少的時候，愛慕他的姑娘可以從城東排到城西，不過也沒見他多看誰一眼。林雙鶴則是另一個極端，只要是個姑娘，不對，只要是雌性，不管是人還是動物，他都能回報以十二萬分的耐心與柔情。

他叫姑娘，也不好好的叫，統統都是「妹妹」，親暱又婉轉，彷彿他們家真有這樣多的兄弟姐妹。而少年時，又有許多姑娘打著肖玨的主意接近林雙鶴，林雙鶴不像肖玨這樣不近人情，友善又親切，並不為這種事而生氣，反而很樂意跑腿。今日幫著這位妹妹送個花箋，明日幫著那位妹妹端盤點心。他本來就生的不錯，一來二去，有一些原本打著接近肖玨主意的姑娘，也芳心另投，落在了林雙鶴身上。

當然，林雙鶴極有原則，不管喜歡他的還是不喜歡他的，統統都是「妹妹」。

他少年時代叫禾晏「禾兄」，叫得正氣凜然，中氣十足，如今換了個溫柔語調，親切地喚自己「妹妹」，實在讓禾晏難以忍受，登時全身都起了一層雞皮疙瘩。

「妳之前身上舊傷未愈，又添新傷，尤其是那把刀片，插得很深，我替妳醫治，但也不是一日兩日就好的了的。這些日子，妳需要臥床靜養，日訓什麼的都別做了。」林雙鶴看著她，「至於疤痕，妳不必過於擔心，我們林家在祛疤生肌上慣有妙方，雖不能恢復到從前模樣，但也可恢復七八成，不至於過分刺眼。」

禾晏頷首：「多謝林大夫。」

「不必感謝，妳是我醫治過這麼多女子中，傷情最重，最能耐疼的一位，也算是讓我開了眼界，又是懷瑾的朋友，日後也可當我是朋友，若有難處，只管告訴我就是。」

說到此處，禾晏想起了什麼，就問：「林大夫……都督在嗎？我有重要的事要告訴他。」

「他在外面，妳等一下。」林雙鶴站起身，打開門，對院子裡的人道：「肖懷瑾，禾晏找你。」

肖玨正和沈瀚說話，聞言點頭，示意知道了。片刻後沈瀚離開，他走了過來，林雙鶴門口等著他，等他進來，就要跟進去。

肖玨停下腳步，看著他。

林雙鶴莫名其妙：「幹什麼？」

「你在外面等。」

「為什麼？」林雙鶴道：「有什麼事是我不能聽的嗎？」

肖玨掃他一眼，淡道：「軍中機密。」當著林雙鶴的面把門關上了。

禾晏：「……」

好吧，林雙鶴在這裡的話，確實有些話不方便讓他知道。縱然是同窗，但如今涼州衛這個局面，連她都變得驚弓之鳥了。

肖玨走了過來。

禾晏抬眼看他，其實也就半月不見，但彷彿已經過了許久。他還是一如既往的冷淡懶倦，彷彿不久前那場廝殺並未存在過。仍舊衣衫潔淨，瀲如秋水。

禾晏怔了怔，回過神，才道：「都督，雷候在地牢裡。」

「我知道。」他在榻前的椅子上坐下，看向禾晏，漫不經心道：「已經讓人守著了。」

禾晏鬆了口氣，既然讓人守著，便不怕雷候會中途自盡，肖玨應當比她更清楚這一點。

事實上，自從當初在爭旗一事上，同雷候交過手時，禾晏就隱隱察覺到有什麼地方不對勁。但那感覺很輕微，她想不明白，直到被關進地牢。禾晏確定涼州衛裡有與胡元中接應的內奸，將認識的人一遍遍梳理，疑點又重新回到雷候身上。

雷候有些奇怪。

她爭旗時與雷候交過手，雷候在那時用的是劍，禾晏記得很清楚，他用劍的時候，是左手。這也沒什麼，他可能是個左撇子，習慣用左手。但後來雷候進了前鋒營，出於觀摩的心思，禾晏也曾去看過前鋒營訓練，那時候雷候用槍，卻是右手。

若是左撇子，沒必要刻意用右手，除非他是想刻意掩飾什麼。禾晏想著想著，便覺得當時爭旗時候雷候用劍的時候，總覺得有幾分彆扭，看起來，他更像是習慣用刀。用刀法舞劍，到底不那麼自然。

那一日將她引去山上的蒙面人，亦是如此。

後來日達木子率兵前來，雷候想到地牢滅口，反被禾晏制服。禾晏也想明白了，若是雷候與羌人有關聯，他用刀的話，多半是用彎刀。也許怕被人發現痕跡，一開始用劍，但禾晏心思敏感，雷候或許感到這樣不安全，索性用左手，更加難以循出痕跡。

不過……禾晏還有疑惑的事。

她問：「都督，你去漳臺，這麼快就回來了嗎？」

就算漳臺那頭一切順利，一來一去，也不會在這個時候就回來了。何況，他還帶回了南府兵。

「我沒去漳臺。」肖玨道。

禾晏看向他。

「漳臺的求救消息是假的。」他開口，「我去了慶南，帶了一部分南府兵過來。」

禾晏沉默。

這一點，在她開始懷疑胡元中的時候就已經想到了。這大概是個局，為的就是引開肖玨，肖玨不在，再讓日達木子帶領羌人對戰涼州衛的新兵。才練了半年的新兵哪裡是羌人對手，此仗難勝。

但日達木子做夢也沒想到，肖玨根本沒去漳臺。

禾晏問：「那麼雷候也是你故意放進前鋒營的？你早就懷疑他了？」

肖玨勾唇：「是。」

禾晏暗暗心驚。

在爭旗上，明明她才是奪走全部二十面旗幟的人，但肖玨偏偏點了她的手下敗將雷候去了前鋒營。禾晏怎麼也想不明白，如今，所有的事情到眼前豁然開朗。只怕那個時候肖玨就已經懷疑雷候的內奸身分，刻意做了這麼一場引蛇出洞的好戲。

她竟沒發現。

這一場局，布的比所有人都要早。日達木子怎會料到，從一開始，就踏入坑中，再難回頭。

「都督，你好厲害。」禾晏誠心誠意地道。雖同為將領，但肖玨有些本事，還是不得不讓人佩服。

肖玨似笑非笑地看了她一眼：「不及妳厲害。」

禾晏：「我？」

他雙手抱胸，好整以暇地看向禾晏：「問完了嗎？問完了的話，該我了。」

這話說的莫名其妙，禾晏不明所以，只道：「什麼意思？」

他笑了一聲，從懷中掏出什麼東西扔到禾晏面前，禾晏動作一頓，拿起來一看。

那是一張折成兩半的紙，上面粗粗畫了地圖和文字，仔細一看，正是涼州衛四面的地圖和文字。

她被關在地牢的夜裡，宋陶陶來探望她，禾晏請求她幫忙辦一件事。就是將此物交到沈瀚的手中。那時候禾晏並不知道沈瀚看了此物會作何動作，但當時情勢危急，也顧不了那麼多。禾晏是報了最壞的打算，倘若她真的出不去，或是沒辦法阻攔事情的發展，這張紙，就是最後的底牌。

現在，底牌到了肖玨手中。

「禾大小姐，」他歪頭，似笑非笑地看著禾晏，聲音淡淡，「解釋一下？」

解釋？這要如何解釋？

當時的情勢危急，禾晏被關進地牢裡，猜測這個時間，對方十有八九會動手了。便托宋陶陶尋了紙筆，寫了一封信給沈瀚。

信上畫上了涼州衛的地圖，禾晏都在涼州衛待了大半年，地圖畫的也細緻。她猜測對方會從五鹿河水渡而來。建議沈瀚派數百至一千弓弩手藏於五鹿河往涼州衛所的密林深處，一旦對方的人馬渡水上岸，往涼州衛來，就會身中埋伏。

「當時我被人誣陷殺人，送進地牢中。」禾晏想了想，還是解釋道：「雖然旁人不信我，但我總覺得，對方所圖不小。都督你又不在，真要有個萬一，涼州衛就危險了。所以我便畫了這麼一張圖，讓宋姑娘替我交給沈教頭。不過，當時我並不確定，沈教頭會按我說的這麼做。只是死馬當作活馬醫罷了。」

沈瀚雖然嘴巴上抵死不信，事關涼州衛，卻終究是謹慎了一回。讓人按禾晏所說的，埋伏在密林深處。是以日達木子的人馬往演武場這頭過來時，才會中了埋伏，在岸邊處就已經處於下風，士氣被擊。

肖珏抬了抬眼：「為何是岸邊？」

「小敵困之。捉賊必關門，非恐其逸也，恐其逸而為他人所得也。」

他笑了一聲，「兵法學得不錯，糧倉又是怎麼回事？」

「涼州衛所後面是白月山，靠著五鹿河，一條道是都督你們出去的道，再往前是進城的道。我猜測對方所圖不小，一個涼州衛所未必夠。倘若將我們帶入對方的位置，第一件事要做的就是燒糧倉，涼州衛的新兵們沒了補給，堅持不了多久。要麼困死在這裡，要麼進城，一旦開城門，敵軍入城，涼州城就守不住了。所以我在信中告訴沈教頭，命人藏在暗處守著糧倉，阻止有人來放火。」

事實上是，日達木子的確派人來放火了，只是被早有準備的涼州新兵拿下。

「妳猜的很準。」肖珏慢悠悠地開口，身子前傾，靠近她，盯著她的眼睛，「算無遺策啊小姑娘。」

他瞳眸深幽，清若秋水，禾晏被看的有點不自在，這話她也沒法接。她為何能算無遺策，實在是因為，她對羌人上來就燒糧倉的行徑已經領教過無數回。只要確定了對方是羌人，自然而然的就知道他們下一步大概會作什麼。

但這話她不能對肖玨說。

「妳懂得很多嘛，妳爹在家都教妳兵法？」他勾唇問道。

禾晏心知這人已經起了疑心，索性胡謅一氣：「那倒沒有。都是我自己學的，都督難道不覺得我是天生的將才？」

他冷笑一聲：「騙子又在騙人了是嗎？」

「都督總懷疑我是騙子，好歹也要拿出證據。」禾晏膽子大了些，「你懷疑雷候，就把雷候放進前鋒營，終於讓雷候露出馬腳。你懷疑我有問題，就將我放在身邊，我與都督的房間只有一牆之隔，按理說我要是真有不對，都督會更容易發現。可到現在除了我是女子這件事，什麼都沒發生，都督這麼說，就有些太不講道理了。」

肖玨被她氣笑了：「我不講道理？」

「都督將我放在身邊這麼久，除了發現我的忠心、機敏、勇敢、智慧，還發現了什麼？什麼都沒有。」禾晏兩手一攤，「為人將者，當賞罰分明。我此番也算解了涼州衛的危機，立了一功，都督難道不該獎勵我嗎？」

「獎勵？」他緩緩反問：「妳想要什麼獎勵？」

禾晏將身子坐直了些，湊近他一點，雙眼放光地盯著他道：「我可以去九旗營嗎？」

「不可以。」

禾晏：「為什麼？」

「九旗營不收滿嘴謊話的騙子。」他不鹹不淡地回答。

「我沒有騙人！」

「禾大小姐，」他漂亮的眸子盯著她，突然彎了彎唇，「雖然不知道妳隱瞞了什麼，但是，」頓了頓，他才道：「總有一日，妳的祕密會被揭開。」

禾晏心中一跳，竟忘了回答。

他站起身，往外走，禾晏急忙道：「那、那胡元中呢？」

肖玨步子未停，抛下一句「死了」，出了門。

禾晏一怔，死了？

肖玨出去的時候，林雙鶴已經不見了。只有飛奴守在外面，肖玨問：「林雙鶴去哪了？」

「林大夫說去沈姑娘那邊幫忙配點藥。」飛奴答道，「涼州衛戰死的新兵已經安頓好了。」

戰死的新兵，將會被掩埋在白月山腳下，這些年輕的生命，還沒來得及經歷一場真正的廝殺，就被屠戮在暗處的刀下。

肖玨捏了捏額心。

接到漳臺的消息後，他即刻動身前往漳臺，只是出發至中途，便察覺其中不對。他暗中聯繫九旗營的營長，得知漳臺確實所受烏托人騷擾，但並未有信中說的那般嚴重。中途便調轉馬頭，將駐守在慶南的南府兵撥了一部分過來。

對方定是衝著涼州衛而來，或者說，衝著他而來。

如今他剛接手涼州衛，若涼州衛在肖玨手中出了岔子，陛下必然有合理的理由收回兵權，朝中那些對他不滿的大臣即可落井下石，他這個指揮使，也不能做的長久。

「那些西羌人……」

「不是西羌人，」肖玨打斷飛奴的話：「是烏托人。」

飛奴怔住。

「除了日達木子和他的親信是羌人，其他都是烏托人。」

飛奴問：「借刀殺人？」

「是殺我。」他輕笑一聲，轉過身道：「讓沈瀚和所有教頭到我房間來。」

禾晏在肖玨走後，又休息了一會兒，宋陶陶、程鯉素和沈暮雪來了。

倆孩子各自提了一大籃食物，因著羌人剛來過，涼州衛封鎖戒備森嚴，都不能進城，因此，也就沒有酒樓裡的好飯菜。但也有魚湯蒸肉什麼的，宋陶陶跑到禾晏榻前，問她：「你可有好些了？」

「還不錯。」禾晏笑道：「之前拜託妳找沈教頭幫忙的事，多謝了。」

小姑娘難得有了一絲羞赧，忸怩了一會兒：「也沒什麼，你當時都在牢裡了。而且……你也救過我，咱們扯平了。」

「我大哥什麼時候救過妳？」程鯉素尚且不知道宋陶陶在涼州城裡曾被孫凌擄走之事，一臉狐疑地問。

「這是祕密，幹嘛告訴你？」對待程鯉素，宋陶陶就沒什麼好臉色了。

「那是我大哥！我當然有權利知道，妳憑什麼瞞著我？」

眼見著這兩人又要吵起來，沈暮雪無奈搖頭，只對禾晏道：「禾小哥，之前是我錯怪你了。」

她說的是胡元中的事。

「無事，」禾晏道：「他們連教頭們都瞞過去了，瞞住妳很正常。而且沈姑娘當時救人心切，不可能想那麼多。對了，」她想到了什麼，「我聽肖都督說，胡元中死了？」

沈暮雪點頭：「那個胡元中，在日達木子出現的時候，曾想擄走我，後來都督趕回來，都督的護衛與他交手，這人死在護衛手下。」

「早知道他要死，何必費心把他救回來，浪費藥材。」程鯉素嘟囔了一句。

禾晏心道，那胡元中果真看中了沈暮雪的美貌，賊心不死，兩軍對戰，居然還想趁亂擄人，其心可誅。

「禾小哥，」沈暮雪看著她，認真地詢問：「我一直想不明白，你當時，為何會懷疑胡元中有問題呢？」

而且一懷疑一個準。畢竟當時胡元中在涼州衛裡安分守己，縱然小麥他們得了禾晏的囑咐，日日盯著胡元中，也沒瞧出胡元中有什麼不對。

禾晏不能說是因為胡元中手上的痧子，顯得她對羌人很熟悉，默了片刻，才道：「是那張寫著情詩的紙。」

「紙？」沈暮雪一愣：「胡元中亡妻留給他的遺物？」

「不錯。」禾晏道：「你們都為他的深情所感動，可這樣一個深情的人，絕不會用那樣的目光看著妳。」

「哪樣的目光？」沈暮雪莫名其妙。

禾晏撓了撓頭：「就是那種，男人對女人的目光。」

她想，沈暮雪到底是個姑娘，臉皮薄，若說成「垂涎三尺」，難免令她難堪。不如換個委婉的說法。

但這沈姑娘也不是普通姑娘，聞言並未害羞，只是奇道：「你又是如何看出來的？」

「我？」這問話就有些為難禾晏了，她道：「我一直注意著沈姑娘啊。」

沈暮雪蹙眉，一邊的宋陶陶見勢不好，忙上前擋住禾晏看沈暮雪的目光，若無其事地端起旁邊的水杯遞給禾晏：「禾大哥，喝水。」

禾晏：「……謝謝。」

正說著，外頭響起人的笑聲，回頭一看，卻是林雙鶴去而復返。他大冬天的搖著摺扇，翩翩走近，掛著斯文笑意：「我說怎麼這麼熱鬧，原來都在這兒待著。」

「林叔叔。」程鯉素喊道

林雙鶴與肖玨年紀相仿，程鯉素和林雙鶴差的也不大，卻因為叫肖玨「舅舅」，便也隨著叫林雙鶴「叔叔」。不過林雙鶴大約不太滿意這個稱呼，笑聲哽了一下，不如方才流暢。

沈暮雪起身：「林公子。」

「沈姑娘，我剛從醫館過來，有幾個新兵醒了，正叫傷口疼，妳要不要去看看。」

沈暮雪一怔：「是麼？」隨即看向禾晏：「禾小哥，我去醫館看看，你現在可有什麼不適？」

「沒有沒有。」不等禾晏回答，宋陶陶先開口了，她如臨大敵地看了沈暮雪一眼，「要有什麼，林公子在這，會給他看的。」

「林叔叔不是只醫治女子嗎？」程鯉素奇道。

「咳，」林雙鶴一合扇子：「偶爾也可破例。」

「如此，那我就先走了。」沈暮雪對著眾人欠了欠身，轉身出了屋。

宋陶陶鬆了口氣。

禾晏：「……」

她有些頭疼，不知怎麼才好，林雙鶴是個人精，大抵瞧出了她的為難，就對宋陶陶和程鯉素道：「我現在要再為你們的禾大哥看看傷口，看完了之後，她須得休息，你們兩個，最好不要在此打擾。」

「又休息？」程鯉素問：「我們才剛見著他，這還不到一盞茶功夫。我還有話想跟禾大哥說。」

「那也要等你禾大哥好了才能說，」林雙鶴扶著他的肩膀，把他往門外推，「難道你想看著他纏綿病榻，一病不起？」

宋陶陶回頭看了禾晏一眼，禾晏作勢無力扶額，她咬了咬唇，便拉著程鯉素往外走：

「既然如此，就不要打擾他了，讓他多休息，我們明日再來。」

程鯉素道：「說話就說話，妳拉我幹什麼？」

宋陶陶：「你以為我很想碰你麼？」

兩個小孩兒吵吵嚷嚷的遠去了，林雙鶴關上門。

禾晏這才吁了口氣，林雙鶴還真不錯，這麼多年過去了，察言觀色的本事還是一流，怪不得以前在賢昌館的時候，人緣極好。如此能想人所想急人所急，禾晏也忍不住在心底感激他一把。

「妹妹，妳可真厲害，」林雙鶴搖著扇子笑盈盈走過來，道：「都這份上了，還能讓姑娘為妳爭風吃醋，了不起！」

禾晏無力地開口：「過獎。」

宋陶陶小姑娘的心思，她又不是傻子，當然看的明白。不過小姑娘的心思，千變萬化，想來過段日子就好了。

「林大夫過來，可是找我有什麼事？」

「沒事，」林雙鶴嘆氣：「涼州衛裡，現在到處都是還沒除盡的血。那些羌人的死屍堆著，我看著頭疼。妳別看我雖是大夫，可平日裡不喜見血腥，煩的厲害，來妳這躲躲。」

林雙鶴也是養尊處優的少爺，涼州衛的苦寒天氣想來不適應的很。她這屋子是借程鯉素的，寬敞又舒適，許是因為受傷，還給燃足了炭火，溫暖極了。比起來，是比外面要適合躲懶些。

「你怎麼不去找肖都督？」禾晏問：「他的屋子比我這邊要舒服得多。」

「我也想啊，」林雙鶴聳了聳肩：「我剛過來的時候碰上他了，他帶著人正要去地牢，可能有事吧。等回來我再找他。」

「地牢？」禾晏怔住。

「怎麼？妳想去？」

地牢裡也就雷候一個人，肖珏去地牢，應當是為了審問雷候，她之前與雷候交過手，許有能幫上忙的地方。

禾晏就道：「我想去，林公子可以幫忙嗎？」

「本來是不可以的。」林雙鶴矜持地搖了搖扇子，「但因為是美麗的姑娘提出來的請求，就可以了。」他站起身，「走吧，我給妳拿根棍子扶著。」

地牢門口，肖珏和沈瀚一眾人正往裡走。

門口的守衛增加了一倍，裡頭還有人看著，為的就是怕雷候在牢中自盡。風帶起了肖珏的氅衣，他邊走邊道：「杜茂呢？」

「聽您的吩咐，讓人關起來了。」沈瀚欲言又止，最後還是道：「但關於雷候的事，他可能真的不知情。」

「在我這裡，沒有可能。規矩就是規矩。」青年神情漠然，「錯了就要受罰。」

沈瀚不敢說話了。

地牢裡的守衛見著肖珏，紛紛讓路，肖珏將身上的大氅脫下來，遞給飛奴，看向牢房裡的人。

禾晏與雷候交手的時候，給雷候餵了蒙汗藥，又用宋陶陶的腰帶將他捆起來。以至於後來肖珏的人帶到的時候，雷候還未醒來。

但此刻的雷候，比起與禾晏交手時候的雷候，要慘多了。他的手腳全部被木枷扣著，動彈不得，連脖子也不能動，渾身都沒有力氣，更無法做到咬舌自盡。一旦失去了主宰自己生死的機會，他就跟棧板上的魚一樣，只能任人宰割。

「把門打開。」肖珏道。

守衛起身將門打開了。

縱然將門打開，雷候現在除了動動嘴巴，全身哪裡都動不了。他看向眼前人。年輕男子的眉眼等燈火下漂亮得不可思議，然而看向他的目光，冷如寒潭。

「不必白費力氣。」雷候擠出笑容，「我什麼都不會說的。」

守衛將椅子搬過來，肖珏在椅子上坐下。他垂著眼睛看向雷候，聲音平靜：「幾個月前，白月山上爭旗，你敗於禾晏手下，但我還是點了你進前鋒營，你知道為什麼嗎？」

雷候笑容僵住，不敢置信地盯著肖珏。

肖珏揚眉：「猜到了？」

「你是故意的？」一瞬間，雷候的嗓子沙啞至極。

「一個新兵，日訓時不聲不響，爭旗時一鳴驚人。是什麼，天才？」肖珏嘲道：「你是這種天才嗎？」

雷候說不出話來。

他處心積慮，挖空心思進入涼州衛，一步一步想方設法，生怕露陷，就算到了如今這一步，還懷揣著自己不懼犧牲的無畏，但肖珏只一句話，就將他的防線擊潰。

人家從一開始就知道了。

所以他做的一切，都如跳梁小丑，被人牽著鼻子走，還沾沾自喜。

「那又如何？」雷候強撐著道：「反正都是死，不如死的有價值。就算給你心裡添一根刺也好。」

「我點你進前鋒營的時候，做了一件事。」肖珏漫不經心地揮手，飛奴屈身，從懷中掏出一樣東西遞給肖珏，是一個香囊和一個長命鎖，肖珏將香囊扔到雷候面前，將長命鎖繞於指尖，似笑非笑地看著雷候：「看看，還認識麼？」

雷候如遭雷擊。

香囊的刺繡很熟悉，是出自他妻子之手，那長命鎖，是雷候出發前親自令工匠打好，戴到兒子身上。

「肖懷瑾，」他咬著牙道：「禍不及妻兒……」

「妻兒？」肖珏把玩著手中的長命鎖，譏諷道：「你來做這件事的時候，還記得自己有妻兒麼？」

雷候咬著牙不說話。

「你做這件事，就是將你妻兒的命拴在身上。成了，一起活，輸了，你憑什麼以為，只有你一人付出代價？」

「肖懷瑾！」雷候高聲道，他想掙扎，可被木枷扣著，無能為力。此刻紅著眼眶，目眦欲裂，叫道：「你到底想幹什麼？」

年輕的都督看向他，露出嘲弄的笑容，「你知道的，都可以說一說。」

「不可能！」雷候道。

「好一條忠心耿耿的狗。」肖珏將長命鎖放於眼前，仔細觀察，邊漠然道：「你猜你死了，你妻兒死了，你為之效命的那位主子，會不會替你報仇？」

「事情是我一個人做的。」雷候絕望地哀求道：「他們什麼都不知道，你放過他們，你放過他們好不好？你要怎麼處置我都沒關係，殺了我也沒關係，求你了……」

「你來之前，應當想過這個後果。」肖珏道：「做死士的，怎麼可能心存僥倖。或者，你該將他們藏得更深一點。」

雷候委頓在地。

大魏這位少年殺將，心硬如鐵，再如何卑微的祈求，都不可能換來他的心軟。他是沒有感情的怪物，心狠手辣，如泥塑木雕，對待生母生父尚且如此，怎麼可能指望他有感情？

「你到底想怎麼樣？」他無力地問。但他知道，他狠不過肖珏，他根本不可能做到對自己妻兒的性命視若無睹。

可若是說了，他的主子亦會報復。這本就是一條無法回頭的路，成則活命，敗則黃泉。

這一刻，雷候後悔了。

「我說過了，將你知道的都說說。」肖珏慢悠悠道，「我時間多的很，不著急，你可以一件件說完。」

「我若是不說呢？」

青年把玩長命鎖的動作一頓，下一刻，輕微的「咯吱」一聲，長命鎖在他手中碎成齏粉。他竟生生將那只長命鎖捏碎了。

「你可以試試，」他語氣平靜，甚至稱得上溫和，只道：「我保證，下一次送來的，不會只是這兩樣死物。」

雷候閉了閉眼。

再睜眼時，神情一片慘然。他看著肖珏，冷笑著一字一頓道：「不愧是封雲將軍，不愧是右軍都督。這般心性手段，雷候領教了。」

禾晏正扶著棍子，隨著林雙鶴一同來往地牢，剛走到門口，聽到的就是這麼一句。

「難怪當年肖仲武夫婦頭七未過就爭兵權，難怪虢城長谷一戰淹死六萬人亦面不改色，論無情，大魏誰能比得過肖懷瑾呢？」

第四十二章　少年

「難怪當年肖仲武夫婦頭七未過就爭兵權，難怪虢城長谷一戰淹死六萬人亦面不改色，論無情，大魏誰能比得過肖懷瑾呢？」

地牢裡，一瞬間寂靜無聲。

沈瀚有心想說什麼，終什麼都沒說。年輕男人背對著囚徒，貼在身側的手慢慢緊握成拳。不過須臾，又緩緩鬆開。他回過頭，看向雷候，漠然笑道：「看來你很清楚我是什麼樣的人。那你就更要想清楚了，」他往外走，聲音冷淡，「我從不給人第二次機會。」

行至門口，恰好撞見站在拐角處的禾晏與林雙鶴二人，他目光一頓，沒有理會，逕自離開了。

身後無人敢追上去。

沈瀚讓人將雷候重新關進去，不知是方才與肖玨的一番話說得讓雷候自己心生絕望還是怎麼的，雷候大聲慘笑。笑聲迴盪在地牢中，陰森又淒厲。

飛奴從裡面走出來，看見禾晏與林雙鶴也是一怔，道：「林公子，你們怎麼來了？」

「我想說，」禾晏看了裡面一眼：「我與雷候曾交過手，都督審問雷候的時候，也許能幫得上忙，所以就來看看。」

「不必，已經解決了。」飛奴回答的很快，「兩位可以回去了。」

林雙鶴聳了聳肩，看到飛奴手裡抱著的肖玨的大氅，主動伸手接過來道：「這是懷瑾的衣服，我給他送過去吧，想來他這會兒也不想見到人。」

飛奴：「不用麻煩林公子。」

「不麻煩不麻煩，」林雙鶴道：「我等下也要去找他。」

飛奴便罷手，對著林雙鶴點頭：「那就多謝林公子了。」

林雙鶴笑了笑，對禾晏道：「走吧。」

兩人一道往外面走去。

出來的時候天上已經在下小雪，此刻雪又大了些。禾晏身子有傷，走的很慢，外頭還罩著程鯉素的披風。林雙鶴雖然嘴巴上叫「妹妹」叫的親熱，與女子相處間倒也有分寸，彷彿刻意避嫌，也不攙扶禾晏一把。

不過兩人並不趕時間，走的很慢。

雪粒簌簌的落下來，打到人的身上，禾晏心裡想著方才在地牢裡聽到雷候的話，正在沉思，冷不防林雙鶴開口，他問：「聽說過虢城長谷一戰嗎？」

禾晏一怔，隨即答道：「聽過。」

虢城長谷一戰，是當年肖仲武死後，肖玨帶領南府兵去平定南蠻之亂中，最重要的一戰。那時候大魏舉國上下都等著看肖玨的笑話，一個十六歲的少年，帶著這麼多兵，連他父親都贏不了的異族雄兵，怎麼看，都是必敗之局。

誰知道第一戰就大獲全勝，以至於到後來南蠻節節敗退，肖珏真正平定南蠻的動亂，不過半載時光。

「妳可知，長谷一戰他是如何獲勝的？」

「水攻。」

「妳竟知道？」

禾晏不說話，竹棍頓在雪地上，戳出一個小坑。

「那妳也就知道，長谷一戰中，封雲將軍肖懷瑾水淹虢城，六萬人喪命。」林雙鶴將肖珏的黑色大氅抱得更緊了些，「當時屍體漂浮，城東皆臭，虢城如人間地獄，慘不忍聞。」他笑問，「怎麼樣，是不是覺得他很殘忍，毫無人性？」

禾晏平靜道：「戰爭本就是殘酷的。對敵人心懷仁慈，就是對本國百姓殘忍。更何況，未處在那個位置，誰都不知道真相是什麼樣。若非他的殘忍毫無人性，或許如今被淹死的人，就是我們。」

林雙鶴腳步一頓，轉向禾晏，問：「妳竟會這般想？」

「我不過是覺得，肖都督不是這樣的人罷了。」

林雙鶴彷彿第一次見到禾晏般的盯著她。

禾晏問：「我說的可有什麼不對？」

半晌，他搖頭一笑，道：「我只是詫然，妳與懷瑾相識不到一載時光，便如此相信他。為何當初我聽聞此事，卻不如妳堅定？」

禾晏心道，那是因為林雙鶴並未真正到過沙場。見過沙場上廝殺的人，才知道將領每做一個決定的艱難。肖玨聰明、冷靜，若非有必須這樣做的理由，大可不必如此，反給自己留下嗜殺的惡名。

要知道，當時長谷一戰後，肖玨雖大敗南蠻，引得無數少年推崇敬畏，卻也被許多文人指著鼻子罵無情無義，殺孽太多。畢竟長谷一戰中被淹死的人裡，亦有南蠻平民。

「林大夫似乎知道他這麼做的原因。」禾晏問：「是為什麼？」

「我並非一開始就知道的。」林雙鶴嘆了口氣，「妳說，拿三千兵士，對抗六萬人，除了水攻，還有什麼法子呢？」

「三千兵士？」禾晏猛地抬頭：「不是十萬南府兵嗎？」

「十萬？」林雙鶴笑道：「倘若有十萬南府兵在手，他也不必取這個法子了。」

當年肖仲武死後，肖夫人追隨而去，一時間，肖府哭聲震天，悲聲載道。那時候舉朝上下皆道鳴水一戰中肖仲武身敗，是因為他剛愎自用，指揮失誤，使得數萬大魏軍士，葬身沙場。

陛下仁慈，念及肖家多年功勞，不追究肖仲武失責之過，但同時，兵權也收回手中。肖玨那時候才十六歲，肖璟也只剛剛十八，白容微才嫁過來未滿半年就出此大禍，一時間，人心惶惶，都不知道未來的路如何走。

林雙鶴還記得肖家出事後，他第一次見到肖玨。

少年慣來總是一副冷淡懶倦的樣子，好像什麼事都不曾映在心上。但也讓人明白，世上沒有什麼事能難得倒他。

只是任誰家中遭此大難，必然要一蹶不振，再不濟，也要同過去大不相同。但林雙鶴見到的肖珏，並非如此，除了神情比之前憔悴一點，他並無任何頹然沮喪。

「你有讓人昏睡整日的藥嗎？」肖珏開口就問。

林雙鶴道：「我家藥鋪有，你想要，我馬上給你取。」

林家藥鋪遍布大魏，光是朔京的鬧市就開了好幾家，林雙鶴令小廝去最近的藥鋪，取了兩副來，遞給他道：「吃了可以昏睡十個時辰。」他突然想到什麼：「你若夜裡失眠，我可以為你調製一副溫和些的。」

或許，肖珏是因為家中突逢變故，難以入睡，想要求藥安神助眠。

肖珏將藥收回袖中，對他擺了一下手，道：「多謝。」轉身要走。

「懷瑾！」林雙鶴叫他。

肖珏腳步停住，看向他。

「這藥……是你用吧？」

少年眉眼精緻明麗，目光越過他，落在遠處，遠處盡頭，巍峨宮殿若隱若現，他淡道：「我要進宮。」

林雙鶴並非蠢笨之人，頃刻間便明白了肖珏的用意，他悚然道：「你要瞞著你大哥進宮？」

「告訴他做什麼。」少年低頭笑了一下，「徒增煩惱罷了。」

「你瘋了！」林雙鶴急道：「你知不知道，現在因為肖將軍的事，朝中亂作一團。如今誰也不敢替肖將軍說話，徐相近來日日陪著陛下，你可知是為了什麼？」

「我知道。」肖玨道：「那又怎麼樣？兵權必須回到肖家。」

「你這樣很可能會沒命的！」

肖玨轉過頭，定定地看著他，「那就沒命。」

「你！」

「對了，有件事還想請你幫忙。」他開口道。

少年的臉色極少顯出這般鄭重其事的神情，林雙鶴的心中，一瞬間湧出不祥的預感，他囁嚅著唇，問：「何事？」

「若我活著回來，就當此事沒有發生。若我死了，」說到此處，他頓了一下，「不必替我收屍，林太醫在太后娘娘跟前能說得上話，請幫幫我大哥，此事與他無關。」

「什麼叫……你死了？」林雙鶴聽到自己顫抖的聲音。

「很簡單，今夜一過，不是我死在今時，就是他死在明日。」他神情平靜，彷彿說的是別人的事，「但我並不確定結果，所以，」他彎了彎唇，「你可以祈禱一下。」

「肖懷瑾！」

少年對著他，深深拜下去，直身的時候，只說了兩個字。

「多謝。」

林雙鶴的眼眶紅了。

肖珏朝他擺了擺手：「回去吧。」

林雙鶴沒有動。

他笑了一聲，自己轉身離開了。

那是很久很久以前的事了，但當時肖珏的背影，似乎還停在眼前。熙熙攘攘的鬧市街道上，少年背影挺拔，卻格外孤獨。

誰也不知他將要走上一條什麼樣的路，但林雙鶴很清楚一件事。

肖珏不會回頭了。

他想得入神，冷不防被禾晏的話打斷，禾晏問：「所以後來，都督就這樣自己進了宮？」

林雙鶴回過神，繼續慢慢的往前走，邊走邊道：「我並未跟著一道進宮，後來的事，也是聽祖父說起的。」

那天夜裡，下起了雨。

秋雨涼而冷，似乎要浸透到人的心裡去。過不了幾日，就是中秋了。倘若肖仲武不出事，肖府眼下應該都在忙著為中秋宴做月團布置酒宴。然而如今一片慘澹，處處戴孝。

桌上三人默然無語。

飯菜無人想動，白容微溫聲開口：「多少吃一點吧，這樣下去，身子都吃不消了。」

都是簡單的清粥小菜，沉默片刻，肖璟還是端起了碗，他才喝了一口，又放下，道：「懷瑾，明日一早，我與你一同進宮。」

肖玨：「好。」

白容微問：「進宮……做什麼？」

「肖家沒了兵權，遲早會成為砧板上的肉，任人宰割。」肖璟道：「無論如何，南府兵要回到肖家，否則……」

否則，肖家不知道能撐的了幾時。

「那，就算陛下將兵權還給了我們，日後又該怎麼辦呢？」白容微小心翼翼地開口，「如璧，你是奉議大夫，就算懷瑾從武，可他才十六歲。」

肖璟的動作頓住。

他不得不承認一個事實，肖家無人了。縱然肖玨天賦秉異，但他才十六，自己都是個半大孩子，如何能帶領數萬南府兵。

難以服眾。

「十六歲能做的事多了去了。」肖玨漫不經心地夾菜，「大哥，畏首畏尾，只會一事無成。」

肖璟嘆了口氣，道：「罷了，走一步看一步吧。如今，也沒有別的路可走。」

「陛下會把兵權還給我們嗎？」白容微愁道：「如今徐相勢力滔天，不會放過這個對付肖家的機會。」

「會的。」少年懶洋洋的給他們倒茶，「不必害怕，徐敬甫，也只是個凡人而已。」

無人再說話了。

夜雨淅淅瀝瀝的下個不停，下人將白容微和肖璟扶回床上。

肖玨站起身，披上外裳，走出門去。

外面，飛奴正等候，雨水落在地面上，砸出一個個水坑，蕩出層層漣漪，將門口掛著的白色燈籠浸透全濕。

肖玨在門口停下腳步。

飛奴道：「少爺。」

他低頭，吩咐管家：「照顧好他們。」轉身上了馬車。

「走吧。」

就此消失在夜色中。

馬車駛向皇宮，宮裡，當今丞相徐敬甫正在與文宣帝下棋。

宮人來報：「陛下，光武將軍府上二公子求見。」

文宣帝下棋的動作一頓，「肖懷瑾？他來幹什麼？」

「許是為了他父親一事。」徐敬甫笑道：「陛下，小心啊。」他撿走一枚黑子。

「你，別趁著朕分心的時候作怪，」文宣帝笑罵，「狡猾。」

徐敬甫也笑：「是陛下讓著老臣。」

他二人又說笑下棋，似乎將肖玨忘記了。一炷香時間過去，宮人再次進來提醒：「陛下，肖二公子還在殿門外候著，外面還在下雨。」

「下雨就回去，」文宣帝正苦惱著面前的棋局，「待著做什麼。」

「陛下莫惱，」徐敬甫道：「這肖二公子家逢劇變，如今也還是個孩子。定然心中諸多委屈，不如讓老臣出去勸勸，能將他勸回去最好。」

「你去吧。」文宣帝不耐煩地揮手：「上朝也是肖仲武的事，下朝還脫不得，成日都是肖家肖家，朕都聽煩了。你讓他回去吧！快去快回，回來還得陪朕下完這局棋。」

徐敬甫起身，恭敬行禮：「是。」

待出了殿門，一眼便看到跪在門口等候的肖珏。

徐敬甫年過花甲，年輕的時候曾在翰林院任職，門生遍天下。大魏出眾的少年兒郎，多少與他有點關係。縱然肖珏並非他學生，可肖珏的出眾，他也是聽過的。曾在皇家狩獵時見過肖珏一面，記得那白袍少年丰姿奪人，如明珠生暈，將他人都比了下去。

徐敬甫曾在心中嘆息，這樣出眾的少年，若他是徐家人多好，可惜，便宜了肖仲武那個鑾夫。

他在肖珏面前站定，道：「肖二公子。」

少年抬起頭，看向他，「徐大人。」

「外面下這麼大的雨，肖二公子怎麼在外等著也不打把傘。」他吩咐左右宮人，「來人，給肖二公子打把傘來。」

宮人持傘站於肖珏身後，徐敬甫作勢要將他扶起，彷彿長輩真切關心小輩般道：「還跪著做什麼，快起來吧。」

肖玨不動，道：「我想見陛下。」

「陛下眼下正忙著，肖二公子要真有什麼事，明日再來也不急。眼下已經很晚，陛下忙過之後還要歇息，並非面聖的好時候。」

少年不為所動，只重複道：「徐大人，我今日非見到陛下不可。」

徐敬甫退後兩步，手攏在袖子裡看他，臉上亦是掛著慈祥笑意，「肖二公子，陛下仁慈，從前是肖家有功，對你青睞有加。如今你父親失責，鳴水一戰令大魏兵士慘敗，本該追究，是陛下念著舊日情分，網開一面。你怎能得寸進尺，不識好歹呢？」

夜雨斜斜飄著，從傘下溜進來，將少年的衣衫打得濡濕。他眉眼俊美的要命，神情平靜，聲音再無過去半分懶倦風流，道：「徐大人說的是。」

徐敬甫笑容不變。

「所以，」肖玨抬起頭來看向他，「懇請徐大人與陛下通融一句，肖玨想見陛下。」

「肖二公子說笑了，老夫為何要替你通融陛下？」徐敬甫問。

少年看著他，微微低頭：「請徐大人成全。」

少年人的傲骨，最經不起摧折，有時候脊梁就那麼輕輕一彎，便再也站不起來了。肖仲武若泉下有知，瞧見他這個引以為傲的次子如今跪在自己面前，請求自己的憐憫施捨，會是怎麼一種表情？

一瞬間，徐敬甫便不想立刻將他逼到絕路了，看驕傲的人落入凡塵，被人踩進泥濘，自尊被踐踏的一文不值，比這些有意思的多。

他微微仰頭，苦惱道：「肖二公子，不是老夫不幫你。只是如今陛下正生著肖家的氣。縱然是老夫，也難以插手此事。」

肖玨只道：「請徐大人成全。」

徐敬甫盯著他，半晌，他道：「若是肖二公子執意想見陛下，不如先自行領罰。肖家本就戴罪之身，二公子若能豁出去，陛下瞧見，心中火許會稍散幾分，老夫也好為肖二公子說話。」

「請徐大人指教。」

「你如今年少，更多的責罰也難以承擔，就先去領五十個板子吧。」他道。

這話說的十足輕鬆，彷彿已經很網開一面了似的，旁邊的宮人低著頭不說話，心中卻難掩驚訝。

五十個板子，身子稍弱的，即可一命嗚呼，縱然是尋常人，五十板子下去，也能少半條命，不養個一年半載難好。

肖玨道：「好。」

徐敬甫微笑：「二公子果真有乃父之風，」他轉身，吩咐身後人，「帶肖二公子下去領板子吧。」

夜雨颯颯，五十個板子落在人身上，並非想像中的輕鬆，尤其是行刑的宮人，還特意被徐敬甫「交代」過。

少年一聲不吭，咬牙扛了下來。五十個板子過後，他拭去唇角的血痕，慢慢撐起身子，站起來。

站起來的時候，腳步有些虛浮，差點沒站穩，身側的宮人看著有些不忍。當年的肖二公子，錦衣狐裘，矜貴華麗，如今這般狼狽，誰能料到？誰也料不到。

徐敬甫並沒有興趣觀看肖玨挨板子，他進了殿裡，先去與文宣帝說話。

文宣帝道：「你不是說要趕走他？」

「陛下，」徐敬甫搖頭，「肖二公子執意想見陛下，老臣也規勸不得。少年人，心氣盛，真要認準了事，九頭牛也拉不回。如今光武將軍已經不在，他母親又……老臣也是看他可憐，陛下不如就見他一面，聽聽他怎麼說。要是說得不好，讓他出去，下次不見就行了。」

文宣帝嘆氣：「愛卿心軟了。」

「是陛下仁慈。」

「罷了，」文宣帝吩咐宮人，「好歹也是朕看著長大的，叫他進來吧。」

殿外極冷，殿裡極暖，沒了無處可避的夜雨，只有薰得人頭暈的花香。燈火綽綽，有人走來。

他在文宣帝面前跪下身去，道：「臣，叩見陛下。」

「免禮。」文宣帝隨口道，抬眼朝肖玨看去，甫一看到肖玨就怔住，問：「你怎麼成了這個樣子？」

外頭一直下雨，徐敬甫令人撐的傘，也僅僅只維持了一刻不到。他渾身上下濕漉漉的，狼狽無比，又因剛挨過五十個板子，身子虛弱至極，面如金紙，唇色蒼白，彷彿下一刻就要暈倒。

與過去截然不同。

到底是看著長大的，文宣帝不由得生出惻隱之心，動了幾分真切的關懷，他放緩了語氣，道：「告訴朕，有人欺負你了？」

「沒有。」徐敬甫站在一邊回答：「肖二公子是自知肖家有罪，自行領罰五十大板，好教自己心中好過一些，也讓陛下知道，肖家的悔過之心。」

文宣帝瞧著他，嘆了口氣，「五十大板……也太過了些。」

「肖二公子也是感念陛下仁德。」徐敬甫笑道。

「你來找朕，究竟是為何事？」文宣帝道：「肖家的事，朕已經不想再提了。」

肖玨的目光從桌上的棋局上掃過，棋局上頭，黑白子交織錯落，在暖融融的燈火下，泛出陰森冷意。

如人生奇詭，誰也無法預知未來會發生什麼。

但過去已經過去，既無法預知，便創造未來。

少年伏倒身去，聲音平靜，帶著不可阻擋的執拗，一字一頓道。

「臣，求陛下恩准，願親率南府兵再入鳴水，出戰南蠻。」

燈影微微晃動，外頭傳來雨水打濕地面的聲音。

少年俯身不起，半晌，文宣帝慢悠悠地道：「你可知自己在說什麼。」

「南蠻人欺我中原百姓，如今父親戰死，豺狼未清，臣願繼承父親遺志，再入南蠻，奪回鳴水。」

文宣帝沒有說話，徐敬甫先開口了，他道：「肖二公子，光武將軍離去，雖然老臣也能理解你此刻悲憤之心，不過率兵出征，並非一句話的事。」

見文宣帝並沒有要阻止自己說話的意思，徐敬甫繼續道：「鳴水一戰中，光武將軍剛愎自用，貽誤戰機，使得大魏數萬兵士葬身鳴水，已是大過。陛下仁德，不予追究，如今你今夜前來，原來不是為了請罪，而是為了兵權。」

肖玨沉聲道：「臣是為了大魏百姓。」

「大魏百姓？」徐敬甫搖頭道：「肖二公子如今才十六歲，過去從未上過戰場。大魏朝中多少大將，尚不敢自言帶兵出征，你一個小娃娃，未免口出狂言，過於自負。」

「你回去吧。」文宣帝道：「此事休要再提。」

少年頓了頓，看向文宣帝：「臣願意立下軍令狀，若戰敗，甘受懲罰。」

一字一句，擲地有聲。

肖家二公子的眼睛，向來生的很漂亮，如秋水澄澈，又總是帶著幾分懶倦的散漫，如今眸中那點散漫消失不見，有什麼東西沉了下去，又有什麼漸漸浮了起來，令人一瞬間覺得灼燙。

難以忽視。

「軍令狀好說，」徐敬甫道：「只是肖二公子戰敗，無非就是一條命而已，於其他人而言，戰爭並非兒戲。大魏因為光武將軍的嗚水一敗，已經元氣大傷，如今要因為你的一句話，將數萬南府兵也作為賭注麼？」他撫了撫鬍鬚，搖頭嘆息：「大魏輸不起了。」

肖玨沉默片刻：「臣不敢。」

徐敬甫眼中精光閃動。

肖玨再次伏身，「南蠻異族侵我國土，屠戮百姓，父親戰死，臣不願苟活。望陛下恩准，容臣率軍出征。未見捷報，臣不敢妄言，陛下願給臣多少兵，臣就帶多少兵，縱戰死沙場，無悔。」

他態度執拗，有著孤注一擲的決心，彷彿只要文宣帝不答應，就要在這裡一跪不起。

文宣帝揉了揉額心：「朕不想再提此事。」

「陛下仁德。」少年人的聲音，未有半分退讓。

「陛下，」徐敬甫開口了，「肖二公子執意要去南蠻出戰，也是一片赤子之心。」

文宣帝看他一眼：「怎麼，你也要替他說話？」

徐敬甫忙道：「老臣不敢，只是……肖二公子對自己如此自信，許有奇跡也說不定。只是如今大魏確實不敢拿數萬南府兵做賭注，所以……」

「所以什麼？」文宣帝問。

「三千。」

肖玨抬起頭來。

南蠻雄兵，數十萬，三千對十萬，沒有任何將領會接受這個提議，這是一場必輸的戰爭。

文宣帝喝了口茶，心中明瞭，徐敬甫表面提這個要求，其實就是要肖珏知難而退。帶三千兵去打南蠻人，那不是強人所難，那叫癡人說夢。肖珏只要不是想去送死，就不會答應。

他放下手中茶盞，看向殿中執拗的少年：「肖懷瑾，你若執意出征，朕只給你三千人馬，你還願前去？」

徐敬甫收攏在袖中，作壁上觀。

他不會答應的。

少年慢慢的低下頭去，對文宣帝叩禮：「臣，謝陛下聖恩。」

殿中幾人皆是一怔。

肖珏再抬眼時，神情已是一片平靜，「君無戲言，三千就三千。」

雪沉沉的壓在光禿禿的樹枝上，「啰吱」一聲，將樹枝壓斷了。

林雙鶴微微出神。

肖珏帶著三千兵馬去往鳴水的事，他知道的時候，已經很久過去了。久到虢城長谷一戰已經發生，久到文人書生背後罵肖珏殘暴無道。久到肖懷瑾已經變成了大魏戰神封雲將軍，久到他們好友二人，已經兩年未見。

世事無常，眾說紛紜，但沒有人知道，當年少年帶著三千人馬出城，知曉自己面對的是十萬大軍時，是懷著怎樣的心情。

肖如璧並不知道肖珏將他迷暈，半夜進宮，要來的只有三千兵馬。他以為陛下將南府兵交到肖珏手中，肖珏暫時得到了兵權。

所有人都在背後罵肖珏，罵他一心爭權奪利，母親頭七未過便迫不及待地進宮陳情，巧舌如簧欺瞞陛下，竟將十萬南府兵交到毛頭小子手中，何其荒唐。

荒唐的究竟是誰？

這世道又何其荒唐。

肖珏離城的時候，是在半夜。無人知道他臨行前的眼神，也無人知曉，他心裡在想什麼。

朔京每日發生無數趣事，肖家之事，有人扼腕嘆息，有人幸災樂禍，也不過新鮮數日時光。一月一過，提及的人便寥寥無幾，再過數月，早已被人拋之腦後。

直到長谷一戰的捷報傳來。

肖二公子率領南府兵拿下虢城，淹死南蠻六萬人，舉國震驚。

震驚這少年用兵奇襲，也震驚他小小年紀，就如此狠辣。

世人都以為他帶領十萬南府兵，大可用更溫和的方式，至少能留下活口俘虜，誰知淹死的六萬人裡，還有平民。

但能怎麼辦呢？

「三千人對十萬人，」禾晏摩挲著竹棍上頭一個小凸起，輕輕按下去，咯的手疼，「他沒有別的路可走。」

林雙鶴笑道：「不錯。」

若非已逼至絕路，誰會用這種辦法。

南蠻兵馬駐守虢城，之前肖仲武久攻難克，如今三千兵馬，更不可能正面抗敵。肖珏令三千人在虢城以東百里外暗中築起堤壩，攔截東山長谷水流，等水越積越多，積成了一片汪洋，他下令決堤。

飛奴問：「少爺，您想清楚。這一下去，世人都會背後辱罵。」

水淹虢城，縱然勝了，史書上也要留下殘暴一筆。歷來將士，從來都希望名垂青史，千載功名。何況當今陛下推崇「仁政」，不喜濫殺。這樣的勝利，要承擔的，遠遠比得到的多。

少年坐在樹下，望著遠處虢城的方向，手指撫過面前裂縫中生出的一棵雜草，自嘲道：「我還有別的選擇嗎？」

飛奴不說話。

「別人怎麼說我，沒關係。」他站起身子，黑色的披風在身後劃出一道痕跡，道：「開閘。」

飛奴沒說話，也沒動彈。

少年往前走，聲音冷淡：「我說，開閘。」

洪水千仞，奔流而下。

虢城被淹沒，洪水從城東灌入，從城西潰出。城中南蠻兵士及平民無法逃脫，六萬人盡數淹死。

城陷，肖珏不戰而勝。

消息傳回朝中，文宣帝也震驚。

當初肖仲武死後，支持肖家的官員被徐相一黨打壓，如今肖珏大勝，也算是為他們揚眉吐氣。肖珏再趁機上書，請求文宣帝將南府兵交到他手中，一鼓作氣，將南蠻人一網打盡。

文宣帝放權，是一點一點放的。

肖珏的勝仗，也是一場一場打的。

這幾年，南蠻人被他打的節節敗退，終究潰不成軍，那個在夜裡孤零零帶著三千人出城的少年，也終於成了世人口中令人聞風喪膽的封雲將軍。

真相是什麼，沒有人在意了。人們在意的只是當年他貪慕軍功，視人命如草芥，隨意屠戮的狠辣。在意的是他自大跋扈，目中無人，連戶部尚書的獨子說砍就砍，不講半分情面的無情。

但他難道就願意這樣嗎？

少時一同在賢昌館裡進學，讀「少年自有少年狂，藐昆侖，笑呂梁，磨劍數年，今朝顯鋒芒」。何等的意氣飛揚，俊爽坦蕩，而後的數年，卻再不見當年的燦爛明亮。

白袍銀冠的俊美少年，變成了黑裳黑甲的玉面殺將，這並不是一件值得慶賀的事。

他從始至終，都是一個人罷了。

雪下得更大了。

大到站在原地，已經開始覺出了冷意，腳踩在雪地上，留下一個個清晰的腳印，但過不了多久，就會被大雪覆蓋，了無痕跡。

「我並不知道，當時都督在虢城一戰中，只帶了三千人馬。」禾晏道。

「妳可知九旗營是如何來的？」林雙鶴問。

禾晏搖了搖頭。

「陛下要肖玨自己去南府兵中挑三千人馬，是他對懷瑾最後的仁慈。懷瑾便站在南府兵前，要他們自己選擇是否願意跟隨前往鳴水。」

去之前，沒有人會認為這場仗會贏，這就是去送死，每一個站出來的人，都是抱著必死的決心，追隨這位將軍公子而去。

「最先站出來的八百人，後來就成了九旗營。」他笑道。

難怪，禾晏心中明瞭，這麼多年，未曾見肖玨輕易收人進九旗營。於患難之中互相扶持的情分，是後來無論再如何出色、忠勇、機敏、能幹都比不上的。縱然是在九旗營中受傷無法再上戰場的，也會被肖玨安頓好去處。

因為值得。

「這些事，當時我並不知道。」林雙鶴伸手拂去落在身上的一片雪花，「後來祖父在為太后娘娘治病時，太后娘娘說出。祖父這才告訴我，這些年朝中各處又有只言碎語，拼湊在一起，也就有了事情原本的輪廓。」

「肖都督沒有主動告訴你這些嗎？」禾晏問。她記得，賢昌館進學的時候，肖玨與林雙鶴，還有一位少年三人交好的很，肖玨當時處在困難時候，當會與好友說明難處。

「實話說，這幾年，我與他見面也不過幾次。」林雙鶴搖頭，「偶爾幾次寫信來找我，也都是借錢。」

「借錢？」

「沒想到吧。」林雙鶴說到此處，語氣輕鬆了些，「肖家原本的銀子，在光武將軍出事的時候已經被收繳。頭兩年他帶兵南蠻時候，物資亦不豐厚，肖家大哥又為官清廉，他捨不得壓榨自己大哥，就來找我。我們林家藥鋪遍布大魏，京中又多受貴人女子喜愛，日進斗金，他便拿我當他爹，給他錢零用。」

禾晏：「……」

「雖然這些年他勝仗打了不少，無論是戰利品，還是賞賜都得了許多，不過比起當初我借他的那些，還是不夠。」林雙鶴笑了笑，「當然，我很大方，他若是還不起，也就罷了。」

禾晏：「……有你這樣的朋友，真好。」

這話說的真心實意。

林雙鶴謙虛地擺手：「過獎過獎。所以這一次肖玨主動給我來信，要我來涼州，我也很意外。」

「是都督主動找林大夫來涼州的？」禾晏奇道。

「不錯，信上說他有位心腹眼睛受了傷，要我前來醫治。我還以為是飛奴、赤烏受傷了，等路走到一半，這邊又來信說那人眼睛好了，我既不能中途折返，聽聞他在慶南，索性半道改路去了慶南與他會和，也就順帶跟著來涼州衛，瞧瞧他現在住的地方。」

禾晏有些意外。

肖珏信上說「眼睛受了傷的心腹」，想來就是她，她當時被孫祥福宴上的刺客所傷，不過很快就察覺並無大礙，但當時的她並不知道，肖珏已經讓人請林雙鶴過來給她瞧病。雖然林雙鶴只瞧女子，但林清潭的孫子，一手醫術還是出神入化，無人敢輕視。這人，倒沒有嘴上說的那般無情。

兩人說話的功夫，已經走到禾晏的門前。

「喏，」林雙鶴將手中的氅衣遞給禾晏，「這個，妳拿給他吧。」

禾晏：「……為何是我？」

林雙鶴想了想：「因為此刻的肖懷瑾，定然心情不會太好，我前去湊熱鬧，未免會被罵。妳就不同了，」他湊近禾晏，低聲道：「可愛乖巧的小姑娘前去，多少會收著脾氣，不會給妳難堪。」

禾晏扯了扯嘴角：「林大夫難道認為，肖都督是會憐香惜玉的人嗎？」

而且想來她在肖珏心中的模樣，與「可愛乖巧」一個字都沾不上邊。

「是，怎麼不是。」林雙鶴笑咪咪地看她，一邊輕輕將她往屋裡推，「他發現妳的身分，沒有第一時間將妳趕出涼州衛，就證明對妳還不錯。去吧，小心點，別摔著了。」

禾晏：「等等！」

「我明日再來看妳。」

禾晏被推進了自己的屋子。

門在身後被關上了，屋子裡倒是空蕩蕩的。方才程鯉素與宋陶陶送過來的吃食猶在床邊，禾晏拄著棍子走過去，在榻上坐下來。

黑色氅衣就在手邊，禾晏望向中虛門的另一頭，不知道肖珏此刻在不在？在的話，就這樣給他送過去……是不是有些尷尬？

窗戶開著，鹽粒似的雪順著風飄進了屋裡。年輕的都督站在窗前，望著外面的風雪。地牢裡，雷候的話在耳邊響起。

雪越來越大，幾乎要迷住人的眼睛，他眸中的光漸漸沉寂下去。

幼時在山中隨高士習武學經，下山之前先生跟他說：「你將會走上一條非常艱難的路。你必須一個人走下去，不可回頭。」

他那時年少，並不明白這句話意味著什麼。直到命運的巨浪轟然打來，將載著少年期許的船隻掀翻，在海中孤身沉浮之時，恍然醒悟。

原來如此。

肖仲武只有兩個兒子，肖璟如白璧無瑕，光風霽月，如何能參與這樣的事？他們之中，如果必須有一個人走上這條路，背負殺孽、誤解、罵名和孤獨，不如就讓他來。

他無所謂。

這麼多年過去了，他並不在乎誤解，也不害怕質疑，從來沒有擁有過的東西，從何而談失去。

只是……

只是這樣的雪天，未免也太冷。

「吱——」

有什麼聲音在身後響起。

肖玨回頭，自屋中的虛門後，伸出一個腦袋。禾晏拄著棍子吃力地走進來，手裡還抱著他的氅衣。

「抱歉，」少年誠懇道：「我剛敲了門，你沒有回應，所以我就……」

肖玨：「所以妳就撬了鎖不請自入？」

禾晏不好意思道：「別生氣嘛，都是鄰居。」她打了個噴嚏，「阿嚏——怎麼沒關窗，好冷。」

「都是鄰居」這種話，她是如何能這般坦然的說出口的？肖玨懶得理她，將窗戶掩上了。

禾晏也很委屈，她在旁邊敲了老半天門，肖玨也沒搭理她。她還以為肖玨不在，想著正好，免得撞上肖玨心情不好的時候，不如就趁此機會偷偷把鎖撬開，溜進去放了氅衣就走，省得見了面還要想著如何安慰他。

結果這人根本就在屋裡，那還不理人，也太不尊重別人了。

「都督，你的氅衣。」禾晏把衣裳遞給他。

肖玨看了她一眼：「放榻上就行了。」

禾晏「哦」了一聲，給他放在榻上，自己在屋中的凳子上坐下來。見這人還站在原地，不知道想什麼，估摸著他還在為雷候地牢裡說的話難受，心中不免有些同情。

她在撫越軍的那些年，並不知道原來肖珏也這般艱難。若是她就罷了，禾晏從不覺得自己有什麼特別，但若這種事落在肖珏身上，便覺得上天太過殘忍。

原來老天爺也不是肖珏親爹，給予了什麼，就要相對拿走什麼。甚至還是個奸商，從不做虧本的生意。

她便沒話找話：「都督，我看你這件氅衣，真的好漂亮！在哪裡買的，多少銀子？」

肖珏道：「宮裡御賜的。」

禾晏：「……」

這人擺明了就不想跟她多說，才故意把話說的讓人接不上。禾晏躊躇著要不要走，想到當初肖珏在她受傷時候給她鴛鴦壺的藥，心中嘆了口氣。

她這個人，有仇報仇，有恩報恩，如今肖珏正是心情低落的時候，就這麼走了，未免不夠義氣。

「都督，我腰上的傷口好疼，」禾晏換了個話頭，試圖將他的注意力吸引到別的事情上來，「日後不會留下遺症吧？」

「疼？」肖珏在桌前坐下，不鹹不淡地開口：「我看妳還能下床四處遊走，應當問題不大。」

禾晏：「……」

她道：「都督，你不能把對雷候的不滿發在我身上啊。」

這人現在就是個炮仗，都不能好好說話了。

肖玨翻起面前的書頁，頭也未回：「妳想多了。」

禾晏瞅著他，應當是涼州衛送來的關於日達木子突襲，衛所的傷亡人數。他就坐在桌前仔細翻閱。

肖玨也挺不容易的。

禾晏心裡想，他先去慶南，帶著南府兵馬不停蹄地趕回來，率軍將日達木子的兵剿滅，再安頓傷亡兵士。接著去審問雷候，完了被雷候刺幾句，現在還回來繼續看軍文，一刻也沒有停歇過。

禾晏受了傷，好歹也踏踏實實的睡了一覺，這人卻是從頭到尾，都沒有休息。

可當年在賢昌館的時候，他是最喜歡躲懶的。所以連肖玨也躲不過麼？

他的背影永遠挺拔如樹，好像永遠不會累，但其實也會累的吧。

禾晏坐在椅子上，看著他的背影，道：「都督，雷候的話，你不要放在心上了。」

沒有聽到肖玨的回答，禾晏也沒在意，繼續自顧自地道：「他本就是敵人，當然看你生氣最高興了。那些話都是故意氣你的。又不是你一個人挨罵，他也罵過我，呃，罵我娘娘腔。」禾晏又開始胡謅，「還罵我身有隱疾，未婚妻遲早跟人跑了，孤家寡人，以後淪落到城東賣豆腐還沒人買的份兒。」

這安慰，實在蹩腳的厲害。禾晏說完，自己都覺得很不用心。可又能怎麼辦呢？她其實很少被人安慰，是以，也不太會安慰別人。

有些事本就沒有對錯之分，處在什麼樣的位置，做什麼樣的決定。外人不能理解，獨自背負一切的感覺，其實不太好，她曾真切的體會過。

所以，很能理解肖玨的感受。

肖玨仍然懶得搭理她，目光沒有從眼前的軍文上移開過。

禾晏站起身，拄著棍子，費力地走到他身邊，右手握成拳，落在他的桌上。

「送你個東西。」她道：「我走了。」

她又慢慢的拖著步子走回自己的房間，把中門關上了。

禾晏走後，肖玨的動作停下，看向桌上。

她剛剛手心覆住的地方，躺著一顆芝麻南糖。

看起來很甜。

第四十三章　舊友

日達木子的事情過後，涼州衛很是忙碌了一段日子。

戰死的新兵們埋葬立碑之後，還要對著軍籍冊記名，等日後回到朔京，要為新兵的家人們發放喪費恤銀。死去的新兵們都是哨兵，大都還很年輕。來涼州衛不到一年就戰死，平日裡朝夕相處的夥伴們消沉了一段時間。

不過消沉歸消沉，日子還是要繼續過的。尤其是經過此次之後，涼州衛並不如往昔那般安全。肖玨吩咐沈總教頭開始操練新兵列陣演練——真要遇到了敵人，新兵們唯有學會軍陣布局，方可殺敵制勝。

南府兵並未全到涼州，肖玨從慶南趕回來時，帶來了一萬南府兵，九旗營仍留在慶南，未曾跟來。如今涼州城已成眾矢之地，實在不適合出風頭。

南府兵的日訓，和涼州衛的日訓不一樣，果如肖玨所說，日訓時長和總量，是涼州衛這頭的三倍。涼州衛的新兵們每每瞧見南府兵們日訓的勁頭，都忍不住感嘆佩服。

一時間，原來空曠的演武場，居然熱鬧了起來。白月山下，五鹿河邊，隨時都是兵士們的身影。

禾晏的傷也在一日日好起來。

林雙鶴的醫術，比沈暮雪精妙多了，原先以為這樣的傷，不躺個一年半載的好不了，如今照這速度，再過兩個月，禾晏覺得自己還能去演武場活蹦亂跳。

宋陶陶將湯羹放到禾晏面前，看著禾晏喝光後，就端著碗出去了。小姑娘自己不會做飯，便去夥頭兵那裡仗著自己大小姐的身分打劫，打劫來餵禾晏。禾晏有時候都會油然而生一種自己彷彿吃軟飯的錯覺，不過起先還有些不好意思，次數多了，倒也習以為常。

畢竟湯是很好喝的，若是小姑娘不用那種看自己寶貝一般的眼神看她的話，就更好了。

房間的另一頭，隱隱約約傳來人的聲音，似乎是梁平的，還有些激動。

禾晏在床上考慮了一下，便起身拄著棍子下了床。

她掏出袖中的銀絲，捅進了鎖裡，撬鎖這回事做的多了，也就輕車熟路。還好肖玨對她這種行徑也是睜一隻眼閉一隻眼，不曾將鎖換成更複雜的「士」字形。肖玨平日裡重要的公文大抵也不在這屋中，是以才這般鬆散。

禾晏將中門推開一小條縫，見肖玨面前跪著一人，竟是許久不見的杜茂。自從日達木子那事出了以後，雷候奸細的身分暴露。作為雷候的親戚，當初的舉薦人杜茂便不見蹤跡。聽程鯉素說杜茂似乎是被關起來了，禾晏也能理解，雷候既是內奸，誰也不能保證杜茂就是清白的。

如今杜茂出現在這裡，大抵是冤屈被洗清了。

屋裡除了跪著的杜茂以外，還站著一眾教頭。禾晏瞧見梁平上前一步，央求道：「都督，杜教頭與雷候多年未見，雷候是內奸一事，他是真的不知情。還請都督網開一面。」

「是啊，都督，」馬大梅也忍不住開口，「杜教頭在涼州衛已經待了十年了，從未出過半點差錯，若非雷候有意隱瞞，也不會成如今地步。請都督看在杜教頭這麼多年苦勞的份上，從輕責罰。」

眾教頭紛紛附和，為杜茂求情。

杜茂二十多歲起便來了涼州衛，苦寒之地，一待就是十年。成日在衛所也沒什麼可以玩鬧的，至多逢年過節，教頭們聚在一起喝喝酒。平日裡做的事，不是練兵就是守地。教頭們情誼深厚，自然不願見杜茂被雷候連累的丟了性命，心中不忍，這才來求情。

沈瀚動了動嘴唇，最終什麼都沒說。並非他與杜茂感情不深，而是縱然只有不到一年的相處時間，沈瀚也清楚面前這位肖二公子，絕不是會為了旁人三言兩語改掉主意之人。

果然，肖玨沒有理會旁人的說法，看向杜茂，只道：「你打算如何？」

禾晏還記得剛來涼州衛的時候，這個叫杜茂的教頭與梁平關係頗好，時常與梁平抬杠，在一眾教頭中，生的算年輕。如今不過短短幾日，便彷彿老了十歲，鬢角生出零星幾絲白髮，神情也蒼老了許多。

杜茂開口，語氣中是掩飾不住的疲憊：「杜茂願接受責罰。」

「杜茂！」梁平急得叫他的名字。

「是我沒有打聽清楚雷候如今的身分便貿然舉薦他進了衛所，此為瀆職。」杜茂道：「都督責罰我也是應該。」

「你確實瀆職。」肖玨平靜開口，「因為你，涼州衛死了不少新兵。」

還想要繼續勸解的教頭們動作一頓，沒敢開口。

「死了的人不會復活。」肖玨道：「明白嗎？」

「杜茂明白。」

屋子裡寂靜無聲，梁平看向杜茂的神情已是絕望。

「我不取你性命。」

此話一出，屋中人皆是一愣，禾晏也怔住。

肖玨道：「你走吧。」

「都督……」

「從今日起，你不再是涼州衛的教頭。」肖玨站起身，往屋外走，「日後也不必回來了。」

他的身影消失在屋外，屋裡沉默片刻後，馬大梅才回過神，去拉仍跪在地上的杜茂：「好了、好了，都督也算是對你網開一面，快起來。」

杜茂呆呆地站在原地，突然嚎啕起來。

屋裡眾人的安慰並著杜茂的哭聲，吵得禾晏有些腦門疼。她抓起衣裳隨手披在身上，拄著棍子也跟著出了門，甫一出門，便被外頭的風雪吹得打了個寒顫。

肖玨呢？禾晏四處望瞭望，這人剛才出了門，這會兒就沒影了？會飛不成？

「找我？」有人的聲音從身後傳來，嚇得禾晏倒吸一口涼氣，差點沒抓穩手中的棍子。

她轉過身，見肖玨站在她身後，揚眉盯著她，問：「有事？」

「沒、沒事。」禾晏作勢望天，「天氣很好，我出來走走。」

肖珏瞥外頭沙子般的雪粒一眼，嘲道：「我以為妳是方才偷聽的不夠，有話想親自問我。」

他竟然知道自己在偷聽？這就尷尬了。禾晏撓了撓頭，「都督耳力真好。」

肖珏彎唇，「不及妳。」

「說罷，」他問：「找我做什麼？」

找他做什麼？禾晏也不知道，只是下意識地跟了出來。她詞窮了一刻，想了想，道：「都督，你對杜教頭還是手下留情了啊。」

教頭們與杜茂私交甚篤是一回事，杜茂自己犯了錯又是回事。禾晏還以為，以肖珏的性子，杜茂難逃一死，沒料到最後，也只是將他驅逐出涼州衛而已。

肖珏笑了一聲，似是覺得她的話好笑，「手下留情？」

「是啊，若換做是我……」

「換做是妳怎樣？」

禾晏突然說不出來。

換做是她會怎樣？她從小兵到副將到將軍，不是沒有遇到過這種情況。其實飛鴻將軍治下，並不比肖珏仁慈多少。不過大多時候，旁人都下意識的忽略掉了，只因為她平日裡與部下打作一團，並不會如肖珏那般有著不近人情的「豐功偉績」。

若是她，她會下令取走杜茂的性命嗎？

「換做是我，我也不會。」禾晏道：「取走杜茂性命，看似軍令嚴整，實則傷人心。涼州衛才剛經過日達木子一事，人心若散，涼州衛便如一盤散沙，難以立起來。」

肖珏看向她的目光裡，帶了幾分意外：「不錯。」

禾晏得意道：「我早說了，我是涼州衛第一。我很聰明的，怎麼樣，都督，能不能讓我進九旗營？」

肖珏彎了一下嘴角：「不能。」

這人還真是固執。禾晏正要再為自己爭辯幾句，就見他轉身繼續往前走，禾晏拄著棍子跟上去，問：「都督去哪兒？」

「演武場。」

「要去看練兵麼？」禾晏道：「我也去！」

她受了傷後，自然不能跟著日訓。日日除了躺在床上，就是在屋外拄著棍子走兩圈，實在無聊的緊。縱然宋陶陶和程鯉素循著空子就過來陪她說話，但這二人，一個只記得京城中哪家姑娘生的美哪位夫人又喜得麟兒的瑣事，一個除了吃喝玩樂什麼也不知道，禾晏與他們說話，費勁的厲害。唯一一個能說上兩句話的林雙鶴，還被沈暮雪請到醫館幫忙給受傷的兵士熬藥去了。

是以，肖珏一說去演武場，禾晏就有些蠢蠢欲動。

雪下小了些，外面也沒方才那般冷了。禾晏拄著棍子走不快，抱怨道：「都督，你等一下我！」

這般理直氣壯的語氣令肖玨的腳步忍不住頓了一下，他反問：「我是妳的僕人？」

「不是，」禾晏回過神來，解釋道：「我的意思是，咱們可以走的慢點，順便聊點別的事，咳，雷候那頭有沒有說，日達木子為何會來咱們衛所找碴啊？西羌之亂不是早被飛鴻將軍平定了，羌族又哪裡來的這麼多兵士？」

數萬兵士，現在的羌族，真有這麼多人馬？禾晏當初與日達木基交手，對羌族什麼情況再熟悉不過，總覺得不太對勁。

「不是羌族，」肖玨難得回答了禾晏的疑問，「是烏托人。」

「烏托人？」這一回，是真的出乎禾晏的意料了。

肖玨瞥她一眼，將她驚訝的神情盡收眼底，淡道：「妳有什麼想法？」

這是在考她？禾晏問：「日達木子是烏托人嗎？」

肖玨無言了片刻，才道：「他不是烏托人，但除了日達木子以及之前與妳交過手的幾個親信外，其餘兵士，皆是烏托人。」

「都督可確定無疑？」

肖玨不緊不慢的往前走：「確定。」

「倘若真是烏托人，」禾晏的聲音，帶了三分凝重，「那烏托人所圖的，就不僅僅只是一個涼州衛了。」

「此話怎講？」

「烏托國近年來豢養兵隊，勢力雄厚，老在邊關處騷擾百姓，本就存了試探之意。如今來到涼州衛，卻以羌族為由，將自己藏於暗處，是想借著羌族的名頭先在大魏胡作非為。」

「都督不妨想想，如果當時您真的去了漳臺，援救不及，等那些烏托人占了涼州衛，再奪了城池，涼州城被烏托人占領，猶如在大魏邊關撕出一條口子，他們可一路西上，長驅直入，順著河道往前，一直到京城。」

肖玨抬了抬眼：「就這些？」

「大魏恐有內奸通敵叛國，」禾晏道：「此人與烏托人私下有往，並且與都督是舊識。」

肖玨：「繼續說。」

「能在涼州衛神不知鬼不覺的安插親信，還能在漳臺傳出假消息，此人地位不低，且人脈廣落，知曉都督在涼州衛便固若金湯，先調虎離山將都督引走，此人一定很畏懼您。所以，」禾晏看向肖玨：「或許有這麼一個人，在朝中地位很高，過去又同都督交過手但沒有討到好處，如果有這麼一個人，十有八九，就是他幹的了。」

肖玨視線凝著她，索性道：「那妳不妨說說，這個人是誰？」

這下禾晏可覺得真是莫名其妙了，她與肖玨雖有同窗之誼，但也只是一年而已。而後多年未見，一個在南，一個在北。肖玨因為肖仲武的事，深陷朝堂旋渦，可她清清白白一個人，靠軍功硬生生晉升，日日待在邊關營帳，是以朝廷裡那些亂七八糟的事，知道的並不多。她如何能猜到那個人是誰？

縱然是考校，這也太難了，又不是人人都如他一般，睡覺都能睡成賢昌館第一。

想到之前袁寶鎮的事，禾晏隨口道：「徐敬甫？」

肖玨一怔。

禾晏見他神情，心中一動：「真是他？」

肖玨沒有回答。

「徐敬甫居然通敵叛國？」禾晏大驚，「他瘋了！他可是當朝宰相，做這種事對他有什麼好處！」

「妳可以再大聲一點，」肖玨不鹹不淡道：「沒有證據的事，隨時可以告妳汙蔑朝廷官員。」

禾晏心想，誰還不是個朝廷官員了？她前生做飛鴻將軍時，也是吃皇糧的。

「可是、可是……」她還想說什麼，肖玨已經停下腳步往前前方，不遠處，傳來兵士低喝列陣的聲音。

不知不覺，他們二人已經走到了演武場。

演武場原先只有涼州衛的新兵日訓，如今分成了東西兩面，東面是南府兵在練兵，西面才是涼州衛的人。此刻兩方同時練兵，差距就出來了。

南府兵的副總兵正在操練步圍，都不需要人指揮，瞧著便讓人覺得士風勁勇，所向無敵。而涼州衛的新兵，如今才剛剛開始學習列陣，難免有些手忙腳亂，沈瀚站在高臺上，卯足了勁兒的吼。

禾晏瞧著瞧著，遲疑道：「這是在練……魚鱗陣？」

肖玨側眸看了她一眼，問：「妳知道？」

來了來了，他又來考人了。禾晏雖然對肖珏時不時的提問有些摸不著頭腦，但想著或許他是在為考驗自己能否進九旗營做準備，只得認認真真地答：「梯次分布，前端微凸，中央集結主要兵力，再分作若干魚鱗狀的小方陣。對敵之時，可集中兵力對敵陣中央發起猛攻，不過弱點在於尾側。敵軍若從尾側突破，可破此陣。就是魚鱗陣沒錯啊，只是……」她道：「他們太鬆散了。」

太鬆散了！要按他們這麼慢吞吞的列好陣，早被人打死五回了。

肖珏若有所思地看著她，突然勾唇道：「不賴嘛。」

禾晏很得意。努力到底還是有收穫的，誰能想到當年賢昌館倒數第一，如今對兵法熟記於心，縱然是面對賢昌館第一的提問，也能輕輕鬆鬆地回答上來。這些年仗沒白打，書沒白練，足矣。

「學過兵法？」肖珏挑眉。

「略懂一點。」

「懂得布陣？」

「不敢當不敢當。」

「好，」肖珏看向臺下操練的兵士，道：「如果當日日達木子來涼州衛，妳並未被關進地牢，沈瀚將兵權交給妳指揮，這一仗，妳如何打？」

這麼快就要出題目了？

禾晏思忖了一刻，慢慢道：「那些西……烏托人兵強馬壯，凶殘暴虐，涼州衛的新兵還未上過戰場，士氣不足，難以正面抗衡，亦不是短時間內就能解決。如果是我……我會用車懸陣。」

肖玨安靜地看著她：「說下去。」

「我作為主將，會位於陣型中央壓陣，周邊兵力層層布設。分散兵力在外，結成遊陣。臨戰時，朝同一方向旋轉，輪流攻擊敵陣，形如一個轉動車輪。這樣的話，一直對敵軍一部不不斷施加壓力，烏托人會因疲憊而崩潰，我們自己這邊則因為輪流出擊而得到補充和修整，恢復戰力。」

「妳作為主將？」肖玨嘲道。

「我的意思是，我臨時作為主將壓陣，真正要打的，還是都督你。之所以選擇車懸陣，也是為了拖住時間好讓都督你能趕得回來支援呀。」禾晏說的非常懇切。

肖玨轉過身，微微俯身，垂著眼睛看她，彎唇道：「禾大小姐兵法學得不錯，不做將軍可惜了。」

肖玨這人不管怎麼說，眼光還是蠻好。禾晏點頭道：「我也這麼覺得，我覺得我天生就適合做將軍，有時候甚至覺得，我上輩子就是女將軍。」

肖玨：「……」

「都督不相信嗎？」禾晏拿棍子在雪地上戳出一個坑，「還是說都督以為，女子不可為將。」

「我沒有這麼以為。」

禾晏抬起頭來看他。世人都以為，女子就該待在閨閣，繡花描眉，等著夫君的寵倖，別說是做女將軍，就算在外面拋頭露面，做個女掌櫃、女夫子、女大夫，都要承受許多人異樣的眼光。

能邁出那一步的極少，縱然邁出了，也不得旁人理解。

「想做什麼都可以去做，」年輕男人眉眼懶倦，扯了一下嘴角，「做得到就行了。」

禾晏怔了一下，盯著他沒說話。

他的目光又落向遠處的演武場，落在操練的新兵身上，並沒有看見身後禾晏的目光。

「謝謝。」禾晏在心裡小聲說道。

雪漸漸地停了下來，沈瀚帶的新兵，練了幾次後，有所熟練，不如一開始那般慌張。列陣初見成效，肖玨與禾晏也在此地站了許久。

一個熟悉的聲音從身後響起來：「懷瑾！禾……兄！」

禾晏回頭一看，正是林雙鶴。林雙鶴爬到閣樓上，撣了撣靴子上的積雪，道：「難怪到處找不到你倆，原是到這裡來了。怎麼？」他看著肖玨，促狹地笑道：「帶我們禾妹妹來看練兵啦？」

禾晏：「……林大夫，請不要在外面叫我妹妹。」

「對不住，」林雙鶴拿扇子掩住嘴，抱歉道：「一時忘記了。不過這裡又沒有外人。」

他瞧了禾晏拄著的棍子一眼，又問：「今日可以下床走這麼遠了嗎？怎麼樣，傷口可還疼？」

「不太疼。」禾晏道：「林大夫醫術高超，今日我已經好了許多。」

「那就太好了，」林雙鶴搖了搖扇子，「若是不能將妳治好，我內心會很愧疚的。」

他們二人互相恭維，肖玨在一邊冷眼旁觀，似是看不下去，不耐道：「有事就說。」

林雙鶴一愣，道：「哎！我差點將正事忘記了，剛涼州衛所來人了。我本想找沈教頭，沈教頭不在，找了老半天才找到你在這。」

「什麼人？」

「宮裡來的人，說此次涼州衛大捷，陛下給你賞賜。對了，還有那個、那個……」他一下子沒想起來，哽了片刻才記起名字，道：「石晉伯府上的四公子，楚子蘭！對，楚子蘭也來了。」

「楚昭？」肖玨蹙眉：「他來幹什麼？」

林雙鶴聳了聳肩，「我怎麼知道？人現在都在衛所門口等著，你不去看看？」

肖玨頓了頓，往樓下走去：「走吧。」

「哎，都督，我呢？」禾晏忙拄著棍子，想要跟上，但又不知道這種場合究竟能不能跟著。瞧肖玨的模樣，可不像是老友敘舊。

肖玨看她一眼，道：「妳回去吧，不必跟著。」

「噢。」禾晏乖乖答應，林雙鶴朝她擺了擺手，二人極快的下了樓閣，背影消失在遠處。

禾晏望著茫茫雪地，心中有些疑惑。

這個叫楚子蘭的，究竟是什麼人？

衛所外頭，站著一行人。

馬車邊的下人正從馬車上卸箱子下來，忙的不可開交。衛所進門處歇憩的地方，客人們正坐著喝茶。

肖玨甫一進門，看到的就是梁平給人斟茶的畫面。

「楚四公子。」先打招呼的是林雙鶴，他搖扇上前，彷彿主人招待客人般熟稔地笑道：「不知茶可還合口味？」

楚子蘭站起身，對林雙鶴與肖玨拱手：「肖都督，林公子。」他微笑道：「涼州衛的雲霧茶，醇厚明秀，齒頰留香。都督好口福。」

肖玨隨手拉過一張椅子，坐下盯著他道：「粗茶而已，不必客氣。」

楚昭也不惱，只笑道：「都督玩笑了。」

石晉伯府上四公子今年與肖玨年歲一樣，比起肖玨時常漠然懶倦的神情，他顯得要溫柔的多。生的亦是極好，五官明秀，皮膚白皙，一身玉色寬大長袍，愈發顯得清瘦如仙。他眼型狹長，總是含著笑意，實在翩翩君子，溫其如玉。

他二人在一處，一人如秋水冷絕，一人如幽蘭明淨，瞧著是很賞心悅目。

在楚昭身側，還站著一名侍女模樣的姑娘，雖穿著侍女的衣裳，卻生的格外美豔，五官深而明豔，縱是清簡素服，也難以掩飾豔光。林雙鶴這樣見慣美人的人，瞧見此女容貌也忍不住多看了兩眼，心中暗自感嘆，這一主一僕站在一起，更不像是塵世間的人了。石晉伯四個兒子裡，頭三個相貌平平，唯有這個長成如此模樣，看來母親的容貌，實在很重要。

「楚四公子來涼州衛，是為何事？」肖玨道。

楚昭笑了，只道：「陛下聽聞肖都督在涼州衛殲滅敵軍數萬，除盡羌族餘孽，龍顏大悅，特意叫我送來賞賜，順帶看一看涼州衛的雄兵士氣。」

「送賞？」肖玨玩味地看著他，漫不經心道：「涼州苦寒之地，能讓楚四公子紆尊降貴前來觀賞，」他微微一笑，「不簡單。」

楚昭道：「能親眼見到肖都督帶領的雄兵，是子蘭的運氣。」

肖玨笑了一聲，沒搭話。

「此次涼州大捷，陛下還令我在此設宴慶功。」楚昭道：「不過我並不清楚涼州衛所素日如何慶功，是以，只有麻煩都督了。」

「戰死的新兵剛剛下葬，」肖玨道：「現在慶功，恐怕不大合適。」

楚昭笑容溫柔，語氣卻很堅持，「戰爭之中，哪能不流血？再說殲滅敵人，本是喜事，該賞就得賞，這也是陛下的意思。」

這是抬出文宣帝了？

肖玨盯著他看了一會兒，半晌點頭，笑了：「好。」他站起身，意味深長道：「明日就可設慶功宴，就請楚四公子一道來參與吧。」

楚昭起身還禮：「恭敬不如從命。」

肖玨出了屋子，吩咐飛奴道：「給楚四公子的人安排房間。」

飛奴領命離去。

林雙鶴跟出來，湊到他身邊，低聲問道：「這楚昭幹什麼來的？看這樣，是要在涼州衛住上一段時間？」

「人沒了，徐敬甫急了，」肖玨淡聲道：「派他的狗過來看一看，有什麼問題？」

林雙鶴回頭看了屋子一眼，見屋內楚昭正低頭飲茶，就問：「讓他留在這，會不會有點不安全？這小子畢竟是徐敬甫的人。」

「不安全？」肖玨道：「那要看他的本事了。走吧。」

「去哪？」

「既是賞賜，也該看看都有什麼。」肖玨玩味地開口，「這樣大張旗鼓的來我涼州衛，區區幾箱賞賜，未免說不過去。」

「你又要雁過拔毛？」

肖玨看他一眼。

林雙鶴道：「沒別的意思，就是問一問，別生氣。走走走，看寶貝去！」

禾晏從演武場回來，又回到無所事事的境地。躺在床上看了幾本遊記，等宋陶陶送飯過來，吃過飯，宋陶陶離開的時候，聽到門外有動靜，似是宋陶陶在與人說話，以為是肖玨回來了，撐著棍子下床將門打開，一眼看到了林雙鶴。

「林大夫？」禾晏左右看了看，沒見著肖玨的影子，就問：「都督不在嗎？」

「他同教頭商量慶功宴的事情去了。」林雙鶴笑道：「我先在屋裡等他，還有事與他說。」

「慶功宴？」禾晏懵了一刻，「什麼慶功宴。」

「涼州衛慶功宴。」林雙鶴朝宋陶陶擺了擺手，見宋陶陶離開後，才往禾晏這頭走，走到門口突然腳步頓住，不肯再往前了。

禾晏莫名：「怎麼了？」

林雙鶴縮回手，正色道：「男女同處一屋，到底不好，傳出去有損妳的清譽。」

禾晏：「……」

她道：「這裡沒人知道我的身分，林大夫可以就將我當做普通的新兵就好。再者你之前不是來過嗎？」

林雙鶴矜持的擺手：「之前屋子裡還有旁人，如今就妳我二人，恐怕引起誤會。」

「有什麼誤會，」禾晏有些無奈，「我與都督也常共處一室，並未有任何不妥。」

聞言，林雙鶴更是後退了一步：「那就更不可了，朋友妻不可戲，我豈是那等背叛朋友的小人？」

禾晏：「……」

這個人亂七八糟在說些什麼鬼話？

她想了想，終是想出一個好辦法：「這樣吧，林公子，你去都督屋裡，我在我自己屋裡，我把中門打開，咱們隔著中門說話，這樣一來，不算共處一室，而是分別處於兩室，可行？」

林雙鶴沒料到居然還可以這樣，怔然片刻，一拍扇子：「就這麼辦吧！」於是等禾晏回到屋裡，用程鯉素的銀絲撬開鎖，吃力地推好凳子在中門另一頭，林雙鶴已經等在那裡了。

他打量一下中門，問禾晏：「你們平日裡都這麼玩的？」

「怎麼玩？」

「就是……」林雙鶴說到這裡，似乎自己也覺得不好意思，搖頭笑道：「沒想到懷瑾竟然也會這般……」

禾晏被他說的莫名其妙，但還惦記著他方才說的慶功宴一事，就問：「林大夫，你剛才說的涼州衛慶功宴是什麼？」

「之前你們不是打贏了日達木子的人，殲滅了敵軍數萬嘛，」林雙鶴道：「陛下聽聞此事，龍顏大悅，特意讓人帶了賞賜過來嘉獎，還要在涼州衛設宴慶功，以犒三軍。」

禾晏聞言怔住：「現在嗎？現在慶功，不太好吧。」

現在在涼州衛慶功，可不是什麼好時機。這場仗雖然勝了，可到底來的匆忙，一開始不知情的情況下便死了幾十個哨兵，縱然後來勝了，也多是靠南府兵的支援。這些新兵此刻的心情，比起打了勝仗的快樂，更多的恐怕是對戰友戰死的悲傷和對戰爭的恐懼。這個時候慶功，怎麼會好？

「陛下的意思，能怎麼辦？」林雙鶴嘆了口氣，「還能不識抬舉？」

一時間，兩人都沒有說話。

片刻後，禾晏問：「那個來傳陛下旨意的人，就是今日你們說的什麼楚子蘭吧？」

禾晏問：「楚子蘭是誰？」

「妳竟沒聽過楚子蘭？」這一下，林雙鶴反倒奇了。

禾晏搖了搖頭。

「京中少女的夢中人，排名第一的是肖如璧，排名第二的是肖懷瑾，這楚子蘭嘛，排名第三。」林雙鶴感嘆，「不過自從肖如璧成親後，就只有肖懷瑾和楚子蘭二人了，咱們懷瑾性子冷淡，又不愛跟姑娘說話，這幾年已經不如楚子蘭。楚子蘭雖然出身低了些，但生的好看，又和氣溫柔，還沒有定親，妳去問京城中女子最樂意嫁的夫君是誰，十有八九，說的都是楚子蘭。怎麼，」他看向禾晏，「妳原先在京城中的時候，沒聽過他的名字嗎？不可能吧！」

禾晏當然不知道，她之前都在帶兵打仗，哪裡有心思去關注風花雪月，京城中有什麼美男子。後來回了京迅速嫁人，更無從得知外男的消息。這個楚子蘭還真沒聽過。

「我自小被我爹養在深閨，大門不出二門不邁，連與外男說話都極少，」禾晏一本正經地隨口說道：「對外面這些事，確實一無所知。」

「是嗎？」林雙鶴道：「那妳爹管妳還真是管教的很嚴。」

禾晏點頭：「確實。」她問：「這楚子蘭和肖都督，又是什麼關係？」

肖玨這個人，雖然待人不親近，沒見他有特別喜歡的人，但也沒見過他有特別討厭的人。徐敬甫算一個，這個楚子蘭，今日還未見到，光聽見他的名字，肖玨瞧著就不悅了。

莫非從前有過節？

「這就說來話長了。」林雙鶴起身去小幾前給自己倒了杯茶，喝了口茶潤了潤嗓子，才重新坐下，對禾晏道：「妳沒聽過楚子蘭，可聽過他爹石晉伯楚臨風。」

禾晏覺得這名字聽著有些熟悉，思考了一刻，道：「是不是那位娶了十九房小妾，各個國色天香那位？」

「正是！」

禾晏記得楚臨風這個名字。當年在軍中的時候，副將手下們聚在一起閒談，不羨慕皇帝，最羨慕的，就是這位石晉伯了。石晉伯生的玉樹臨風，是大魏出了名的美男子，娶的夫人卻是比他年長幾歲，生的更是貌醜無鹽，性情凶悍。

如楚臨風這樣的浪子，絕不可能就此甘休。未成親前便日日流連花坊，成親後更是變本加厲。他娶的這位夫人倒也賢淑，似乎知道自己容貌普通，不得夫君寵愛，便從不攔著他納妾。這些年來，竟是納了十九房小妾，各個花容月貌，沉魚落雁，各有生趣。

只是納妾歸納妾，這麼多年，除了從夫人肚子裡爬出來的三位少爺，從來沒有一位小妾能生下石晉伯的骨肉。

聽聞這些小妾在進楚家大門之前都會被餵絕子藥，再如何得寵，沒了子嗣，除了討好主子，便也只能討好主母。石晉伯夫人將這些小妾拿捏得死死的，竟無人敢在她眼皮子地下作亂。石晉伯依舊每日和小妾恩恩愛愛，石晉伯夫人只當沒瞧見，好好撫育自己的三個兒子。

楚子蘭是石晉伯的第四個兒子，卻並非石晉伯夫人所出。

「他是妾室所出的庶子嗎？」禾晏問。

「非也非也，」林雙鶴道：「楚夫人管小妾，比妳爹管妳還要嚴厲，妾室怎麼可能生的出兒子？」

「那是……」

「具體是怎麼一回事，我也不知道，總之突然有一天，楚家家宴的時候，就多了一個四歲的兒子，叫楚昭。」林雙鶴又喝了口茶，「雖然沒說，但大家心知肚明，這楚昭嘛，多半就是楚臨風外室生的私生子了。」

禾晏瞪大眼睛。

「楚夫人千防萬防，沒料到石晉伯會留這麼一手，孩子已經四歲了，眾人面前也認過了，還能怎樣？」林雙鶴一攤手，「如果只是這樣，楚子蘭也不過是楚臨風的庶子，但在楚子蘭十歲那年，被記在了楚夫人名下。所以，他如今的身分，算是石晉伯府上嫡出的四公子。妳可知為何？」

「為何？」

「因為他是當朝宰相徐敬甫最得意的學生。」

禾晏一怔，又是徐敬甫？

「石晉伯雖然風流浪蕩，也並不是一個慈父，想來在楚夫人手下，楚子蘭的日子也不好過。不知道他是用什麼手段，能平安活到十歲，接著再搭上了徐敬甫。徐相的面子，石晉伯怎麼敢不顧？後來將楚昭記在楚夫人名下，約是徐敬甫的意思。」

「那這位楚四公子，很厲害啊。」

林雙鶴看向禾晏：「妳覺得他很厲害嗎？」

「厲害，如你所說，他在府中全無外援，父親不疼，生母又沒在身邊，如今成了嫡出的少爺，還能讓陛下令他前來涼州衛傳旨，單靠自己能走到如今這一步，實在很厲害。」

「不厲害的話，怎麼會成為徐敬甫最喜歡的學生？」林雙鶴搖頭嘆道。

「那他的生母呢？」禾晏問：「沒有被納入石晉伯府中麼？」

「不知道。」林雙鶴搖頭，「聽說生下他就病逝了，若非如此，憑楚子蘭現在的本事，應當能讓她過得好一些。」

禾晏若有所思地點頭，「原來如此，難怪肖都督不喜歡楚四公子。」

肖玨與徐敬甫是敵非友，楚子蘭是徐敬甫的學生，自然也是肖玨的敵人。

「禾……兄，」林雙鶴道：「倘若要妳在懷瑾與楚子蘭中選一個，妳會幫誰？」

禾晏覺得這問題問的簡直是匪夷所思，「為何這樣問？」

「我只是很好奇，大魏的姑娘會做什麼選擇而已。」

「我根本不認識楚子蘭。」禾晏道：「當然是站在都督這一面了。」

林雙鶴便露出很意味深長的笑容，「倒也不必這麼早開口，明日的慶功宴上，妳就能見到楚子蘭了。」

禾晏：「……」

見到了又怎樣？難道有什麼奇特的不成？

禾晏並沒有想到，果如林雙鶴所說，她在第二日，就見到了這位傳說中大魏少女夢中人，可與肖玨一爭高下的楚四公子，楚子蘭。

這一夜，難得的沒有下雪，第二日正好是個晴天。

天氣雖冷，但有了日頭照在人身上，便覺暖融融的。禾晏起床喝粥，覺得被太陽這麼一曬，腰上的傷口都好得快了些。涼州衛還真是奇特，夏日裡熱的要命，見到太陽便哭天喊地，到了冬日，能出半個日頭，已經很是高興了。

她如今又不能去演武場日訓，但覺得太陽很好，索性拄著棍子想去院子裡走走，才走到門口，就聽見宋陶陶的聲音，道：「這個金糕卷是我先看到的，是我的！」

緊接著就是一個女子好脾氣的聲音：「這位姑娘，這是我們公子帶來的廚子特意做的，並非是衛所廚房所出，所以不是妳的。」

「妳說是你們公子的就是你們公子的？」小姑娘氣道：「都放在廚房裡，我怎麼知道是不是你們廚子做的？你們既然有廚子，再做一道不就行了嘛？」

「金糕卷工序麻煩，再做一道，就誤了公子用飯的時間了。」

「那就不要吃了！」

「姑娘……」

禾晏聽不下去了，走出去道：「宋姑娘。」

宋陶陶扭頭，和與她爭執的女子一同看過來，歡天喜地道：「禾大哥！這是金糕卷，你要不要嘗嘗！」

禾晏：「……」

那女子也道：「那是公子的……」

禾晏接過金糕卷，還給那女子，道：「小孩子不懂事，請不要計較。」

「禾大哥！」宋陶陶氣得跺腳，「你怎麼還給她了！」

「本就是人家的。」禾晏搖頭。她估摸著對方嘴裡的公子，應當就是那位石晉伯府上的四公子楚子蘭。楚子蘭與肖珏關係這般微妙，若是因此給肖珏惹上了什麼麻煩，那才是得不償失。

「多謝公子。」那女子對著禾晏嫣然一笑。

禾晏亦是一怔，有一瞬間，為這姑娘的容色所驚。涼州衛的姑娘本就少，除去她這個假的，就只有沈暮雪與宋陶陶。一個清麗，一個可愛，這會兒來個濃如牡丹的，就格外引人注目。

楚子蘭連侍女都長得這般美貌？禾晏心道，之前林雙鶴所說的那個大魏女子心中夫君排名第一，傻子才會選楚子蘭。這挑侍女都這般國色天香了，尋常女子如何入得了他的眼？還不如選肖珏，肖珏周圍都是男子，許是男子看多了，再看個女子，要求便會變低許多，還有些許機會。

見禾晏盯著對方的臉不說話，宋陶陶更急了，急得拉了禾晏的袖子道：「你看她做什麼？有什麼好看的！」

捧著金糕卷的女子見狀，「噗嗤」一聲笑出來，笑容勾人心魄。

「應香。」有人開口道。

叫應香的婢子立刻收起笑容，對著前面欠了欠身，「四公子。」

四公子？楚子蘭？禾晏轉過身，目光落在眼前人身上。

這是一個年輕男子，穿著淡玉色長袍，袖子極寬大，著玉冠，如幽蘭高潔，又如謫仙俊逸。面上掛著淡淡笑意，朝禾晏點了點頭。

禾晏蹙眉，這人的長相，好熟悉。

他見到禾晏，亦是一怔，片刻後笑了，似是看出禾晏的思忖，伸出手來，掌心向上，輕聲開口道：「小兄弟，你東西掉了。」

一句話，令禾晏倏而回神，她想起自己在什麼地方見過這人了！當日她還在朔京，為了禾雲生進學的束脩絞盡腦汁，不得已去樂通莊賭錢，卻被輸家的人追打，好不容易將他們全打趴下，突然有人出現，告訴她掉了銀子。

那人的好相貌，只要見過的人，很難忘記。如今乍然在此瞧見，因著是白日，禾晏有一瞬間沒認出來，反倒是他先將禾晏認了出來。

「你……楚四公子？」禾晏問。

楚子蘭點了點頭：「是我。」

禾晏一時間心中無言，她這是什麼運道。隨隨便便在夜裡翻牆打架，都能遇到大魏閨中少女的夢中人，這是何等的巧合？

「在下楚昭，」楚子蘭笑著看向禾晏，「我與小兄弟也算是舊識，卻還不知道小兄弟姓名，敢問小兄弟尊姓大名？」

如此溫和禮貌，禾晏有點理解為何他能與肖珏不相上下了，連忙回禮道：「不敢當，在下禾晏。草木禾，河清海晏的晏。」

楚昭微笑，「好名字。不過，」他看了看周圍，疑惑道：「禾兄怎會在此？」

「我？」禾晏道：「我是涼州衛的新兵，不過前些日子受了傷，是以沒去演武場日訓。」

「原來如此。」

這時候，一直沒說話的宋陶陶終於回過味兒來，她小心地拉了一下禾晏的手，大約是瞧見楚子蘭生的太好，方才對著應香的咄咄逼人瞬間消散，甚至還有幾分不好意思，她低聲道：「禾大哥，這人是誰啊，你認識嗎？」

這話就很難答的上來了，她與楚昭認識，但也沒有宋陶陶想的那般熟悉。只是乍然在涼州衛看到了熟面孔，下意識有幾分激動而已。

禾晏便道：「這位是石晉伯府上的四公子，我之前在朔京的時候，曾與他有過一面之緣。」

楚昭笑道：「算是舊友。」

第四十四章　醉酒

禾晏與楚子蘭說話的時候，並未察覺，肖玨與林雙鶴站在不遠處的樹後。

林雙鶴瞧著瞧著，奇道：「看樣子禾妹妹竟然與楚子蘭認識？那我昨日問她的時候，她為何說不認識？」

「你問過她了？」

「是啊，我還問她，若你和楚子蘭發生衝突，她會站在哪一邊？」林雙鶴搖搖扇子，笑道：「想不想知道她是怎麼回答的？」

肖玨：「不想。」

「你怎麼這樣？」林雙鶴道：「我告訴你吧，禾妹妹想也沒想的就說，她不認識楚子蘭，當然站在你這一邊。不過，」他看了遠處正在交談的二人一眼，道：「她這根本就是認識，為何要說不認識？」

肖玨嗤笑：「你為什麼要相信一個騙子說的話？」

「騙子？」林雙鶴看向肖玨，「她騙你什麼了？難道，」他想到什麼，作勢低聲驚呼，「她和楚子蘭是一夥兒的？也是徐敬甫的人？」

肖玨懶得搭理他。

正說著，那頭那個叫應香的美豔婢子側頭來，恰好瞧見了他們，當即遠遠地喚了一聲：「肖都督、林公子。」

這下縱是想躲也沒處躲了，林雙鶴站出來，矜持地點頭：「楚四公子、禾兄。」

禾晏問：「你們也出來曬太陽嗎？」

「隨意出來走走。」林雙鶴拿著扇子，目光在禾晏與楚昭身上打了個轉兒，試探地問：「禾兄與楚四公子過去認識？」

禾晏道：「只是一面之緣而已。在涼州衛所遇到，才知他是楚四公子，我也很意外。」

「怎麼個一面之緣？說來聽聽？」林雙鶴不依不饒。

楚昭微笑著站在原地，沒有要主動解釋的意思，肖玨的目光亦是平靜，卻讓禾晏覺得有點冷，倒是宋陶陶很好奇，追問道：「就是就是，你們如何認識的？」

「那個，」禾晏只好硬著頭皮解釋道：「之前在朔京的時候，我在夜裡去樂通莊賭錢，贏了許多銀子，被人追打，無意中遇到了楚四公子。楚四公子撿到我遺落的銀兩還給我，當時我並不知他身分，匆匆道過謝就走了。」

「樂通莊？」宋陶陶驚了，「禾大哥，你賭錢啊？」

「妳不是說妳爹管妳管得很嚴，大門不出二門不邁？」林雙鶴也忍不住問。

禾晏抬頭，對上肖玨似笑非笑的神情，不覺頭皮發麻，後退一步道：「我那時候也是為生活所迫……我就去過一次！再也沒去過了！」

林雙鶴與肖玨都知道她是女子，一個女子夜裡孤身去賭錢，說出去到底驚世駭俗了些。

而且賭錢總歸不是什麼好事，偏要在這一群大人物面前說出來，真教人無地自容。

「沒想到禾兄居然到了涼州衛，」楚昭微笑道：「也算是你我二人有緣。當夜禾兄對付那些打手時候的厲害身手，我到現在還記得。」

「妳很厲害嗎？」林雙鶴問禾晏。

禾晏敷衍笑道：「只是僥倖而已。」

「今夜的慶功宴，我必要與禾兄多喝兩杯。」楚昭道：「才不枉此緣分。」

禾晏：「謝……謝謝楚四公子。」

她心想，這楚昭未免太平易近人了。身為石晉伯的兒子，如今又是徐敬甫的得意門生，再如何說，對她這樣的普通新兵都能如此耐心溫和，實在很難得。且不說他究竟是好是壞，單看做人，的確沒的說。

「應香，」楚昭看了宋陶陶一眼，笑道：「金糕卷就送給這位小姑娘吃吧，我用不了這些。」

宋陶陶受寵若驚：「給、給我嗎？」

「是啊，」他溫聲道：「如果妳很喜歡，可以讓廚子日日給妳做。」

「可是公子，」應香猶豫著開口：「那是特意為您帶來的廚子。」

「我對吃食不講究，」楚昭道：「不必日日做這些。」

「那……」宋陶陶踟躕了一會兒，看向他：「多謝楚四公子。」

「不客氣。」

禾晏瞧著瞧著，覺得林雙鶴昨日說的大魏女子夢中人排行，難怪楚子蘭後來居上了。長成這個樣子，待女子還如此溫柔體貼，想來是不分老少都會喜歡的一類。

應香將裝著金糕卷的碟子遞到宋陶陶手上，楚昭看向肖玨：「肖都督這是準備去哪？」

「演武場。」肖玨揚起嘴角，「楚四公子也想一道去？」

「我就不必去了。」楚昭笑道：「回屋看會兒書就好。」

林雙鶴對楚昭拱了拱手：「那就晚上見了。」他又看向禾晏：「禾兄做什麼？」

「我？」禾晏也不敢和楚昭待久了，這人如今還是徐敬甫的學生，誰知道是敵是友，便道：「今日天氣好，我打算趁著日頭在院子裡多走動走動，恢復一下。」

「那也可以。」林雙鶴囑咐，「不要太大的動作就行。」

禾晏點頭。

幾人便就此分開。

因著楚昭也住在附近的關係，禾晏便不敢輕易出門，縱然她還確實挺想問楚昭有關朔京的事。不過看肖玨與楚昭之間的氣氛，至少現在不是問話的好時機。

她去院子裡，嘗試將棍子丟掉走動了一會兒，覺出有些累的時候才停下來。後又回房睡覺看話本，轉眼間，就到了傍晚。

程鯉素老早就在外面敲門：「大哥！」

禾晏去給他開門。

程鯉素換了一身簇新的琥珀色袍子，袍角依舊繡著一群黑尾錦鯉，神采飛揚，一把抓住禾晏的手：「我怕你在睡覺，沒敢來早了，看我的新袍子好不好看？」

禾晏：「我可以問你一個問題嗎？」

「什麼？」

「為何你的每件衣服上，都要繡錦鯉？」

之前在涼州城的時候，程鯉素給她的每一件袍子，袍角都繡有鯉魚。禾晏老早就想問他，莫非有什麼特殊的含義？

「這你就不知道了，」程鯉素背過身，「說起來，我爹當年對我娘一見傾心，可我娘家人早已替她中意了別的人家。又嫌我爹比我娘還要小兩歲，我爹便買通了府中的廚子，將鯉魚送到給我娘做飯的的小廚房裡，廚子宰殺鯉魚的時候，瞧見其中的信。我娘被信打動，後來便說動了外祖母，與我爹結成連理。」

程鯉素平日裡詩文什麼的都記不起來，這會兒反倒牢記於心了，侃侃而談：「客從遠方來，遺我雙鯉魚；呼兒烹鯉魚，中有尺素書。長跪讀素書，書中竟何如？上言長相思，下言加餐飯。」他得意道：「我的名字，就是出自於此。」

禾晏怔然：「竟這般有趣？」

「不錯。」程鯉素轉回身子，給禾晏展示他身上的鯉魚刺繡，「後來我的衣裳髮簪，多是鯉魚形狀。畢竟鯉魚是我爹娘的紅娘，穿著它，就穿是穿著爹娘對我的愛！」

禾晏此刻，是真正的羨慕起程鯉素來，她道：「你爹娘真好。」

「那是自然。」程鯉素說罷，看了看禾晏，「大哥，今夜慶功宴，你不穿點別的嗎？」

禾晏低頭看了看自己：「我這樣穿有什麼不對？大家不都這樣穿的？」她還是穿的涼州衛新兵們統一的勁裝，今日特意穿了紅色的喜慶。

「可你才是打敗日達木子的大功臣，穿這樣也太平平無奇了。」

「我本來也沒有其他衣服，」禾晏道：「這樣就很好，走吧，教頭那邊可能等不及了。」

程鯉素聳了聳肩，也沒有勉強，順手替她帶上了門，兩人一道往白月山下的曠野走去。

今日是慶功宴，慶賀涼州衛的新兵在此殲滅日達木子的叛軍隊伍，今夜無雪，卻比往日更冷了些。曠野處燃燒著熊熊篝火，新兵們席地而坐，正在喝酒吃肉。

雖說是喝酒吃肉，可比起前段日子中秋節來，便顯得蕭條了許多。畢竟剛剛死過同袍，對戰爭的餘悸尚且沒有過去，慶功……到底是勉強了一些。

賞賜已經分發到了各個教頭手下，肖珏很是大方，戰利品全部分發給眾兵士，陛下送來的嘉賞沒有留給自己。程鯉素到了曠野，便去找肖珏，禾晏則逕自去了洪山那頭，她這些日子沒有去演武場，和他們見面的次數少得多。

小麥看到他就喊：「阿禾哥，你來了！」

禾晏在他身邊坐下來。

「怎麼樣？」洪山遞了一塊烤兔肉給她，「身子好點了沒有？我看你現在沒拄棍子了？可以走了？」

禾晏接過兔子肉，兔肉被烤得吱吱冒油，冬日裡野獸都冬眠了，兔子難捕，光是聞一下便饞蟲大動，她咬了一口，邊嚼便道：「還不錯，再過兩個月，就又能和你們並肩作戰了。」

「可拉倒吧你，」王霸嫌惡道：「每次不都是你一個人出風頭？我聽說上頭的賞賜，光是銀子就給你分了十兩。」他嫉妒極了，「你發財了！」

「禾兄命都差點沒了，十兩銀子算什麼，理應多分他一些。」江蛟開口，「只是我還以為禾兄此番要往上升一升，沒想到竟沒有。」

說起此事禾晏便氣不打一處來，按理說，她立了功，也算幫了涼州衛，再如何說，也不該是一個小兵了。縱然不往上升，也該去九旗營，縱然不去九旗營，也該去前鋒營，但到了現在，賞賜是比尋常新兵多，但升官兒？影子都沒見著一個。

在肖玨手下當兵，升遷這麼難的？

「別說了，再說禾老弟又要生悶氣了。」黃雄看出她心中的不快，只道：「你如今在涼州衛已經令大家心服口服，就算不是現在，遲早也會升官，不必著急。」

禾晏昧著良心道：「我不著急。」

只是夜裡在榻上輾轉反側，恨不得衝進隔壁屋將肖玨抓起來質問為什麼而已。

慶功宴雖說是慶功宴，但肖玨不在，賞賜又已經提前分發到各人，是以今夜不過是新兵們坐在一起聚一聚而已。涼州衛的人挨著白月山，南府兵的人靠著五鹿河，倒是井水不犯河水。

石頭給禾晏倒了一碗酒，道：「喝吧。」

禾晏瞪著碗裡的酒，「我如今有傷在身，不能喝這麼多。」

「也對，差點忘了，」洪山順手將酒碗端走，「那你別喝酒了，喝水就行。」

禾晏就道：「好。」

又坐了一會兒，聽到背後有人叫她：「禾兄。」

禾晏回頭一看，愣了一下，竟是楚昭。

楚昭身邊，還跟著那位美若天仙的侍女應香。涼州衛裡鮮少有這般美麗的女子，一時間，洪山幾人都看呆了，王霸小聲嘀咕道：「這小子，怎麼每次都豔福不淺。」

他自以為說的很小聲，其實在場的人都聽到了。應香忍俊不禁，楚昭也笑道：「之前便與禾兄說好，今日一定要與你喝一杯的。」

應香便道：「我們公子來之前，特意帶了長安春。請禾公子同飲。」

話音剛落，就聽王霸響亮地咽了一聲口水。

禾晏：「……」她尚有些為難，要是知道她和楚昭喝酒去了，肖玨會不會以為她和楚昭是一夥的？

那可真是六月飛雪。

似是看出了她的為難，楚昭微笑道：「只是一杯而已，若是禾兄不方便，便罷了。」

禾晏從來吃軟不吃硬，見這麼一位神仙公子溫柔相約，又懂得分寸知進退，心中便生出幾分歉意來。她又不是什麼大人物，還得人家前來邀約，也就是一杯酒，便當是還了那一錠銀子的人情。

禾晏便道：「一杯酒而已，沒什麼不方便的。」

「那就請禾公子隨婢子來。」應香笑盈盈的轉身。

禾晏原以為楚昭說的喝酒，是在新兵們所在的曠野，誰知道是將她帶到了楚昭住的屋子。不知道肖玨是不是公報私仇，楚昭住的屋子，委實算不上華麗，甚至還比不上程鯉素住的，也就比新兵們的通鋪房要好一點。不過院子倒是很大，院子裡的石凳上，擺著一壺酒，一些乾果點心。

「不知道禾公子喜歡吃什麼，就隨意準備了些小菜。」應香慚愧道：「若是不和口味，還請禾公子多擔待一些。」

「不必客氣，已經很好了。」禾晏受寵若驚，她在涼州衛，也就是個新兵的身分，被當做有身分的人對待還是頭一回。不過，禾晏心中暗暗奇怪，楚昭為何要對她這樣好？一個新兵，犯不著這般客氣吧。

她正想著，應香已經提起桌上白玉做的酒壺，分別倒進兩尊玉盞，笑道：「之前聽林公子說，禾公子身上有傷，想來不便飲酒。這長安春性溫不烈，入口甘甜，禾公子稍飲一些，當是不礙事的。」

禾晏笑道：「還是應香姑娘想得周到。」

應香抿唇一笑，將酒壺放好，退到楚昭身後了。

「上次在朔京見到禾兄時，太過匆忙，沒有好好結識一番。」楚昭微笑著開口，「既在涼州遇到，可見你我緣分不淺，當敬一杯。」他端起酒盞，在空中對著禾晏虛虛一碰。

禾晏會意，跟著舉起酒盞，心想，上回中秋夜時，喝醉了與肖玨打了一架，還壓壞了他的琴，今夜絕不可重蹈覆轍。不過這酒並非烈酒，喝了不會如上回那般上頭，而且自己只喝一點，應當不會有事。

她一仰頭，酒盞裡的酒盡數倒進喉嚨。

禾晏愣住了。

楚昭也愣住了。

半晌，楚昭才笑道：「禾兄果然豪爽。」

禾晏：「……」

喝酒一口悶成了習慣，心裡想著要小口小口的喝，手上的動作卻是下意識的反應。等回過神來的時候腸子都悔青了，很想罵自己一句：怎麼就管不住這手呢？

不過……禾晏贊道：「好香的酒！」

應香噗嗤一聲笑了：「長安春可不是日日都能喝到的，楚府裡，今年剩下的唯一一壺，也就在這裡了。」

「這麼珍貴的嗎？」禾晏震驚，將酒盞推了回去。可不敢再喝了。

「酒雖珍貴，也比不上禾兄你。」楚昭笑了，伸手提過酒壺，將禾晏那只空了的酒盞斟滿：「長安春沒了，可以買十八仙，志趣相投的朋友沒了，就沒有那麼容易找到了。」

禾晏：「……」

她道：「楚兄，你知不知道你是大魏女子夢中人排名第一。」

楚昭一愣。

「我現在覺得，或許可以再加上男子一項。」對男人也這麼溫柔大方，哪個男人與他待在一起，也很危險吶。

院子裡一片寂靜。

片刻後，楚昭開懷地笑起來，他搖頭道：「禾兄，你可真是有趣。」

「我說的是實話。」禾晏很誠懇。

「那是禾兄過獎了。」他擺手，「第一我可不敢當。」

長安春聞起來清洌，不如十八仙馥鬱性烈，卻酒勁不淺，禾晏覺得有些發飄，見面前這人笑容溫軟清雋，便端起酒盞，對他道：「楚兄當得起，我敬你一杯！」

又是一飲而盡。

另一頭，林雙鶴正四處找禾晏人。

「有沒有見到禾晏？」他問。

這頭的烤肉吃光了，小麥正去旁邊火堆邊偷了倆，聞言便回頭道：「你找阿禾哥嗎？阿禾哥剛才被京城來的楚四公子帶走了。」

「楚昭？」林雙鶴奇道：「他帶走禾兄作甚？」

「喝酒吧，」小麥撓了撓頭：「說請阿禾哥品嘗長安春。」

林雙鶴得了這個消息，馬不停蹄的往回趕，回到肖玨的屋外，門沒關，便直接推開。

肖玨正坐在桌前擦劍。

飲秋不是普通的劍，日日都要清潔擦拭，才能保證劍身晶瑩剔透。林雙鶴道：「你知道禾晏去哪了嗎？」

肖玨懶得理他。

「被楚昭帶去喝酒了！」

肖玨抬了抬眼：「所以？」

「你不著急嗎，大哥？」林雙鶴把扇子拍在他桌上，「那可是楚昭！」

「讓開，」肖玨不快道：「擋住光了。」

林雙鶴側開身子，「別擦了。於公，楚昭此人是徐敬甫的人，若是他有意招攬禾晏去到他們陣營，你怎麼辦？我聽說禾晏的實力在涼州衛是數一數二的。這樣的人才，落到徐敬甫手中，麻煩得很！」

見肖玨神情未變，他又繞到另一邊：「於私，你怎麼能讓你的姑娘去跟別的男子喝酒！」

此話一出，肖玨的動作頓住了，他抬起頭，淡淡地看了林雙鶴一眼：「誰跟你說，她是我的？」

「少來，」林雙鶴擺明瞭不信，道：「不是你的人，你能讓她住你隔壁，中間隔著一道門，還讓人家姑娘用鎖撬。我以前怎麼未發現，你還能這麼玩？挺有興致？」

肖玨：「……你沒事的話，就滾出去，別來煩我。」

「肖懷瑾，你這樣凶，可不是楚子蘭的對手。」

他正說著，聽見屋裡的中門處，傳來窸窸窣窣的聲音，彷彿耗子在雜物間穿梭，兩人抬眼看去，門上的「一」字形鎖眼處，探出一根銀絲，銀絲歪歪扭扭地撓了一下，準確無誤的將鎖芯往裡一撥。

「啪嗒」一聲，鎖掉在地上，門開了。

林雙鶴拊掌：「好技藝！」又看了肖玨一眼：「還說她不是你的人！」

肖玨無言片刻，站起身來。

禾晏從門口走了過來。

她走的很慢，步伐穩重，見到林雙鶴，甚至先與林雙鶴拱手打了個招呼：「林兄。」

林雙鶴：「……怎麼不叫我林大夫了？」

禾晏卻彷彿沒有看到他一般，逕自走到肖玨跟前。

肖玨目光往下，落在禾晏身上。

少年穿著涼州衛新兵們統一的赤色勁裝，規規矩矩，髮絲分毫不亂，朝著他恭恭敬敬地屈身行禮。

這下子，林雙鶴和肖玨一同怔住了。

窗戶沒關，窗外的風吹進來，吹得桌上的書卷微微翻動，帶起陣陣涼意，也帶來了若有似無的酒香，隱隱綽綽，並不真切，清甜甘洌的味道，彷彿長安城裡的春日，瀲灩多姿。

比春日還瀲灩的是她的目光。

肖玨心中悚然一驚，只覺得此情此景，似曾相識。依稀記得中秋夜時，似乎也有人用這種目光看過自己。

「妳喝酒了？」說話的同時，他下意識的把晚香琴往裡推了推。

這人喝醉了後，光看臉上，全然瞧不出來究竟是不是清醒。但她的舉動，只會令人匪夷所思。

林雙鶴笑咪咪地捧起茶，打算喝一口看戲。

禾晏抬起頭來，朝肖玨露出大大的笑容。

「我會背《大學之道》了，爹。」

林雙鶴一口茶噴了出來。

「我會背了，爹。」

肖玨難以置信地看著她：「妳叫我什麼？」

禾晏盯著他，目光十分清澈，認真道：「大學之道，在明明德，在親民，在止於至善。知止而後有定；靜而能後安；安而後能慮；慮而能後德……物有本末，事有始終……致知在格物……壹是皆以修身為本……其所厚者薄，而其所薄者後，未之有也！」

林雙鶴先是看呆了，隨即漸漸反應過來，指著禾晏問肖玨：「我禾妹妹這是……喝醉了？」

話音剛落，禾晏突然衝過來，撲到肖玨懷裡，抱著他的腰，差點把肖玨撲得後退兩步。她把臉埋在他胸前蹭了蹭，期期艾艾道：「爹，我會背了，我進步了！」

屋子裡是死一般的寂靜。

單用幾個詞，實在難以形容肖玨此刻難看的神情。

林雙鶴捂著臉，肩頭聳動，笑得停不下來。

「唉喲，懷瑾，見過把你當做夫君的，我還是頭一次見到有人把你當爹的。當爹的感覺怎麼樣？這小女兒也太乖巧了吧！背書背的挺好，很有才華啊！」

似是被林雙鶴這句「有才華」鼓勵到了，禾晏從肖玨的胸前抬起頭來，目光閃閃地盯著肖玨：「爹，我現在是涼州衛第一了。」

肖玨抓住她的胳膊，試圖把她的手從自己腰間扯下來，「鬆開。」

「我不！」禾晏力氣大的很，也不知是不是成日擲石鎖擲出來的，肖玨竟扯不開。禾晏仰著臉看他：「你考考我，我什麼都能答得出來。」

活像得了第一在家搖尾巴炫耀的小狗。

肖玨扶額：「妳先鬆手。」

「不要。」她把肖玨的腰摟得更緊，整個人恨不得貼上去，肖玨拼死往後，試圖拉開與她的距離，不讓自己和她的身子碰到，可惜徒勞。

肖玨想去掰禾晏的手，林雙鶴道：「哎，我先說了，禾妹妹的身子如今還有傷，你若強行動她，難免會拉扯傷口。這一養又是大半年的，可不太好。」

肖玨目光如刀子：「你想辦法，把她給我弄下去。」

「就讓她抱一會兒嘛。」林雙鶴看熱鬧不嫌事大，「說不定你與禾妹妹的爹長得很相似，她才會喝醉了認錯人。人家一個小姑娘，千里迢迢來到涼州，這麼久沒回家，肯定想爹了。你給人家一點，」他做了個擁抱的動作，「家的溫暖不可以嗎？別這麼小氣，又不是你吃虧。」

肖珏正要說話，懷中的人已經把頭悶在他胸前，甕聲甕氣的繼續背書了。

「夫總文武者，軍之將也，兼剛柔者，兵之事也。凡人論將，常觀於勇，勇之於將，乃數分之一爾。夫勇者必輕合，輕合而不知利，未可也。故將之所慎者五：一曰理，二曰備，三曰果，四曰戒，五曰約。理者，治眾如治寡；備者，出門如見敵；果者，臨敵不懷生；戒者，雖克如始戰；約者，法令省而不煩。受命而不辭，敵破而後言返，將之禮也。故師出之日，有死之榮，無生之辱。」

林雙鶴聽得發愣，剛才那個他知道，這個他就不知道了，他問肖珏：「我禾妹妹背的是什麼？」

「《吳子兵法》論將篇。」肖珏心中有稍許意外，她竟知道這個？

「我禾妹妹實在是涉獵廣泛，無所不通。」林雙鶴讚嘆道：「竟連這個也會背。」

「那當然了，」禾晏從肖珏懷中探出頭來，「為軍將者，理應如此。」

「禾妹妹真有志向，」林雙鶴笑道：「還想當將軍。」

「我本來就是女將星！」

「好好好，」林雙鶴笑的拿扇子遮臉，「看把妳能耐的。」

禾晏又抬起頭來，仰頭注視著肖珏，高興地問：「爹，我背的好不好？」

又是爹，肖珏這一刻的感覺難以言喻。

門外，沈瀚剛走近，便瞧見沒關的窗戶裡，有兩個人正抱著。再定睛一看，居然是肖珏摟著禾晏，禾晏抱著肖珏的腰，軟綿綿的不知道在說些什麼，沈瀚怔忪之下，臉一下子通紅，只覺得匪夷所思。

娘的乖乖，雖然早就知道這二人關係不一般，但親眼看到如此親密的畫面，還是令人震驚。沈瀚尋思著肖玨這意思，是對禾晏還舊情未了，或許已經再續前緣，破鏡重圓？那屋裡還有個林雙鶴呢，就這麼站著看，也不覺得自己是多餘的那一個嗎？肖玨與禾晏親暱著，被林雙鶴看著，不覺得尷尬嗎？

朔京來的大人物，真的是好難懂。一瞬間，沈瀚心中生出疲倦。他轉過身，躡手躡腳地離開了。

罷了，就當什麼都沒看到吧！

屋裡，林雙鶴已經快笑死過去了，肖玨面色鐵青，試了好幾次都沒把禾晏拽下去，禾晏死死摟著他的腰，活像摟著什麼傳家寶貝。

「爹，我進步了，我現在是第一了，你為什麼都不說話，」她有些難過，「你誇誇我好嗎？」

肖玨：「我不是妳爹。」

不說這話還好，一說這話，禾晏的眼裡頓時積出水，淚汪汪地看著他，彷彿他做了什麼十惡不赦的大事，她問：「你也不認我嗎？」

肖玨頓住，心中頓時生出一股莫名的煩躁來。

他最怕女子的眼淚，尤其是眼下這局面，像是他把禾晏弄哭的。

果然，最愛憐香惜玉的白衣聖手立馬為新認的這位妹妹打抱不平，他道：「一句話的事，看你都把小姑娘弄哭了。多懂事多聰明的孩子啊，你還不認，別人都搶著認好不好？肖懷瑾，你快誇她，立刻，馬上！」

肖珏：「……」

他忍著氣，低頭看她，她還是做平日裡少年人的打扮，可這皺著眉委屈巴巴的樣子，便真的是小姑娘了。她或許是把自己認成了禾綏，唔，不過禾綏難道平日裡對她很嚴厲麼？就連喝醉了也要討得父親的肯定。

一瞬間，肖珏在這姑娘身上，看到了自己的影子。

他倏而洩氣，認命般的放棄了去扯她的手，道：「妳做的很好。」

「真的？」禾晏立馬眼睛亮晶晶地看著她。

「真的。」肖珏昧著良心說話。

「謝謝，」她有些不好意思了，「我下次會做得更好，會讓爹更驕傲。」

肖珏頭痛欲裂，只道：「那妳先放開我，妳抱我抱得太緊了。」

「可是我很喜歡抱著爹爹呀，」禾晏露出很滿足的笑容，貪婪地摟著他不願鬆開，「我很早就想這麼抱著爹爹了。為什麼弟弟妹妹們都可以，我不可以？」

林雙鶴原本還在笑，一聽這話，心疼得眼淚都要掉下來了，只道：「禾妹妹在家是不是很受欺負啊，她爹都不抱她的嗎？」

肖珏心裡也很是奇怪，朔京送來的密信裡，禾綏只有一兒一女，禾晏只有弟弟，哪來的妹妹？

「我現在是第一了，」禾晏盯著肖玨，道：「爹，你不高興嗎？」

肖玨：「……」

他面無表情地道：「我很高興。」

「那我有什麼獎勵？」

「獎勵？」肖玨蹙眉：「妳想要什麼獎勵？」

禾晏把臉貼著他衣襟前的釦子蹭了蹭，她臉很熱，這樣蹭著極涼爽，卻蹭得肖玨身子僵住了。

「妳……妳別亂摸！」剛說完這句話，就見禾晏鬆開手，自他腰間摸到了什麼東西，得意洋洋地攥在手裡給肖玨看。

「我要這個！」

「這個不行。」肖玨伸手要去奪，被她閃身躲開了。

這人醉歸醉，腦子不清楚，但身手依舊矯捷，腳步也不亂，單看外表，實在看不出是個喝醉的人。

禾晏低頭端詳著手裡的東西，是一塊雕蛇紋玉佩，還是罕見的黑玉。入手溫潤冰涼，一看就是寶貝。

她喜歡極了，愛不釋手道：「謝謝爹！」

肖玨氣笑了：「沒說給妳。」

林雙鶴攔住他要去奪玉的動作，道：「你跟個喝醉的人計較什麼。現在她拿著玩，明日酒醒了，再找她要，人家能不給你麼？不過，」他摸了摸下巴，「禾妹妹倒還挺有眼光，一瞧就瞧中了你全身上下最貴重的東西，不錯嘛。」

肖玨懶得搭理他，卻也沒有再去找禾晏奪玉了。

「看我的，」林雙鶴走到禾晏跟前，輕咳一聲：「禾兄，我問妳，喜歡這塊玉嗎？」

禾晏把玩著手中的玉佩：「喜歡。」

「喜歡楚子蘭嘛？」

「楚子蘭……」禾晏疑惑地問：「是誰？」

「喝醉了不記得這人，看來不是和楚昭一夥的。」林雙鶴笑盈盈道：「那喜歡肖玨嘛？」

肖玨：「你有完沒有？」

出人意料的是禾晏的回答，她抬起頭來，似乎是在思考這個名字，半晌後點了點頭：「喜歡。」

林雙鶴眼睛一亮：「妳喜歡他什麼？」

「藥……送我……」禾晏扶著腦袋：「好睏。」說完，「啪嘰」一聲，倒在一側的軟榻上，呼呼大睡起來。

林雙鶴站直身子：「她說腰。」

肖玨方才沒聽清禾晏說的話，正有些煩躁，「什麼？」

「她喜歡你的腰，」林雙鶴一展扇子：「真是太直接了。」

肖玨一茶杯給他砸過去：「滾！」

另一頭，屋子裡，應香將空了的酒壺收好。

院子裡似乎還殘餘著長安春的香氣。

楚昭脫下外裳，只著中衣，在榻上坐了下來。涼州衛的床榻不比朔京，雖不像通鋪那樣硬，卻也和舒適兩字沾不上邊。

應香走過來，在榻前跪下：「公子，奴婢辦事不利，沒能拉攏禾公子。」

那位叫禾晏的少年，年紀輕輕，方才一壺酒下肚，看著是醉了，卻要拉著楚昭討論兵法，楚昭並不懂兵法，便聽得這少年侃侃而談。最後大概是睏了，獨自離開。

應香對自己的容貌十分自信，雖不敢稱人人都會為她的容色傾倒，比如肖懷瑾和楚子蘭，但對付一個涼州衛的新兵毛頭小子還是綽綽有餘。誰知今夜饒是她表現的再如何溫柔解語，風情萬種，禾晏的目光中也只有欣賞，不見邪念。

男人對女人不一樣的眼光，一眼就能瞧得出來。那個叫禾晏的少年雖然震驚她的美貌，卻並沒有動其他心思。

這令應香感到挫敗。

她的主子，楚昭聞言，先是愕然一刻，隨即搖頭笑了，道：「不怪妳。」

應香抬起頭：「四公子……」

楚昭看著屋子桌上燃放的薰香，這是從朔京帶過來的安神香，他一向淺睡，走到哪裡都要帶著。

眼前浮現起當初在朔京馬場上的驚鴻一瞥，女子白紗下靈動的眉眼。

「誰能想到，涼州衛的新兵裡，竟有女子呢？」

他慢慢微笑起來。

禾晏醒來的時候，是在自己屋裡，睡得橫七豎八，半個腿耷拉在床外，連被子都沒蓋。屋外，太陽正好，透過窗照進來一隙亮光。刺的眼睛生疼，讓人有一剎那分不清是白天晚上，今夕何夕。

禾晏坐起身，晃了晃腦袋，倒是不見宿醉之後的疼痛，反而一陣神清氣爽。心道長安春果真比涼州衛的劣質黃酒要好得多，雖然酒勁大，過後卻不上頭，貴有貴的道理。

昨夜她被楚昭和他的侍女拉走，去楚昭的屋子喝了兩杯酒，似乎喝的有些多了，酒勁上頭睏的厲害，竟不知是何時回到屋子睡過去的。不過看眼下，應當沒有如上回那般闖禍才對。

禾晏打算下床給自己倒杯茶喝，睡了一夜起來，口渴的厲害。一動手，便覺得手中好像塞著什麼東西，低頭一看，自己右手裡還緊緊攥著一塊玉佩樣的東西。

這是什麼玩意兒？什麼時候跑到她手裡來的？禾晏愣了一下，攤開掌心仔細地端詳起來。

掌心裡的黑玉佩不大，卻雕刻的十分精緻，蛇紋繁複華麗，隨著她的動作輾轉出溫潤的光，不像普通玉佩。

她這是昨晚喝醉了去打劫了嗎？禾晏與這玉佩大眼瞪大眼，面面相覷了片刻，仍是一片茫然。

罷了，不如出去問問旁人。禾晏想了想，便將玉佩先放在桌上，然後起身收拾梳洗，等一切完畢後，才抓著玉佩出了門，順便想去問問宋陶陶那頭有沒有吃剩的饅頭——早上起得太晚，連飯都沒趕上。

甫一出門，便遇著住的離這裡不遠的沈暮雪，沈暮雪端著藥盤正要去醫館，見到禾晏便停下來，與禾晏打招呼。

「沈姑娘，」禾晏問：「宋大小姐在嗎？我找她有事。」

沈暮雪道：「她不在屋裡，去演武場了。你找她有何事？很重要的話，晚點等她回來我幫你轉達。」

禾晏撓了撓頭：「不是什麼大事，她既不在，就算了。」說罷轉身就要走。

她動作的時候，手中的玉佩便顯露出來，沈暮雪看的一愣，遲疑道：「這玉……」

嗯？她好像知道這玉佩的主人是誰？

「沈姑娘見過這玉佩啊。」禾晏不動聲色地笑道。

沈暮雪仍是一副意外的神情：「都督的隨身玉佩，怎會在你身上？」

肖玨的？

肖玨的隨身玉佩，怎麼會在她身上？這話禾晏也想問，她也不知道啊！她昨夜喝了酒究竟幹了什麼，難道又去找肖玨打了一架，還搶了他的玉？

迎著沈暮雪狐疑的眼神，禾晏清咳兩聲：「這確實是都督的玉佩，都督昨日與我說話的時候，覺得戴在身上不方便，便讓我暫時幫他保管著。我……我正要給他送回去。」

「可是……」

「沈姑娘、禾兄。」林雙鶴的聲音從身後傳了出來，他應當是聽到了禾晏與沈暮雪的一段對話，笑著搖了搖扇子，「沈姑娘這是要去醫館？」

沈暮雪輕輕點了點頭。

「那快去吧，晚了藥都涼了。」他又朝禾晏道：「禾兄還沒吃飯吧，我那還有點糕點，隨便吃點墊下肚子。」

禾晏道：「多謝林公子。」

沈暮雪與他們二人別過，禾晏跟著林雙鶴來到他的屋子，猶猶豫豫想問問題，又不知道從何說起。

林雙鶴將幾碟鹹口糕點放在桌上，又倒了杯熱茶給她。看著她有些踟躕的模樣，了然笑道：「還在想玉的事？」

禾晏一驚：「你知道？」

「昨夜禾妹妹喝醉了進了懷瑾的屋，我可是從頭到尾都在場。」林雙鶴用扇柄支著下巴，「禾妹妹很是令在下大開眼界啊。」

禾晏被他說得心中越發不安，但仔細想想，她這個人一向有分寸，絕不可能在酒後大吵大鬧做出失態的事。至多也就是與肖玨切磋，但肖玨居然這麼弱，不僅被她揍了，還被她搶了身上的玉？

「我昨夜……沒有做什麼出格的事吧？」她試探地問道。

不說這話還好，一說這話，林雙鶴似是想到了什麼有趣的畫面，先是忍笑，隨即再也忍不住，拍桌狂笑起來。禾晏就看著這個斯文的年輕人笑得東倒西歪，毫無形象，哪裡像朔京城裡來的翩翩公子。

禾晏被他急得心中抓心撓肝，好不容易等林雙鶴笑完了，問：「林大夫，我究竟是做了何事，能讓你如此捧腹。」

「沒有、沒有，」林雙鶴擺手笑道：「其實也沒有什麼大事，就是讓肖懷瑾體會了一番，年紀輕輕就當爹是什麼感受。」

禾晏手裡的蔥油酥「啪嗒」一下掉在桌子上。

「我叫他爹了？」

「咦，」林雙鶴奇道：「妳居然還記得？」

禾晏捂臉，她是真的不記得了。但記得少年時候有一次也是禾家家宴，當時她正從倒數第一考到了倒數第三，期望得到父親誇獎。結果並無人在意，家宴之上又不小心將梅子酒當桂花露喝了一口。那時禾晏還未從軍，沒有養成千杯不醉的酒量，一杯就倒了。倒了以後聽說抱著禾元亮的腿叫爹，還問禾元亮要獎勵。

第二日酒醒後，禾家人都說定是平日裡禾元盛對禾晏太嚴厲了，才會將二叔認成是爹撒嬌。禾大夫人卻十分忌諱，在屋裡將她好好訓斥一番，日後不可說錯話才是。

但那終究成為她心中過不去的一個坎。因為沒有得到肯定過，便格外期待得到肯定。因為看別的姊妹能與父親放肆撒嬌，便渴望父親也能摸摸自己的頭，說一聲：妳做的很好。

大約是如今在涼州衛看到了林雙鶴，老讓她想到少年時候的那些事。日有所思夜有所夢，便連喝醉了也躲不過，反被看了笑話。

罷了，做了都做了，還能時光倒流如何？禾晏將手中的玉擱在桌上：「這又是怎麼回事？」

「這是懷瑾給妳的獎勵。」林雙鶴忍笑道。

「獎勵？」

「妳背書背的很好，當著懷瑾的面背完了《大學之道》和《吳子兵法》，懷瑾很欣慰，就給了他的玉作為獎勵。」

禾晏：「……這是我搶的吧？」

林雙鶴忍笑失敗，大笑起來，邊笑便拍著扇子，「禾妹妹，妳是沒看到懷瑾當時的臉色，我認識他這麼久了，第一次看他這樣狼狽。」

「試問這世上有哪個女子敢抱著他不撒手，將他逼得節節後退，還送出了自己的傳家寶玉都無話可說呢？只有妳，妹妹，」他朝禾晏抱拳，「只有妳！」

禾晏被他繞得頭暈，抓住他話中的關鍵字：「傳家寶？」她看向桌上的玉：「這個嗎？」

「肖夫人當年生肖如璧的前一夜，夢見有黑色大蛇銜著兩塊玉來盤旋在他們府門口的柱子上。後來肖璟出生後，便取了字如璧。有匪君子，如金如錫，如圭如璧。」
「等肖玨出生後，則字懷瑾。」
禾晏道：「懷瑾握瑜兮，窮不得所示。」
「對，就是這個意思！」林雙鶴收起扇子，「他們兄弟二人，名字都與玉相關，又因肖夫人當年夢見黑色大蛇的緣故，太后娘娘賜下雙色玉，一半黑一半白，做成兩塊蛇紋玉佩，白色那塊給了肖如璧，黑色這塊給了肖懷瑾。自我認識肖懷瑾起，就從未見過他這塊玉佩離身。」
禾晏看著面前的玉佩，頓時覺得重逾千金。
「所以我說，禾妹妹，妳極有眼光。」林雙鶴很讚嘆地道：「肖懷瑾全身上下從，除了人就只有這塊玉最值錢了。妳兩者不落，盡收囊中，高明，厲害，漂亮極了！」

第四十五章　濟陽

去演武場的路上，禾晏還想著方才林雙鶴說的話。

手裡的蛇紋黑玉冰涼如水，在冬日裡涼的讓她的腦子清醒了幾分。昨日裡喝醉了將肖玨的玉搶走，能做出這樣驚世駭俗的事，看來日後是真的不能隨便喝酒了。

禾晏想著想著，已經走到了演武場邊上。

肖玨的面前正站著一人，穿著南府兵的黑甲，低著頭一言不發，待走近了，聽到肖玨冷冷道：「這就是你列的陣？」

那人大約是他的副總兵，負責操練南府兵兵陣的首領，看起來生得高大威猛，在肖玨面前卻如犯了錯的孩子，低著頭道：「屬下知錯。大家可能是不適應涼州的雪天……」

「不適應？」肖二公子看他一眼，反問：「是不是需要我教你們怎麼適應？」

禾晏清楚地看到，好好的一個魁梧漢子，竟被肖玨說的一句話嚇得抖了一抖，道：「屬下這就帶他們好好訓練！」

「日訓加倍，」肖玨平靜道：「再有下次，就不必留在涼州衛了。」

「是！」這人諾諾地走了，禾晏伸長脖子往演武場那頭看，見那漢子下去後便將站在前面的幾個南府兵罵了個狗血淋頭，重新開始操練軍陣，不覺咋舌。

肖珏對南府兵和對涼州衛的新兵，態度有所不同，對涼州衛的新兵，他極少露面，對沈瀚幾人，又多有疏離，還帶了幾分客氣。唯有對南府兵時，才真正的展現了他平日的樣子，隨意、冷酷，像個一言不合就會罵人的都督。

她從前做飛鴻將軍的時候，也這麼討人嫌嗎？禾晏在心裡默默檢討自己。

正想著，肖珏已經轉過身，見到她也是一頓，默了一刻，有些不耐煩地問：「又來幹什麼？」

禾晏賠笑，伸出掌心，一枚黑玉躺在她手中，她道：「都督昨晚似乎有東西落在我這裡了，我特意給都督送還回來。」

「送還？」肖珏玩味地咀嚼她這兩個字，彎腰盯著她的眼睛，扯了一下嘴角，漠然道：「乖女兒這麼貼心呢。」

禾晏：「……」

這人怎麼就這麼記仇呢？再說了，就算叫他爹，也是肖珏占了她的便宜好不好。怎麼從肖珏嘴裡說出來，反倒像是她幹了什麼十惡不赦的事。

禾晏努力維持面上的鎮定，只道：「都督真會玩笑話。這黑玉看起來很貴重，都督日後還是不要弄丟了，當好好保管才是。」她拿起玉，伸手探往肖珏腰間。

肖珏後退一步，神情警惕：「妳幹什麼？」

「給你繫上去啊。」禾晏一臉無辜，「這玉佩難道不是繫在腰上的嗎？」

肖珏的腦中，驀然浮現起昨日林雙鶴說的「她喜歡你的腰」。

禾晏還要上前，肖珏抬手擋住，以一種複雜的目光看了她一眼：「我自己來。」

「哦。」禾晏不明所以，把玉佩交到他手上，見肖珏重新將玉佩佩戴好，黑玉落在他的暗藍衣袍上，顯得十分好看。

她看的認真，殊不知肖珏見她此狀，眼睛一瞇，立刻轉身，將袍子撩下去了。

他是被蟲蟄了嗎？禾晏奇怪。

演武場內，傳來士兵大聲號令的聲音，禾晏隨他一起走到樓臺邊上往下看，南府兵軍隊已經很嚴整了，士氣亦是出色，這樣的雄兵，他剛才還差點把人罵哭了，肖珏是有什麼毛病，這也太挑剔了？

若他接手的是撫越軍，一天到晚都不用吃飯了，罵人的時間都不夠。

禾晏看著看著，便將心裡想著的說出口，她道：「他們練的挺好的，你剛才也太凶了。」

「凶？」

「是啊，」禾晏道：「換做是我，早被嚇死了。」

肖珏又笑了，笑容帶著點嘲意，「我看妳沒覺得我凶。」

「那是因為我被人罵慣了。」禾晏低頭看向南府兵那塊：「鋒矢陣。」

肖珏道：「怎麼樣？」

「已經操練的很好了，只是近來雪地路滑，最後一排左面的兵士有些跟不上而已。」

「除了鋒矢陣，妳還認識什麼陣？」肖珏漫不經心地問。

「嗯，可多了，」禾晏掰著手指數：「撒星陣、鴛鴦陣、魚麗陣，鶴翼陣……」她一連說了十幾個，見肖珏的目光凝在自己身上，不覺停了下來，問：「你……看我做什麼？」

肖珏轉身，兩手撐在樓臺上的欄杆邊上，懶洋洋笑道：「看妳厲害，女將星。」

禾晏：「……」

她乾脆厚著臉皮道：「我這麼厲害，都督不考慮給我升一升官兒？做你的左右手？咱們雙劍合璧，定能一斬乾坤！」

肖珏嗤道：「誰跟妳『咱們』？」

「你不要一直這麼拒人於千里之外嘛，要多學學我一般平易近人。」

肖珏懶得理她，禾晏還要說話，身後有人的聲音響起：「少爺。」

是飛奴。

「少爺，」飛奴看了禾晏一眼，「雷候那邊有動靜了。」

肖珏點頭：「知道了。」他轉身往樓下走，大概是要去地牢，禾晏本想跟上，走了一步又頓住。

罷了，真要有什麼，肖珏不說也會知道，此刻眼巴巴的跟著去，沒得礙了肖珏的眼。不如去找一下楚昭，問問昨日她喝醉了可有對楚昭做什麼出格的事沒有。

若是有，還得排隊道歉。

思及此，她便朝肖珏揮了揮手：「我還有事，就不陪都督你一道去了。咱們晚點再見。」

飛奴抽了抽嘴角，看這自來熟的，有誰邀請她去了嗎？

肖珏早已習慣了禾晏的無賴模樣，邁步下臺階：「走吧。」

禾晏去到楚昭屋子裡的時候，楚昭正在練字。

昨日她來的匆忙，又是夜晚，只在院子裡喝酒，並未注意到楚昭住的地方，只覺得不夠華麗，今日一看，豈止是不夠華麗，簡直稱得上是簡陋了。

屋中除了桌子和床，連椅子都只有兩張，更無甚雕飾。不過這位楚四公子倒是挺會自得其樂的，還在屋裡放了薰香，掛了紗帳，於是原本簡陋的屋子，看起來也有了幾分隱士風雅。

應香見了她，笑道：「禾公子是來找我們公子的？」

「唔，」禾晏道：「我……過來給楚四公子送點點心。」她揚了揚盒子，盒子裡是早上林雙鶴給她沒吃完的蔥油酥，禾晏本想著留一點餓了墊肚子，但來找楚昭，空著手也不好，便勉強算是見面禮了。

「四公子正在練字，」應香笑道：「禾公子請隨奴婢來。」

禾晏跟著她往裡走，看見楚昭坐在桌前正在寫字。

她站在楚昭身後，忍不住讀出聲來。

「青山無一塵，青天無一雲。天上唯一月，山中惟一人。」

「此時聞松聲，此時聞鐘聲，此時聞澗聲，此時聞蟲聲。」

話音剛落，楚昭也寫完最後一筆，回過頭，見是她，笑道：「禾兄來了。」

禾晏繞著他寫的字轉了一圈，讚嘆道：「楚公子的字寫得真好。」

楚昭與肖玨的字不同，肖玨的字鋒利、遒勁，帶著一種冷硬的恣意。楚昭的字卻很是秀麗溫和，如他給人的感覺一般。他寫詩寫的也是這樣淡泊清雅，實在很難想像，他會與徐敬甫沾上邊。

但想想徐敬甫此人，若不是禾晏如今與肖玨走得近，之前又聽聞丁一的話，徐敬甫在她心中，也只是一個清廉剛正的老丞相而已。

「禾兄來找我，可是有什麼事？」楚昭起身，將紙筆收好，帶著禾晏到了屋中唯一的桌前坐下，兩張椅子剛剛好，他對應香道：「給禾公子倒茶。」

應香笑著去取茶，禾晏道：「我也不是有什麼事來找你，只是昨夜喝了楚四公子的長安春，心中過意不去，就送了點點心。」她示意楚昭看桌上的點心盒子，但沒好意思揭開，畢竟瞧著太簡陋了些。

「多謝。」楚昭很體貼人，「我正好想嘗嘗涼州衛的點心與朔京有何不同，禾兄送來的正是時候。」

禾晏清咳兩聲，「差點忘記問四公子，昨夜我在這裡喝酒，多喝了兩杯，沒有給四公子添麻煩吧？」她撓了撓頭，「我這人喝醉了酒喜歡亂說話，若是說了什麼，四公子千萬不要放在心上。」

楚昭看著她，笑了，「禾兄今日特意來我這裡，不會就是想問這一句吧？」

瞧瞧，不愧是當朝丞相的得意門生，這心思細膩的，教她也無話可說。

像是瞧出了禾晏的為難和尷尬，楚昭笑道：「放心吧，昨夜禾兄在這裡，什麼都沒做，不過是拉著我討論兵法而已。只是我並不通兵法，無法與禾兄討教，白白浪費了禾兄的功夫。」他看著禾晏，又感嘆道：「只是我很意外，禾兄懂得竟這樣多？」

禾晏：「……」她在心裡默默檢討自己，日後再也不說別人是孔雀了，看她醉酒的樣子，她才是孔雀好吧？喝多了就到處顯擺自己念的書多，這也太丟人了。

「四公子過獎。」禾晏以手掩面，「再說我就真的要無地自容了。」

應香端著兩杯茶過來，將一杯放到禾晏面前，笑道：「禾公子嘗嘗。」

禾晏端起來抿了一口，忍不住嘆道：「好甜啊。」

「朔京的茶沒有涼州的苦，」應香將另一杯放到楚昭面前：「禾公子喜歡就好。」

禾晏看著眼前的茶，忽然想到另一件事，看向楚昭，裝作不經意地問：「楚四公子之前是一直在朔京長住麼？」

「是的。」

「那朔京的新鮮事，當知道的不少吧。」禾晏瞧著杯中的茶葉沉浮，道：「我來涼州已經大半年了，這裡日日都是苦訓，無聊得很。我自受了傷後，索性連日訓都沒了，成日待在屋裡，都快發黴。好不容易來個從京城的朋友，」她湊近了一點，目光灼灼地看向楚昭，「四公子能不能給我講講，京城這半年裡發生的趣事？」

「趣事？」楚昭一愣。

禾晏點頭：「就是比較好玩兒的事。」

「這個說來就很多了，」楚昭溫聲道：「禾兄想聽哪一方面的？」

「哪一方面？」禾晏思忖片刻，「尋常人家怕也沒什麼特別有趣的，就說說京城官家吧，當官兒的，比如什麼老爺偷人夫人逮了個正著，誰家兒子不是親生的其實是撿來的……這種之類的吧？」

饒是楚昭向來好脾氣，也被禾晏說的話噎了一噎。

他慢慢地開口：「這些宅門私事，我知道的不是很清楚，我還是挑一些我知道的，告訴禾兄聽吧。」

禾晏忙不迭地點頭。

接著，她就聽這位石晉伯府上的四公子將朔京城裡大大小小的官兒都說了一遍，但所謂的「有趣」，實在是半點都沒聽到。無非就是誰誰誰又升了官兒，誰誰誰的俸祿漲了二石。誰誰誰上書的奏摺字太醜被皇帝嫌棄，誰誰誰的夫人得了件罕見布料送給貴妃討了歡心。

楚四公子長得好，性情好，又有耐心，不像肖玨很快就會不耐煩，但與他說話，禾晏都快沒耐心了。

她忍了又忍，兩杯茶下肚，還沒聽到自己想聽到的，實在忍不住了，就打斷楚昭的話：「楚四公子，你在朔京，可認識當今飛鴻將軍？」

此話一出，楚昭的動作一頓，他端起茶來抿了一口，笑問：「怎麼突然說起他了？」

「我日日在涼州衛裡，教頭們私下裡老是討論，咱們封雲將軍和飛鴻將軍，究竟是誰厲害一點。封雲將軍如今我日日都能見到，沒什麼好稀奇的，可我還從未見過飛鴻將軍。」她笑了笑，「你也知道，我與飛鴻將軍都姓禾，說不準上輩子是一家，我就想聽聽，他有什麼稀奇事，是不是真那麼厲害？」

楚昭看著禾晏，半晌搖頭笑道：「我與禾將軍，只是同朝為官，並不太熟悉。對於他僅僅見過幾面，他人倒是很不錯，又很厲害，當年平定西羌之亂，十分神勇。」

「如今呢？他在京城有沒有升官兒？」

「本就是三品武將，升的太快也會被人背後說的，」楚昭道：「不過陛下倒是很欣賞他，隔三差五宣他進宮，還讓他指點太子殿下的劍術。想來日後，並不比肖都督差。」

禾如非……竟然已經到了這個程度了？

禾晏的笑容微滯。

楚昭問：「妳怎麼了？」

禾晏端起杯子，掩飾地喝了一口，道：「我只是感嘆，同是姓禾，他又比我年長不了幾歲，可他的成就，我一輩子都到不了。」

「禾兄不必妄自菲薄，」楚昭笑著寬慰她，「飛鴻將軍也是在戰場上用性命拼來的功勳。況且妳如今年少，日後未必就比他差。」

這話並沒有安慰到禾晏，她再抬起頭來，又是那副沒心沒肺的笑容，「僅僅只是這樣嗎？其他的呢？飛鴻將軍的年紀也該定親了吧，難道就沒有喜歡的姑娘？這樣的話未免也太慘，大魏兩大名將，封雲和飛鴻，都是這般孤家寡人一輩子？」

楚昭怔了一下，隨即輕笑道：「這我就不知道了，不過到目前為止，並沒有飛鴻將軍定親的消息。」

禾晏點了點頭。

「怎麼，」楚昭笑著看向她，「禾兄家中有姊妹，是想……」

「沒有沒有，」禾晏連忙擺手，「我只有一個弟弟，萬萬沒想過這些。那可是飛鴻將軍，我們這樣的平頭百姓，如何高攀的起？不敢想不敢想。」

楚昭若有所思地點點頭。

地牢裡，肖珏坐在椅子上，看向牢中人。

已經十幾日過去了，雷候整個人瘦得令人心驚，和十幾日前的他彷彿兩個人。他也沒睡好覺，整個人彷彿被噩夢折磨，眼窩深深凹陷下去。原本高大的男人，竟然佝僂了許多。

飛奴送上信，低聲道：「與雷候接應的人找到了，信是從濟陽傳出來的。」

「濟陽？」肖珏揚眉。

「不錯。」

「肖懷瑾，」雷候開口了，他的嗓音像是被火燎過，極啞，彷彿下一刻就會發不出聲音來，嘴唇上全是開裂的血絲，他道：「我已經按照你說的，給接應的人寫信，按約定，你可以放過我的妻兒了。」

肖珏瞥了他一眼，笑了：「在你眼中，我是這樣一個信守約定的人？」

「你！」雷候面色大變，猛地暴起，然而手腳都被鐐銬扣著，一動便窸窸窣窣的發出聲響，這些日子他吃的很少，渾身使不上力氣，這般一動，沒搆著肖珏，自己反而摔倒在地。

年輕男人坐在椅子上，居高臨下地歪頭俯視著他，彷彿正欣賞他的狼狽，半晌才慢悠悠道：「我只說，考慮一下。」

身為階下囚，就要有階下囚的自覺，雷候終於意識到，從自己踏入涼州衛那一刻起，就註定了階下囚的結局。他並不是這個男人的對手，對方十六歲的時候就能在虢城淹死六萬人，就能斬殺趙諾面不改色，他的狠辣與手段，無人能及。

「我求你。」他慢慢地跪下來，給肖玨磕頭，「放過我的妻兒。」

男人看了他片刻，朝著他的方向慢條斯理地開口，「好啊，我再問你，你與你的接應人，只靠信交流？」

「是的，是的！」既已經決定投誠，他的目的也不過是讓肖玨放過他的妻兒，便一股腦地說出來，期望能得到眼前這個男人的一絲寬容，他道：「我們隔一月會送一道信，接應人之前在朔京，後來在濟陽，我知道的就是這些了。你們要去找他，就去濟陽找，一定能找到！」

「濟陽城……」肖玨沉吟了一下，看向他：「濟陽城不許外鄉人長住，你的接應人，是以什麼身分入的城？」

「我不知道。」雷候道：「我只知道，他住在濟陽的翠微閣裡。」

「翠微閣。」肖玨站起身，道：「我知道了。」

「肖懷瑾……肖都督！」雷候叫住他，彷彿狗一般爬行了兩步，朝著他的方向道：「我已經說了，我知道的都說了，能不能放過我的妻兒？」

容貌俊美的青年在門口停住，沒有回頭，嗓音帶著諷意：「不急，說不準過幾日你又想起了什麼，那個時候再放人，也不遲。」

他轉身走了出去。

門外，赤烏正站在門口等候。

見到他，赤烏道：「少爺，鸞影那頭消息傳過來了。」

肖玨：「說。」

「已經找到了柴安喜的下落，柴安喜如今在濟陽。」

「濟陽？」肖玨轉身。

赤烏並不知道方才地牢裡發生的事，遲疑道：「可有什麼不對。」

飛奴跟著從身後走出來，神情凝重，「雷候所說的送信人，也在濟陽。」

「少爺是懷疑……」飛奴詫然，「與雷候暗中接應的人，就是柴安喜？」

「沒有見到人，無法確定。」

「可是，」赤烏忍不住問：「濟陽是藩王屬地，從不許屬地以外的人在裡長住，就算要短暫停留，都要有通行令。就連咱們都沒法說去就去，柴安喜是如何進去的？還能在濟陽停留這麼多天？會不會有什麼詐？」

「誰知道，那個雷候也沒說。」飛奴看了肖玨的臉色一眼，小心翼翼地問：「少爺，咱們是不是要想想辦法，先去濟陽一趟。」

「說得容易，」赤烏給他潑冷水，「當年老爺在的時候，從濟陽路過，就借住幾日，蒙稷王愣是不讓老爺的兵進城。說要得了通行令才可，通行令要去府衙拿，還要給宮裡報備，咱們此去定然不可張揚，這要怎麼弄？」

「不急。」肖玨把玩著手裡的長命鎖：「再等幾日。」

赤烏與飛奴面面相覷，飛奴瞧見他手裡的長命鎖，想起方才在地牢裡雷候的話，就問：「少爺，雷候的妻兒現在還被我們的人看著……是要繼續還是……」

京城中自有人看著雷候的妻兒，這些日子，雖然關著他們，卻也沒有做出傷害他們的舉動。濟陽的消息傳來，看雷候的樣子，不像是還能榨出什麼消息了。他的妻兒如何處理，還是個問題。

肖玨的目光落在手中的長命鎖上，笑了一聲，隨手扔給了赤烏。

赤烏：「少爺？」

他轉身往前走，懶道：「放了吧。」

涼州衛的這個冬日，極冷。一個月裡有半月都在下大雪，縱然不是下大雪，也極少出日頭。

柴火和炭很短缺，好在新的涼州知縣上任後，主動從縣衙的庫房裡撥了些炭火送來給衛所，權當是交好右軍都督。新來的這位知縣還很年輕，家中並無依靠，瞧著文文弱弱的樣子，做事倒很老練周到。

林雙鶴對這個新來的知縣很滿意。

一晃，已經兩月過去了。一年已近尾聲，再過不久，就是新年了。新年一過，又是一個春日。涼州衛的新兵們，將徹底脫離「新兵」這個名號，在這裡度過新的一年。

屋子裡，肖玨正與赤烏、飛奴說話。

「藩王屬地那頭的信又來了，」赤烏從懷中掏出信遞給肖玨：「一月一封，這是第二封了。」

雷候被抓住關進地牢一事，除了教頭和赤烏幾人、禾晏知道外，涼州衛的新兵們是不知道的。以為雷候當了逃兵，肖玨令雷候與藏在濟陽的接應人繼續通信，謊稱自己從涼州衛逃了出來，正在四處躲避追兵的追捕，詢問接下來應該怎麼辦。

濟陽的接頭人十分狡猾，並不在信裡直接告知雷候應當如何，只說讓雷候藏好，主子會派人來接他的。

肖玨抽出信一目十行的看完，遞給了飛奴。飛奴與赤烏看過後，皆是神情難看。

接應人在信上說，既然日達木子已經暴露了，涼州衛的棋就已經廢掉。讓雷候想辦法躲藏，等風頭過了，朔京那頭的人再來接他。這封信以後，他們便不要再繼續通信了，如今多事之秋，若是因此打草驚蛇，壞了上頭的大事，就不是他們兩個小人物能承擔得起的了。

「怎麼辦？」赤烏道：「這人的意思是，日後都不會送信來了？」

肖玨：「雷候已經是廢子了。」

「可是濟陽……」飛奴猶豫了一下：「都督是打算去濟陽嗎？」

「就算沒有送信人，就憑柴安喜在濟陽這一點，我也要去一趟。」肖玨將信放到桌上燃著的蠟燭上，火苗舔舐著信紙，不消片刻，化為灰燼。

柴安喜是肖仲武曾經的參將。

鳴水一戰中，肖仲武以及帶著的幾萬兵馬皆戰死，其中就包括他的參將們。柴安喜當時死不見屍，戰場沒發現他的屍體，但眾人都道他多半是死了。幾年過去，肖玨一直在派人暗中查探柴安喜的下落，如今功夫不負有心人，柴安喜果真沒死，甚至隱姓埋名去了濟陽。

濟陽是蒙稷王的屬地。大魏屬地以外的百姓進城，須得拿到官府批准的通行令。縱然是拿到通行令，外鄉人也不可在此長居。柴安喜長居於此，難怪旁人找不出他的下落。

「可我們如何去濟陽？若是向官府要通行令，徐敬甫的人一查就能查到，豈不是一舉一動都被他們牽著鼻子走？」飛奴問道。

肖玨轉過身，思忖一刻，道：「用別的辦法？」

赤烏：「什麼辦法？」

「找個去濟陽有通行令的人，換個身分就是了。」

「這……」飛奴有些為難，蒙稷王在世的時候，管往來客路管的嚴的要死，縱然是有通行令的，也有記錄上冊，有畫像的。況且正因為進一次藩王屬地十分麻煩，所以大魏百姓對此的應對方法就是：能不去就不去。一年到頭，拿到通行令要去濟陽的，實在寥寥無幾。

本來人就不多，管控又嚴，還要人家願意冒著被發現後再也不能進屬地的風險與肖玨換身分，實在不是一件容易的事。

「此事交給鸞影安排。」肖玨對赤烏道：「你立刻寫信交代鸞影，儘早準備。」

赤烏：「……是。」

正說著，有人推門進來，是林雙鶴，赤烏錯身與他點頭，「林公子。」

林雙鶴對他笑笑。

飛奴知趣地退了出去。

「懷瑾，這幾日忙什麼呢。」林雙鶴搖了搖扇子，「冬日都快走到春日了，你算算我統共與你見了幾面？」

「覺得無聊？」肖玨道：「程鯉素回京的時候，你可以一道走。」

「罷了，來都來了，何必回去呢。」他道：「他們什麼時候啟程？」

「就這兩日了。」

日達木子一事過後，涼州衛已經不安全，日後恐有變。程鯉素與宋陶陶實在不適合繼續留在此地，肖玨已經吩咐好了人馬，再過幾日，就讓他們一道出發回朔京。

倆孩子自然不肯，鬧騰了好一陣子，不過肖玨出馬，斷沒有做不成的道理。縱然再如何不滿，也只能接受肖玨的安排。

「程鯉素我便不說了，宋陶陶那個小姑娘，居然捨得禾晏？」林雙鶴不可思議道：「她就差沒成日長在禾晏身上了？就這麼乖乖回去了？」

「你不如去問問她。」肖玨在椅子上坐下來，給自己倒了杯茶，懶洋洋地喝茶。

他忙碌了好長一段日子，也只得了片刻的休憩時間。

林雙鶴坐在他的軟榻上，看著他：「你不理我也就罷了，我與你總歸認識了這麼多年，不跟你計較，不過你怎麼也不理我禾妹妹。軍中事雖然重要，我禾妹妹也重要。別怪兄弟沒提醒你，你再這樣下去，等禾妹妹被楚子蘭拐跑了，你可沒地方哭。」

「她與我有什麼關係？」肖珏不耐地擰眉，又道：「楚子蘭怎麼了？」

林雙鶴將下巴擱在扇柄上，不慌不忙地道：「也不知是巧合還是怎麼了，這一月來，我老看到禾妹妹與楚子蘭在一起說話。」

「她一個姑娘家，身上受了傷，沒法日訓，成日待著也無聊。這楚子蘭不知來涼州到底是幹什麼的，都兩個月了，也不提什麼時候走。他無聊，禾妹妹也無聊，兩個人湊一起，不熟也熟了。」

「反正之前禾妹妹還叫他楚四公子，前兩日我已經聽見她叫楚子蘭『楚兄』了。這樣下去，你慌不慌？」

肖珏莫名其妙：「我慌什麼？」

「你不想想，禾妹妹要是被楚子蘭拐走了，為楚子蘭所用，涼州衛可就少了這麼一位文韜武略絕世無雙的天才，你這是把得力幹將往外推。」

肖珏嗤道：「你當涼州衛無人？」

「反正這樣的姑娘，我以前沒見過。」林雙鶴道：「楚子蘭慣來會討姑娘歡心。原本你生的比他好，能力比他出眾，可性子麼，還是他溫和親切的。這麼一個長得不錯的富家公子每日溫柔陪伴，哪個姑娘不喜歡？」

「喜歡？」肖玨漂亮的眼睛一睇，聲音帶著嘲意：「才十六歲的丫頭，知道什麼叫喜歡。」

「十六歲怎麼了？」林雙鶴道：「朔京城裡，十六歲多少姑娘都嫁人了！」

「所以呢？」肖玨端起茶來抿了一口，不鹹不淡道：「十六歲，除了父兄親長，見過幾個男子，既沒見過幾個，又何來知道喜歡？只見過牡丹花就說喜歡牡丹花，和見過百花喜歡牡丹花，不一樣。」

「有得選擇的喜歡，和沒得選擇的喜歡，也不一樣。」

「你這樣說就沒意思了，」林雙鶴翻了個白眼，「世人多是普通人，當然遵循普通人的規矩，普通人就是這樣，十六歲定親，過一生，也不是沒有一輩子幸福和樂的。」

「不幸福的更多，」肖玨道：「世人沒得選擇，我可以有。」

林雙鶴澈底沒話了，他道：「好好好，你有你有你有。不過照你這麼說，你能找到的那個看遍百花的姑娘，就只有禾妹妹了。」

「禾妹妹在涼州衛裡，豈止是閱遍百花，涼州衛裡數萬男兒，也是閱遍萬花的人了。如果閱遍萬花喜歡你，那很好，如果閱遍萬花喜歡上了楚子蘭，」林雙鶴幸災樂禍，「對你來說，豈不是頗受打擊？」

「你想多了，」肖玨哂道：「她喜歡誰和我沒關係，不過，楚子蘭是徐敬甫認定的女婿。」

「她大可去喜歡楚子蘭，」肖玨唇角彎了彎：「只要她不怕死。」

林雙鶴一愣。

「對哦。差點忘了，楚子蘭是徐娉婷的人。」

林雙鶴與肖玨說起楚子蘭的時候，禾晏剛到楚子蘭的門口。

應香笑盈盈地將她迎了進去，道：「禾公子來了。」又朝她身後看了一眼，玩笑般地道：「今日宋大小姐沒有跟來，還好還好。」

宋陶陶對應香嚴防死守，只要禾晏一去找楚昭，宋陶陶就會警覺地跟上。畢竟應香生的美豔，性子風趣嬌媚，不如沈暮雪冷傲出塵，對男人來說，大抵更有吸引力。

「她在收拾東西。」禾晏笑道：「過幾日就要離開涼州衛了，總不能日日跟著我。」

說起此事，禾晏就一個頭兩個大。宋陶陶得知自己要回朔京的消息，一開始一哭二鬧三上吊，說什麼都不願意離開。和程鯉素二人達成空前的一致，差點沒把涼州衛的房頂掀了。後來還是肖玨親自出馬，將倆孩子鎮住，才同意隨肖玨的人馬回京。

這便罷了，宋陶陶還企圖將禾晏一併帶走。

「肖二公子許了你什麼條件，我宋家許你三倍，你別在涼州衛了，」小姑娘看著她不屑道：「涼州衛這等苦寒之地，一不小心就會丟了性命。我聽程鯉素說你想要建功立業，何必走這條路。在這裡拼了性命，也沒升半個官兒，太可憐了！」

禾晏心道，是啊，太可憐了。

「我宋家就不一樣了，」宋陶陶煞有介事道：「我爹在京城雖說不上呼風喚雨，幫襯你一把還是可以的。你在我宋家，比在涼州有前途多了。至於軍籍冊一事，你也不必擔心，只要我告訴我爹，他會有辦法放你自由身。」

禾晏：「……不了不了，我在涼州挺好的。」

宋陶陶目光如刀：「你該不會是捨不得那個叫應香的侍女吧？」

小丫頭年紀不大，心眼倒不少。禾晏哭笑不得：「非是如此，是我在涼州衛身分特殊。宋姑娘想要我的話，可以直接去找肖都督，若是肖都督肯放人，我當然跟著宋姑娘回京。」

肖玨會輕易放人嗎？當然不會，涼州衛又不是京官女婿備用軍團，一旦開了她這個頭，涼州衛的其他新兵會怎麼想？拼死累活不如討好千金小姐，這樣下去涼州衛都不用敵軍來打，軍心一散，過兩年自己就沒了。

肖玨才不會讓這種事發生。

搬出肖玨對小姑娘來說還是很有震撼力的，宋陶陶頓時偃旗息鼓，不再提帶著禾晏一起回京的事了。

她走到屋裡，楚昭正在餵鳥。

禾晏覺得，楚子蘭這個人很有意思，他成日不是種花就是寫字，不是寫字就是餵鳥。過的日子彷彿京城中六七十歲的老人家的生活。但在涼州衛一待就是兩個月，既是這般悠閒，去京城悠閒不是更好？何必來這裡受苦，連炭分的都不多。

不過縱然如此，禾晏還是願意經常往楚子蘭的屋裡跑，原因無他，楚昭是個極有耐心的人，反正禾晏不能去演武場日訓，聽楚昭說京城中的「趣事」也不錯。她前生一直在外打仗，等回到朔京，禾如非又代替了她，對於朔京官場中事，其實瞭解的不是很多，同僚更是毫不認識。從前還好，但和肖玨辦過幾件事後，禾晏深知，真要重新開始，各方勢力格局是一定要知道的。

至少大體的什麼太子一派、徐相一黨、肖玨一支要清楚。

禾晏從楚昭這裡知道了許多，投桃報李，她也不好意思對楚昭報以太大的敵意，況且這人確實一開始就沒怎麼對付過她。

今日是楚昭令應香過來，找禾晏說事的。

「楚兄。」她道。

楚昭將最後一點鳥食放進食盅，鳥兒撲稜一下翅膀，發出清脆的叫聲。這樣冷的天，實在不適合養鳥，是以楚昭的那點炭，全都放在鳥籠附近了。

他對鳥也是如此體貼溫柔。

「妳來了。」楚昭笑著走到水盆邊淨手。

「楚兄今日讓應香來找我，可是有什麼要事？」禾晏試探地問。一般來說，都是禾晏主動找楚昭說話，楚昭難得主動一次，怕是有什麼正事。

「也沒什麼，」楚昭笑著請禾晏坐下，「我可能再過幾日，就要回京了。臨走之時，打算與禾兄辭行。」

禾晏一怔：「你要回去了？」

「不錯，」楚昭笑笑，「在涼州已經待了兩個月，路途遙遠，等回去已是春日。」他道：「這兩個月在涼州，承蒙禾兄照顧，過的很有趣，禾兄有心了。」

「哪裡哪裡，」禾晏連忙道：「哪是我照顧你，是你照顧我差不多。」

「接我的人大概這幾日到，」楚昭笑道：「我想這幾日都沒下雪，不如在白月山上設一亭宴，與禾兄喝辭別酒可好？」

「都督不許我們私自上山。」禾晏犯難，「而且楚兄也知道，我酒量不好，若是喝醉了，難免又惹出什麼麻煩。」

楚昭聞言，笑著搖了搖頭：「無礙，我們不上山，白月山山腳下有一處涼亭，從涼亭俯瞰就是五鹿河，亦可看最佳月色。就在山腳即可，至於酒，就算禾兄想喝，我也是沒有的。就以茶代酒，心意到了就好。」

既都說到這個份兒上，禾晏沒什麼可推辭的，便爽快答道：「當然好了，楚兄要走，我自然應該相陪。不知楚兄所說的亭宴是在何時？我當好好準備準備。」

「今夜就可。」楚昭笑了，「省的夜裡下雪，明日便無好月色。」

禾晏道：「今夜就今夜！今夜我定要與楚兄徹夜高談！」

她想，楚昭就要走了，日後誰能給她解釋京城眾位大人錯綜複雜的關係？不如趁著今夜盡可能的多套話，免得日後再難找到這樣的機會。

楚昭笑了：「禾兄爽快。」

「對了，」禾晏想到什麼，「楚兄怎麼突然要回去？之前你不是說，要待到春日天氣暖和一點才走？現在出發，恐怕路程寒冷。」

「情非得已。」楚昭有些無奈地笑道：「是我的同僚，翰林學士許大人要娶妻，我得趕回朔京赴喜宴。」

禾晏正捂著桌上的茶杯暖手，聞言一愣，只覺得手心一涼，一顆心漸漸下沉，差點控制不住自己的表情。

她僵硬的扯了扯嘴角，問：「許大人？哪個許大人？」

「叫許之恒，太子太傅的長子，」楚昭奇道：「我沒有與妳說過他嗎？此人博學多才，飽讀詩書，很是出色。」

冒著熱氣的茶水倏然凍結成冰。

禾晏的手指微微蜷縮：「許之恒……」

禾晏是如何回到屋子的，自己也不清楚。接下來楚昭說了什麼，她也記不得了。只記得自己竭力不要讓情緒洩露出一絲一毫。免得被人發現破綻。

等回到屋裡，她險些有些站不穩，還是扶著床頭慢慢的在榻上坐了下來。

腦中響起方才楚昭說的話。

「許大爺之前是有過一房妻室的，他的大舅哥便是當今的飛鴻將軍禾如非。禾如非的堂妹，禾家的小姐嫁給了許之恒半年，便因病雙目失明。不過許大爺並未因此嫌棄髮妻，遍尋名醫，體貼的很。」

禾晏問：「體貼……的很？」

「不錯，當時許家夫人希望許大爺納妾，或是再為他尋一位平妻，被許大爺斷然拒絕。可惜的是，許大奶奶到底福薄，今年春日，獨自在府中時，下人不察，不慎跌入池塘溺死了。」

「許大奶奶過世差不多一年，許大爺原本告知親友，日後不會再娶。可他如今年紀輕輕，許家焉能讓他做一輩子鰥夫。他倒是深情，連亡妻的娘家也看不過去，從禾家再挑了一位小姐與他訂了親，是二房所出，比原先的禾大奶奶年幼三歲，今年才十七。」

禾家二房所出，今年才十七……禾晏閉了閉眼，那就是她的親妹妹。

禾家早已打好算盤，或許正是同許之恒商量的結果。禾晏必須要死，可禾晏一死，禾家與許家的姻親關係就此消散，這是兩家都不願意看到的結果。不如一人換一人，用禾晏的死，換來一位新的禾大奶奶。

她扶住頭，只覺得腦袋像是要炸開。

陡然間，有人的聲音響起：「大哥？你怎麼了？」

禾晏抬頭一看，竟是程鯉素。

她問：「你怎麼來了？」

小少年道：「我剛才在外面敲了半天門，無人應，我還以為你不在，給你送點零嘴吃。」他關切地上前，「大哥，你臉色看起來很差，是不是傷口疼？要不要我幫你叫林叔叔？」

禾晏擺手，勉強笑道：「不必了，我就是昨日沒睡好，有些犯睏。」

程鯉素心大，不疑有他，點點頭：「好吧。」又想起了什麼，撇嘴道：「大哥，這幾日你好似很忙似的，再過不了多久我就要回朔京了，再見不知道是什麼時候。我前些日子跟著馬教頭學了一手杖頭木偶戲，晚上要給你看怎麼樣？」

禾晏此刻滿心滿腦子都是方才楚昭的話，哪裡有心思接程鯉素的茬，況且她還記得之前與楚昭的約定，便搖頭道：「今夜不行，我與楚四公子已經約好，去白月山腳看月亮。」

「兩個大男人看什麼月亮！」程鯉素不滿道：「再說月亮哪裡有木偶戲好看，不是日日都能看到？有甚稀奇？」

他這麼一吵鬧，倒將禾晏的心思拽了一點點回來，她耐著性子解釋：「也不是全為了看月亮，只是楚四公子過幾日就要離開涼州衛了，所以臨行之前，想與我喝酒而已。」

「你與楚四公子關係好是好事，可別忘了我呀。」程鯉素並不知肖玨與楚昭之間的暗流，於他而言，楚昭只是一個從朔京來的，帶著皇帝賞賜的長得不錯的好脾氣叔叔。他道：「畢竟我認識你比他認識你要早得多，於情於理，你都該與我更熟稔一些。大哥，你可不能拋下我！」

小屁孩，這種事也要爭風吃醋，禾晏只好哄道：「知道了，今日陪他喝酒，明日就看你耍木偶戲，如何？」

程鯉素這才滿意，笑嘻嘻道：「這還差不多！」

晌午用過午飯後，士兵們紛紛尋暖和的地方暫時小憩一會兒。

肖玨正在演武場與副總兵說話，吩咐下去接下來一個月的日訓內容，林雙鶴走過來，遠遠地對他拿扇子往前支了支，示意他借一步說話。

肖玨將事情交代完，往林雙鶴那頭走，邊走邊不耐道：「你不是去醫館幫忙去了？」

林雙鶴成日無所事事，近來天氣寒冷，沈暮雪拿大鍋煮用來驅寒暖胃的湯藥，分發給眾人。因人手不夠，林雙鶴自告奮勇去幫忙，他一生講究公子做派，嫌涼州衛的兵士不洗澡邋遢有異味，幫了兩日就死也不幹了。

「我本來打算去的，結果半路上遇到人。有客人來涼州衛了。」他道。

肖玨：「何人？」

林雙鶴的臉上顯出一點意味深長的笑容來：「徐娉婷……的貼身侍女。」

屋子裡，年輕的侍女笑盈盈地站在門前，令小廝將箱子在屋中一一打開，道：「這都是小姐親自挑選，送給四公子的禮物。」

當今丞相徐敬甫權勢滔天，朝廷裡一半的官員都曾是他的學生，活了大半輩子，名聲極好，皇帝也信任，若說有什麼遺憾的事，便是膝下無子。後來尋了一位名醫親自診治，到了五十多歲的時候，妻子老蚌含珠，終於生下一名女兒，就是徐娉婷。臨老了才得了這麼一位掌上明珠，徐家幾乎對徐娉婷百依百順，只怕公主都不及她嬌寵。徐娉婷今年十七，生的也是千嬌百媚的小美人一位，只是性子格外霸道跋扈，讓人難以抵擋。

楚昭是徐敬甫最得意的學生，常去徐家吃飯，一來二去，也就與徐娉婷熟識了。

「墨苔妹妹舟車勞頓，」應香笑著遞過一杯茶，道：「喝點茶暖暖身子。」

墨苔瞥應香一眼，皮笑肉不笑道：「罷了，奴婢喝不慣涼州衛的粗茶。」

應香也不惱，面上仍掛著笑容，又將茶端走了。墨苔瞧著應香的背影，眼中閃過一絲輕蔑，心中罵了一聲狐媚子。

這樣的狐媚子，日日跟在楚四公子身邊，焉知會不會將勾引人的手段用在自家主子身上。徐大小姐雖然年輕貌美，但於承歡討好一事上，斷然比不過這賤人。徐娉婷不是沒有想過將應香從楚昭身邊趕走，可惜的是，一向溫和的楚昭斷然拒絕，最後還是徐相親自出面，將此事揭過。

不就是一個奴才，用得著這般呵護著？墨苔心中不滿，卻不能對楚昭發洩。

她四處打量一下楚昭的屋子，片刻後才搖頭道：「四公子所住的地方，實在是太寒酸了。奴婢在這裡待了半刻，便覺得手腳冰涼，這裡連炭火都沒有，看來這兩個月來，四公子受苦了。」

「無礙，」楚昭溫聲答道：「這裡的新兵都是如此。」

「他們怎麼能和您相比？」墨苔道：「您可不能將自己與那低賤人混為一談。」

楚昭眼中閃過一絲冷意，再抬起頭來，又是一副溫和的模樣，他問：「墨苔姑娘來此，可是有事？」

「沒什麼事，」墨苔笑道：「就是小姐許久不見四公子，有些想念了。聽聞涼州冬日極冷，便令奴婢帶著車隊來給四公子送些禦寒的衣物。」

她彎腰，從箱子裡取出一件裘衣，捧著走到楚昭面前，道：「這是小姐親自令人去客商手中收的，穿著可禦寒。四公子要不要試一下？」

裘衣毛皮順滑光潔，柔軟輕巧，一看便價值不菲。

楚昭站起身，將裘衣披在身上，笑著道謝：「很暖和，替我謝謝大小姐。」

墨苔掩嘴一笑：「這事奴婢可不能代替，要道謝的話，四公子還是親自跟大小姐說罷。」她似是想起什麼，問楚昭：「四公子打算何時回朔京？」

「就是這兩日了。」

「奴婢瞧著涼州實在不是人待的地方，若是大小姐在此，一定會心疼四公子。不如就明天啟程如何？早些出發，早些回到朔京，也能早些見到大小姐。」她微微一笑，「奴婢走之前，老爺還同大小姐說起四公子呢。」

她雖是探尋的話，語氣卻是不容置疑，笑談間已經將決定做下。不容楚昭反駁。

楚昭頓了一刻，抬起頭來，笑道：「好，明日就啟程，我也想念先生了。」

「那真是太好了。」墨苔的臉上，頓時綻開一朵花，催促小廝將箱子裡的東西一一拿出來。

「這箱子裡都是禦寒的衣物，奴婢先替您拿出來，等布置好，再幫你收拾明日出發用的行李。」她道：「還望四公子不要怪奴婢多事。」

「怎麼會？」楚昭笑道：「我感謝都還來不及。」

應香站在簾子後，望著屋裡頤氣指使的墨苔，目光垂了下來，靜靜立了片刻，走開了。

冬日的傍晚，天很早就黑了。屋子裡亮起了燈火。

林雙鶴仰躺在榻上，吐出嘴裡的瓜子皮，道：「徐娉婷的侍女怎麼回事，從白天說到黑夜，都不放楚昭離開？不知道的以為她才是徐大小姐，這宣告所有物的表現，也太明顯了吧。我現在，都覺得楚子蘭有些可憐了。」

肖玨正坐在桌前看軍文，聞言道：「可憐的話，你可以去將他解救出來。」

「那還是算了，」林雙鶴坐起身來，雙手枕在腦後，「這能怪誰呢？還不是怪楚子蘭自己。誰叫他長得好看，性情又溫柔，這樣的男子，本在京城中就是人人爭搶的物件，他還自己上趕著討好徐敬甫，被徐大小姐看上，也是意料之中的事。」

肖玨哂笑：「真能做成徐家的女婿，那是他的本事。」

「也是，」林雙鶴對肖玨的話深以為然：「他原本在石晉伯府上遭人排擠欺負，後來若不是因為徐敬甫的關係，怎麼能記在嫡母名下？倘若真娶了徐家的大小姐，」林雙鶴道：「石晉伯府上，日後就都是楚子蘭做主了嘛！」

世人皆說女子趨炎附勢，找個好夫家便能背靠大樹好乘涼，焉知男子又有何不同？真有利益橫於面前時，所有的選擇不過是為了過得更好。所謂的喜不喜歡、甘不甘願、真不真心，都不重要了。

也不知是徐娉婷的悲哀還是楚子蘭的悲哀。

「我看那侍女說照顧是假的，監視他是真的。」林雙鶴攤了攤手，「楚子蘭今夜別想睡覺了。」

「楚子蘭？」程鯉素的腦袋從視窗探進來，「他怎麼了，他今晚不是和我大哥去看月亮了嗎？」

「什麼看月亮？」林雙鶴問。

「就是去白月山腳看月亮啊，我原本想找我大哥看我新學的木偶戲，我大哥說今夜和楚四公子去看月亮，只能改到明日。」程鯉素看了看林雙鶴，又看了看肖玨，「舅舅，你們剛才說的，什麼意思啊？」

肖玨把他的頭按回窗外，關窗道：「回去睡覺。」

程鯉素在外頭砸窗未果，半晌只得走了。

他走後，林雙鶴摸著下巴，問：「我禾妹妹今晚和楚子蘭約了去看月亮？他們發展的這樣快了？」

肖玨繼續看軍文，懶得理他。

「不行，」林雙鶴從榻上爬起來，「我得去看看。」

他直接走到兩間房的中門處，拍門道：「禾兄？禾兄！禾兄妳在嗎？在就說一聲。」

他將耳朵附在另一頭，門裡靜悄悄的，沒有任何聲音。

林雙鶴又拍了幾下，仍然沒有應答。他後退兩步，自言自語道：「我禾妹妹該不會還不知道徐娉婷的人來了，自己去看月亮了吧？」

「懷瑾！」他大喊一聲。

肖玨被他一句話震得耳朵生疼，不耐煩道：「幹什麼？」

「我禾妹妹可能一個人去看月亮了，」林雙鶴走到他跟前，「你去找一下。」

「不去。」肖玨漠然開口：「要去你去。」

「我倒是想去，白月山這麼大，我又不識路，萬一像之前日達木子那件事一樣，山上有歹人怎麼辦？你有武功能抵擋一二，我去就只能躺平任殺，出人命了你後不後悔？」

肖玨：「不後悔。」

「你這人怎麼這樣？」林雙鶴乾脆一屁股坐到他桌上，把軍文擋住了，他苦口婆心地勸道：「你看看我禾妹妹，多可憐啊。楚昭不知道她是女子，對所有人都溫柔。但禾妹妹還是頭一次遇到這樣溫柔的人，女兒家心思細膩，自然容易被打動。可她的身分不能暴露，就只能把這份愛藏在心底。心上人約她看月亮，她定然很歡喜，可是不知道她這個心上人早就是別人認定的女婿，她現在一個人在山上，肯定很冷很難過。你就不能去看一眼她嗎？安慰安慰她？」

肖玨對他的想法匪夷所思：「她喜歡楚子蘭，碰了壁，我去安慰？什麼道理？」

「現在正是你的好時機啊！」林雙鶴鼓勵他：「現在就是趁虛而入最好的機會！」

肖玨冷笑：「那我就更不會去了。」

「好好好，」林雙鶴道：「咱們且不說感情的事。她是你的兵，你是她的上司，禾妹妹前段時間還幫你保全了涼州衛，你總該關心一下下屬。」

「我是她上司，不是她爹。」肖玨涼涼道：「況且她有腿，等不到人自然會回來。」

林雙鶴沉默片刻，問他：「你覺得她是那種等不到就放棄的人嗎？」

肖玨持筆的手一頓。

眼前浮現起演武場上，少年背著沙袋負重行跑的畫面。

禾晏並不是一個輕言放棄的人，有的時候她很機靈狡猾，但有的時候，她固執又堅持。很難說清楚這究竟是執著還是愚蠢，但林雙鶴說的沒錯，以她的性子，十有八九，可能就在山上等一夜。

有病。

見肖玨態度有所鬆動，林雙鶴立刻添油加醋，「你想想，她才十六歲，一個小姑娘，能在涼州衛走到如今這一步已經很不容易了。再被楚子蘭這麼一打擊，太可憐了。你就當做好事，上山去，把她帶回來。她心裡感激你，日後為你賣命都要真誠些。」

見肖珏沒有動彈，林雙鶴加上最後一把火：「肖夫人在世的時候，最仁慈心軟，如果是她看到禾妹妹，肯定要幫忙的。」

「閉嘴。」肖珏忍無可忍，抓起一旁的大氅，站起身往門外走，道：「我去。」

林雙鶴看著他的背影，滿意極了：「這才是真男兒。」

白月山山腳下，有一塊巨石，巨石平整延展，看上去像是一處石臺。順著石臺一直往下走，走到盡頭，可聽到水浪的聲音。

俯首，腳下是壯闊河流，仰頭，明月千里，照遍山川大江。

禾晏在石頭的盡頭坐了下來，水聲嘩嘩，一下又一下的拍打遠處的礁石。像是隔著遙遠時空傳來的沉沉古音，曠遠悠長。

和楚昭約好戌時見，現在也不知是什麼時候了，仍然沒影。她倒是找到了楚昭說的亭子，不過亭裡並未擺好酒菜點心，不清楚究竟是什麼情況。

或許她應該下去找找楚昭，但走到這裡，一旦坐下來，便再也不想起來了。

四林皆雪，白茫茫覆住一片山頭，月光灑滿整面江河，清疏暢快。

這是極美的月色，也是極美的雪色，禾晏覺出疲憊，抱膝坐著，看著江河的盡頭。

她喜歡夜晚更甚於白日，喜歡月亮，更甚於太陽。只因為在做「禾如非」的那些年，面具不離身，可那面具悶熱厚重，少年頑皮，總在夜深人靜，偷偷取下一炷香時間。無人看得見面具下的真實容顏，除了窗外的月亮。

她伸出手，試圖抓住掛在遙遠山河的月光，月光溫柔的落在她手上，彷彿會為她永遠停留。

「妳在做什麼？」有人的聲音自身後傳來。

禾晏回頭，見狐裘錦衣的年輕男子自夜色深處走來，個子極高，透出冷冽的俊美。是肖珏。

禾晏一怔，下意識地往他身後看去，肖珏見她如此，嗤道：「楚子蘭不來了。」

「為何？」禾晏問。

肖珏看她一眼：「京城中來人，有事走不開，讓我來說一聲。」

禾晏點頭，又驚奇地看著他：「都督竟會為楚四公子傳話？」

肖珏與楚昭可是水火不容，楚昭讓肖珏來傳話這事已是不可思議了，肖珏居然真聽了他的話來這裡找她，更令人震撼。

「妳還能關心這個，看來並沒有很傷心。」他說著，在巨石的另一頭坐了下來。

冬日的夜風吹來，吹得人冷極，禾晏問：「我為何要傷心？」話音剛落，便「阿嚏」一聲，打了個噴嚏。

涼州衛的勁裝，冬日雖是棉衣，可夜裡出來吹風，也實在冷的夠嗆。她懨懨地坐著，臉凍得蒼白，如青色的玉，帶著一種易碎的通透。

肖珏默了一刻，下一刻，站起身來。

禾晏正要抬頭，兜頭一件狐裘罩了下來，將她罩的眼前一黑，待從狐裘裡鑽出來時，肖珏已經回到了原先的位置坐下了。

裘衣微暖，霎時間將風雪抵在外面，禾晏愣了許久，才道：「謝謝。」

肖珏側頭來，看了她一眼。

年輕女孩子頭髮束起，穿著他的黑色裘衣，肩膀極窄，看起來很單薄，原先她成日熱熱鬧鬧，嘰嘰喳喳，只覺得吵鬧令人頭疼，但當她安靜的時候，好像變成了另一個人。讓人覺得不舒服。

肖珏垂著眼睛看她，片刻後，彎了彎唇角，「妳苦大仇深的樣子，實在很難看。」頓了頓，又道：「捨不得楚子蘭？」

「什麼？」禾晏莫名。

「快死的時候都沒看妳這樣喪氣過，」他懶洋洋地開口，「看來是很喜歡了。」

禾晏有些不明白他說的話。

「還沒走就這樣要死要活，等明日他走了，妳怎麼辦？」肖珏望著遠處的江河。

「明日？」禾晏一驚，「這麼快？」

她記得楚昭跟她說是這幾日，卻沒有說是明日。

肖珏似笑非笑地看了她一眼：「急了？」

「沒有，」禾晏道：「我只是有些意外……」又想起了什麼，黯然開口：「也是，他要趕上許……許大爺的喜宴，是得儘早出發。」

禾晏問肖珏：「都督認識京城許家的大少爺嗎？」

肖玨：「聽過。」

「許之恒要成親了，楚四公子匆忙趕回去，就是為了趕上他的喜宴。」禾晏嗓音乾澀。「成親的是許之恒，又不是楚子蘭，」肖玨擰眉，「看看妳現在沒出息的樣子，還想進九旗營？」

禾晏勉強笑了笑，正要說話，肖玨揮袖，一個東西丟進她懷裡。

禾晏低頭一看，是一串糖葫蘆，在外頭放的有些久了，冷的跟冰塊一樣，在一片雪白中，紅彤彤的兀自鮮豔。

「這……哪來的？」

「宋陶陶的。」肖玨道：「順手拿了一串。」

他並不懂得如何哄小姑娘，走的時候問了下林雙鶴，林雙鶴回答他道：「若是別人，將傷心的姑娘哄好，當然要費好一番周折，帶她看燈看花看星星，買玉買珠買金釵，但你就不一樣了，你只要坐在那裡，用你的臉，就可以了。」

肖玨無言以對，最後從沈暮雪房間過的時候，見靠窗的門口放著宋陶陶托人買的糖葫蘆，就隨手拿了一串。

上次見她吃這東西的時候，很開心的模樣。

禾晏將糖葫蘆拿起來，撥開上頭的米糕紙，舔了一下，糖葫蘆冰冰涼涼的，一點點甜順著舌尖漫過來，甜的人心裡發澀。

腦海裡忽然想起之前同楚昭說的話來。

她問楚昭：「新的許大奶奶叫什麼名字？」

楚昭回答：「叫禾心影，是禾家二房的二小姐，與先前的禾大奶奶是堂姐妹，我曾見過一次，性情天真溫柔，說起來，也能算許大爺的良配。」

「禾心影……」禾晏喃喃道：「你可知，先前的許大奶奶叫什麼？」

楚昭愣住了，遲疑了一下，搖頭道：「先前的許大奶奶深居簡出，從前又不在朔京，我從未見過，也不知她叫什麼名字。」

連名字都沒有留下。

世人記得飛鴻將軍，記得禾如非，記得許之恒，甚至記得許之恒新娶的嬌妻，可禾晏卻沒人記得。

她以為過了這麼久，亦知道許之恒的真實嘴臉，早已不會覺得心痛。但聽到他要娶妻的那一刻，竟是異樣的疼。彷彿多年以前的執著與信任，一夕之間盡數崩塌，連謊言都不屑於留下。

留下的只有她的蠢和不甘心。

她抬起頭來看向月亮，月光溫柔的漫過荒山大江，漫過雪叢四林，漫過她荒涼孤單的歲月，漫過她面具下的眼睛。

月亮知道她的祕密，月亮從不說話。

「你知道，」她開口，聲音輕輕的：「許之恒新娶的妻子叫什麼名字嗎？」

肖玨懶洋洋道：「我怎麼會知道。」

禾晏自嘲地笑了笑，又問：「那你知道，之前的許大奶奶叫什麼名字嗎？」

河浪洶湧的拍打礁石，彷彿歲月隔著久遠的過去呼嘯而來。

他淡淡地看了禾晏一眼，眉眼在月光下俊美的不可思議，那雙秋水一樣的眸子浮起一絲譏誚，淡聲道：「怎麼，名字一樣，就想當許大奶奶？」

禾晏一怔。

「你知道……你知道她叫……」她的心怦怦狂跳起來。

「禾晏。」

浪花落在礁石上，被打碎成細細的水珠，匯入江海，無法分出每一株浪來自何處。

可是……

禾晏這個名字，被記住了。

禾晏猛地抬頭，看向他。

「你認識……不，見過許大奶奶嗎？」

她在心裡說，不可能的。她與肖玨同窗不過一年，便各奔東西。再回朔京，她成了禾大小姐，不再是「禾如非」，極快的定親嫁人，連門都沒出幾次，更勿提外男了。等嫁入許家，新婚不久瞎了眼睛，成日待在府中，幾乎要與世隔絕。

肖玨怎麼會見過她？

除非……

「見過。」

年輕男人坐得慵懶，眉眼間丰姿奪人，山川風月，不及他眸中明光閃爍。

一瞬間，他的嗓音，和某個夜裡的嗓音重合了。

亦是這樣的夜晚，這樣的山色，雨淅淅瀝瀝下個不停，她的世界灰暗無光，與絕境只差一絲一毫。

肖珏道：「她欠我一顆糖。」

第四十六章 月亮

慶元六十二年的中秋，是大魏最冷的一個中秋。

從早上開始就一直下雨，黑雲沉沉，看勢頭，是要下整整一日也不停歇。

蓮雪山亂峰森羅，爭奇並起。因下著雨，霧氣四合，山路難行。

馬車在山徑上慢慢駛過。

縱然是這樣難走的山路，蓮雪山也常年熱鬧有加，是因為山上有一處靈寺，名曰玉華。玉華寺香火極旺，據說在此拜佛的人，都能心想事成。這話有些言過其實，但玉華寺存在至今，亦有百年，是真正的古寺。朔京的達官貴人們，逢年過節，都願意來此祈福誦經，以求家人安康和樂，萬事勝意。

馬車簾子被人掀開，肖家大少夫人白容微瞧了車外一眼，輕聲道：「快了，再過不到一炷香，就到玉華寺了。」

「餓了嗎？」在她身側，肖璟溫聲問道。

白容微搖頭，看了看身後跟著的那輛馬車，有些擔憂：「懷瑾……」

肖璟輕輕嘆息一聲，沒有說話。

肖家人都知道，肖二公子不喜歡中秋，甚至是討厭。

當年肖仲武戰死沙場，過不了多久就是中秋。倘若他當時還活著，本該回來和家人一同度過中秋家宴。可惜的是，還沒等到中秋來臨，他就死在鳴水一戰中，肖家的中秋家宴，籌備到一半，戛然而止。

再也沒有繼續。

自肖家夫婦去世後，每年的中秋，肖玨都不在朔京，今年是自他接過南府兵後，第一次在朔京過中秋。而肖家也遵循肖夫人在世時的規矩，中秋節上蓮雪山的玉華寺燒香祈福。

只是未料到今日天氣竟然如此糟糕，不僅沒有日頭，雨還下個不停。

果如白容微所言，不到一柱香的功夫，已經看到了玉華寺的寺門。一位僧人正戴著斗笠將地上的落葉清掃乾淨，見肖家的馬車到了，便放下手中的掃帚，將他們迎入寺中。

因著今日下雨，山路難走，往年這個時候，玉華寺早已熱鬧起來，今日卻是除了肖家的馬車以外，只剩一輛馬車在山門外停著，不知是哪家的夫人小姐。

肖玨隨著他們往裡走。

天色黑沉，雖是下午，瞧著彷彿已經是傍晚，幾人隨著寺廟裡的僧人先用過齋菜，再去佛堂裡燒香祈福。

白容微與肖璟先進去，輪到肖玨時，那位青衣僧人伸手攔住他，道：「這位施主，不可進去。」

前面的白容微和肖璟轉過身，白容微問：「為何？這是我弟弟，我們是一道上山祈福的。」

青衣僧人雙手合十，對著她行了一禮，轉向肖玨，低頭斂目道：「施主殺孽太重，佛堂清靜之地，不渡心染血腥之人。」

幾人一怔。

殺孽太重。

虢城長谷一戰，六萬人盡數淹死，可不就是殺孽太重？這些年死在他手中的南蠻人數不勝數，的確心染血腥。

「師父，」白容微急了，「佛普渡眾生，怎可分高低貴賤？」

「他雖雙手沾滿血腥，也挽救了不少人的性命。」肖璟蹙眉：「師父這話，未免太過片面。」

青衣僧人垂眸不語。

「請師父寬容些，」白容微央求道：「我們肖家願意再添香火銀錢，只要能讓我弟弟也進佛堂一拜。」

「不必了。」有人的嗓音打斷她的話。

錦袍青年抬眸，目光落在佛堂裡，佛堂裡，金身佛像盤腿而坐，有凶神惡煞的怒目金剛，亦有神態安詳的大日如來。自上而下，自遠而近，悲憫地俯視著他。

梵音嫋嫋，苦海無邊，佛無可渡。

他早該料到這個結局。

「他渡不了我。」肖玨揚起嘴角，「我也不想回頭。」

就這樣沉淪，也未嘗不可。

他轉身往外走：「我在外面等你們。」

身後傳來白容微和肖璟的呼喊，他有些不耐地皺起眉，轉身將一切拋之腦後。

他並不知道，在他走後，青衣僧人念了一聲佛號，低聲道：「未必無緣。」

因下著雨，下山的路比上山的路更滑，天色昏暗，祈福過後再下山，恐有不妥。今夜只能宿在玉華寺。

中秋夜外宿，也是一件無可奈何的事。僧人為白容微幾人安排好屋子就退了出去，白容微嘆了口氣，桌上放著玉華寺裡特做的月團，她對肖璟道：「你去將懷瑾叫來，就在這裡勉強過中秋宴吧。」

肖璟去隔壁屋子敲門，半晌無人應答，推門進去，屋子裡空空如也。

肖玨不在屋裡。

他看向寺廟的院落，雨水將石板沖洗的乾乾淨淨，下著雨，肖玨這是去了哪裡？

玉華寺寺廟後院，有一棵古樹，玉華寺建寺來就已經在此，不知活了幾百年。古木有靈，枝繁葉茂，來上香的信徒稱之為「仙人樹」。仙人樹上掛滿紅綢絲帶，有祈求金榜題目的，亦有祈求花好月圓。紅線將樹枝覆了滿滿一層，下雨的時候，外無遮擋，掛著的心願布條被打濕，貼在枝木上，彷彿披了一層紅色的紗綢。

持傘的青年停下腳步。

地上掉了一片紅布，上頭還綴著黃色的纓子，大概是雨水太大，將這條紅綢吹落下來。

肖珏頓了頓，彎腰將紅綢撿了起來。

每一條紅綢上，都寫著掛綢之人的心願，他低頭看去，左邊的已經被雨淋濕，墨蹟氤氳看不出原本的模樣，右邊還剩一個看得清的，字跡歪歪扭扭，如同三歲小兒拿筆亂塗，寫著一個「看」。

看？

看什麼？古裡古怪的，他個子高，隨手將這古怪的紅綢重新繫在樹上，特意尋了樹葉最繁茂的裡面，這樣一來，不太容易被雨打濕。

做好這一切，他將放在一邊的傘重新舉起。腰間的香囊因方才的動作露了出來，他怔住。香囊已經很陳舊了，暗青色的袋子，上頭用金線繡著黑色巨蟒，威風靈活，精緻華麗，但約是時間過得太久，針腳已經被磨得模糊，巨蟒的圖案也不如從前真切。裡頭癟癟的，像是什麼都沒裝。

他的指尖撫過香囊，眼裡有什麼東西沉了下去。

賢昌館的少年們都知道，肖珏少時起便有一香囊不離身，如林雙鶴這樣頑皮些的，一直好奇這裡頭究竟裝的是什麼寶貝，後來得了機會搶走打開一看，竟是滿滿一袋子桂花糖。

當時肖二公子便受了好一番嘲笑，這般喜歡吃甜的，連進學也要隨身攜帶。

殊不知，這是肖夫人在世時，親手為他做的。

肖夫人死後，他仍然帶著這只香囊，但裡面卻再無鼓鼓囊囊的糖果，唯有一顆……陳舊的、發黑的，已經不能吃的桂花糖。

肖珏十五歲下山，進了賢昌館，他早年間在山上，該學的都已經學了，因此先生教的功課，只看一遍也能過目不忘。成日在課間睡覺，常常輕輕鬆鬆得第一。先生喜歡，同窗羨慕，看在外人眼裡，簡直是上輩子不知積了多少德這輩子才能投胎如此。

但肖仲武待他極嚴厲。

他生來懶倦，原先在山上時，除了先生，無人管束，肖仲武也看不見。待下了山，同窗時常邀他今日酒會，明日梨園，都是十四五歲的少年郎，沒有不去的道理。雖然大部分的時間，他只是懶洋洋的坐在一邊看著，或者乾脆睡覺，但看在肖仲武眼中，卻覺得此子甘於墮落，遊手好閒。

肖仲武斥責他，請家法，沒收他的月銀，罰他抄書練武。

他一一照做，但少年人，桀驁不馴刻在骨子裡，哪裡又真的服氣。他越是從容淡定的認罰，肖仲武越是氣不打一處來，再後來，他就與肖仲武吵了一架。

肖珏揚眉：「你要我做的，我都做了。既然只看結果，現在結果已經有了。父親，你又在彆扭什麼？」

少年嘴角的笑容譏誚，一瞬間，肖仲武握著鞭子的手，再也抽不下去，肖珏輕笑一聲，轉身離開。

那是他最後一次看見活著的肖仲武。

肖仲武第二日帶兵去了南蠻，不久，鳴水一戰身死，死狀慘烈。

棺槨運回京城，消息傳來的時候，肖夫人正在廚房裡為肖玨做桂花糖。得到消息，一盤子桂花糖盡數打翻，落在地上，沾了滿地灰塵。

僥倖活命的親信跪在肖夫人面前，哭著道：「原本是打算提前兩日過鳴水，可將軍說，鳴水附近的阜關盛產鐵器，想為二少爺打一把劍，臨行時與二少爺爭執，傷了二少爺的心，希望這把劍能讓二少爺明白他的苦心。沒想到……沒想到……」

屋子裡響起肖夫人撕心裂肺的痛哭。

她撲上去，胡亂地打在肖玨身上，哭著罵道：「你為什麼要與他置氣？為什麼！如果不是你與他置氣，他不會在鳴水多停留，不會身中埋伏，也不會死！」

他忍著這可怕的指責，任由女人的軟綿綿的拳頭落在他身上，一言不發。

怎麼可能呢？他的父親，那個剛毅嚴厲的，揮起鞭子來半點情面都不留。將稚兒留在陌生的山上，一年到頭也不過來一次的男人，怎麼會死？他冷漠無情，心懷大義，怎麼可能死？

可怕的控訴還在繼續。

「是你害死了他！是你害死了你爹！」

他忍無可忍，一把將母親推開：「我沒有！不是我！」

女人被他推開，呆呆地看著他，受不了她如此絕望的神情，肖玨轉身跑了出去。

他並不知道自己應該去什麼地方，也不知道自己要找誰訴說。他下山回到朔京，也不過一年而已。一年的時間，他甚至還沒認全肖府上下的人，甚至還沒學會如何與他的親人自然而然的相處。

就……已經如此了。

人在痛極的時候，是不會流眼淚的，他眼下還不覺得痛，只是懵。就像是聽了一個不可能是真的的笑話，並不知道該作何反應。他只是覺得腳步沉重，不敢上前，無法面對他母親絕望淒厲的眼神。

很多年後，肖玨都在想，如果當時的他不那麼膽怯，上前一步，回到屋裡，是不是後來的所有事都不會發生。

但沒有如果。

他回去的時候，已經是晚上了。肖璟和白容微已經回來，兩人眼眶紅腫，像是哭過，一向文弱有禮的肖璟衝上來揍了他一拳，揪著他的領子，紅著眼睛吼他：「你去哪了？你為什麼不在府上，為什麼不陪在母親身邊！」

他忽地生出一陣厭惡和自嘲，扯了一下嘴角：「你我都是兒子，你問我，怎麼不問問你自己？」

「你！」

「懷瑾，」白容微抽泣道：「母親沒了。」

他的笑僵住。

「母親……沒了。」肖璟鬆開手，後退兩步，捂臉哽咽起來。

肖夫人一生，柔弱的如一朵未曾經歷風雨的花。肖仲武活著的時候，她對肖仲武諸多不滿，隔三差五吵架，彷彿一對怨偶。肖仲武死去，這朵花便倏而枯萎，沒了養分，跟著一道去了。

她走的如此決絕，甚至沒有想過被她丟下的兩個兒子日後留在朔京該怎麼辦？肖家該怎麼辦，她的人生在失去肖仲武的那一刻，再也沒了意義，所以她用了一方潔白絹帛，結束了自己的生命。

她死之前對肖珏說的最後一句話是：是你害死了他，是你害死了你爹！

這句話將成為永恆的噩夢，在肖珏數年後的人生裡，常常令他在深夜裡驚醒，輾轉難眠。

他永遠無法擺脫。

肖仲武和肖夫人合葬在一起，前些日子為了中秋宴準備的燈籠與畫布全部摘下，換成雪白的燈籠。

牆倒眾人推，肖仲武的死，帶給肖家的打擊遠不止於此。肖璟在朝堂中受了多少明槍暗箭，肖珏在背後就要承受同樣的負擔。南府兵如何，肖家如何，鳴水一戰莫須有的罪責如何。

他仍舊沒有流一滴淚，木然的做事，密集的安排。他能睡著的時候越來越短，回府的日子也越來越晚。

那天晚上很晚了，肖珏回到府上。肖仲武死後，府上下人遣散了許多，除了他的貼身侍衛，他不需要小廝，覺出餓來，才發現整整一日都沒吃東西。

太晚了，不必去麻煩白容微，肖珏便自己走到廚房，看可有白日裡剩下的飯菜對付一下。

灶臺冷冰冰的，廚房裡也沒什麼飯菜，這些日子眾人都很忙碌，哪有心思吃東西。他找到了兩個饅頭，一碗醬菜。

燈火微弱的就像是要熄滅了，廚房裡沒有凳子，少年倦極，隨意找了個靠牆的角落坐下，端起碗來，突然間，瞥見將長桌的盡頭，牆壁的拐角，躺著一枚桂花糖。

肖仲武戰死的噩耗傳來時，肖夫人正在為肖玨做桂花糖，乍聞此信，一盤桂花糖盡數打翻，後來被小廝打掃，全部都沒了。

這裡卻還有一顆漏網之魚，靜靜地躺在角落，覆滿灰塵。

他爬過去，小心翼翼的將桂花糖撿起，拂去上頭的灰塵。糖果裡隱隱傳來桂花的香氣，一如既往的甜膩。

肖夫人總是把桂花糖做的很甜，甜的齁人，他原本不吃甜。

但這是他在人間，得到的最後一顆糖了。

香囊裡還有剩下的糖紙，他將那顆糖包好，重新放進香囊。端起碗來，拿起饅頭。

肖二公子從來金尊玉貴，講究愛潔，如今卻不顧斯文，坐地上吃飯。他的衣服已經兩日未換，肚子也是粒米未進，再也不見當年錦衣狐裘的麗色風姿。

少年靠牆仰頭坐著，慢慢咬著饅頭，吃著吃著，自嘲的一笑，秋水般的長眸裡，似有明光一點，如長夜裡的星光餘燼。

飛快的消失了。

時光飛逝，沒有留下半分痕跡，過去的事，似乎已經是上輩子的回憶。那些複雜的情緒交織在一起，最後變成唇邊一抹滿不在乎的微笑。

並不是什麼不能過去的坎。

他怔然地看著手中的香囊，不知道在想什麼，片刻後，鬆手，繼續往前走。

「少爺。」飛奴從身後走來。他接過傘，替肖珏撐著，詢問道：「現在要回寺裡嗎？」

「走走吧。」肖珏道：「透透氣。」

最後一絲光散去，蓮雪山澈底陷入黑暗。濃霧瀰漫，如山間幻境。這樣的夜，幾乎不會有人走。

雨水順著傘簷落下，並不大，卻綿綿密密，如鋪了一層冰涼薄紗，將山間裹住。

「這雨不知道下到何時能停。」飛奴喃喃。

中秋之夜大多晴朗，如此的夜實在罕見。肖珏抬頭望去，黑夜沉沉，看不到頭。

他道：「今夜沒有月亮。」

沒有月亮，不照人圓。

山林路泥濘不堪，除了雨聲，什麼都聽不到。越往邊上走，越是樹木繁茂，看不清楚人的影子。前方忽然傳來窸窸窣窣的聲音，飛奴一頓，提醒道：「少爺。」

肖珏搖頭，示意自己聽到了。

這麼晚了，還在下雨，誰會在這裡？

飛奴將手中的燈籠往前探了一探，雨水深深，有個人影站在樹下，起先只能看見一個模糊的影子，大概是個女子，不知道在搗鼓什麼。往前走了兩步再看，便見那女子站在一塊石頭上，雙手扯著一條長長的東西，往下拽了拽。

綁在樹上的，是一條白帛。

這是一個尋死的女人。

禾晏過去從不覺得，人生會有這樣難的時候，難到往前多一步，都無法邁出。

她已經很久沒看過月亮了。

失明後到現在，她渾渾噩噩的過日子，許之恒安慰她，會永遠陪在她身邊，禾晏也笑著說好，可縱然表現的再平靜，心中也是茫然而恐懼的。她一生，面對過很多困境，大多時候不過是憑著一股氣站起來，跟自己說，跨過這一步就好了。不知不覺，再回頭看時，就已經跨過了許多步。

唯有這一步，她跨不過去，也不知如何跨過。

不再是飛鴻將軍，成為許大奶奶的禾晏，只是一個普通的女人。一個普通女人陡然失明，雖然丈夫仍然待她好，但這種好像是水中花，帶著虛幻的敷衍。她感受不到。

七夕的時候，她在府中坐到深夜，也沒等到許之恒回來。原以為是因為朝中有事，第二日才知，前一天許之恒陪著賀宛如逛廟會去了。她摸索著在屋裡的窗下坐好，靜靜聽著外頭丫鬟的閒談。

「昨日大爺與夫人吵架，吵得老爺都知道了。主子心情不好，咱們這些做下人的反倒倒了黴，還不都是因為東院那位。」

「要我說，大爺也實在太心軟了些。東院這位如今是個瞎子，咱們許家的大奶奶怎麼能是一個瞎子？沒得惹人笑話。夫人這幾日連外頭的宴約都推了，就是不想旁人問起。」

有小丫鬟看不過替她說話：「大奶奶又不是生來就瞎的，突然這樣，已經很可憐了。」

「可憐？她有什麼可憐的？她就算瞎了，也能日日待在府裡被人服侍，至少衣食不缺，和那寵物有什麼不一樣。可憐的是大爺，年紀輕輕的，就要和這瞎子捆著過一輩子。咱們大爺才學無雙，什麼樣的女子找不到？偏要找這樣的？」

「對！大爺才可憐！」

諸如此類的話像是帶著尖銳的鉤子，一句一句往她心裡鑽，鑽的她鮮血淋漓。

夜裡她坐在屋裡，等許之恒回來，對他道：「我們和離吧。」

許之恒一怔，溫聲問道：「怎麼說這樣的話？」

「或者你休了我也行。」她並不喜歡繞彎子，實話實話，「如今我已經看不見，沒必要拖累你。」

「妳我是夫妻，」許之恒握著她的手，道：「不要再提這些了，早些歇息。」

他將話頭岔開，但並沒有否認禾晏「拖累」一詞。

禾晏的一顆心漸漸沉下去。

之後的每一天，她過著衣來張口飯來伸手的日子，時常聽到府中下人暗地裡的奚落。許夫人與她說話亦是夾槍帶棒，話裡話外都是禾晏拖累了許家人。

許之恒仍舊待她溫柔，但除了溫柔，也沒有別的了。

禾晏覺得很疲憊。

她像是走在一條漆黑的夜路上，路上沒有旁的行人。她看不到前面的光，身後也並無可退的地方，不知什麼時候才會走到盡頭，結束這樣折磨人的生活。

中秋夜的前幾日，她對許之恒道：「我知道蓮雪山上的玉華寺，寺裡有棵仙人樹特別靈，中秋的時候，我們能不能上山區，我想在樹上掛綢許願，也許我的眼睛還能治好。」

自失明至此，她幾乎從不對許之恒提要求，許之恒愣然片刻，終是答應了。他道：「好。」

許是人在倒楣的時候，喝涼水都塞牙。往年裡的中秋俱是晴朗，偏偏到了今年，連日下雨。馬車走到山上時，天色陰沉的不像話，當天下午是不可能下山的了。或許還得在山上停留一晚。

許之恒扶著她去廟裡祈福，有個僧人往她手裡塞了一張紅綢，告訴她寺廟後仙人樹所在的位置。禾晏摩挲著紅綢對那人道謝。

僧人合掌，慈聲道：「假使百千劫，所作業不亡，因緣會遇時，果報還自受。」

她並不懂佛經，待還要再問，對方已經走遠。

下著雨，許之恒陪著禾晏去了仙人樹旁。

仙人樹旁有石桌石凳，為的就是尋常來掛紅綢的香客寫字。許之恒替她鋪好紅綢，將筆塞到她手裡，道：「寫吧。」

禾晏憑著感覺，慢慢的寫：希望還能看得見月亮。

不必想，也知道字跡肯定歪歪扭扭，慘不忍睹。

寫完字後，她將紅綢珍重地交到許之恒手中，許之恒替她掛上仙人樹。禾晏什麼都看不見，因此，也就沒有看到，她的丈夫站起身，隨手將紅綢掛到肘邊的一根樹枝上，他甚至懶得伸手將紅綢繫好，只隨意搭著。樹上並無遮雨的地方，不過片刻，紅綢就被雨水打濕，上頭的字跡很快氤氳成一團模糊的墨漬，再難看清究竟寫的是什麼。

「走吧。」許之恒過來扶著禾晏離開。

「轟隆」一聲，一道細碎的驚雷響起，忽而颳起一陣涼風，吹得樹枝沙沙作響，那只沒有被系好的紅綢被風吹落，砸在積水的小坑裡，濺滿泥濘。

禾晏似有所覺，擔憂的問：「風這麼大，不會將綢子吹走吧？」

「怎會？」許之恒笑著寬慰：「繫的很緊。」說罷，彷彿沒有看到一般，抬腳從紅綢上邁過了。

雨沒有要停的痕跡，今夜不得不在山中留宿。

許之恒去找玉華寺的大師論經去了，已經是傍晚，屋子裡點著燈，禾晏靜靜地坐著。

原本這時候，她早該上榻休息——一個瞎子，除了睡覺吃飯，也沒什麼可做的。可今夜雨聲稀疏，她睡不著，亦不知眼下是幾時，叫了兩聲侍女的名字無人應答，便扶著牆慢慢的往外走，打算叫個人來。

才走到門口，就聽見兩個侍女在說話。

「剛才好像聽見大奶奶在叫人？」

「有嗎？叫便叫，別管，這麼晚了，叫人做什麼。都已經是個瞎子了還折騰，真當自己是大奶奶了。」

禾晏聽得一怔。

這兩個侍女並非她的貼身侍女，是許之恒屋裡的，平日裡性情最是溫柔和婉，又因許之恒的關係，從來待她尊敬恭謹，竟不知私下裡是這般說她。

「今日若不是她要上山，咱們也不必在這裡過中秋，外面還下著雨，真晦氣。大爺就是心腸太好了，帶著這麼個拖油瓶也不惱。」

「妳又不是不知道大爺的性子，表面上是不惱，心裡總有芥蒂。咱們許家現在都成京城裡笑話了。大爺素來心高氣傲，想來心裡也難受的很。我若是她，便一根繩子上了吊，省的拖累別人。」

「噓！這話也是妳能胡說的！」

說話的侍女不以為然，「本來就是，跟個動物一樣，每日等著人來餵，吃飽了就睡，永遠被人服侍著。既不能出府，也看不到，日子過的沒滋沒味，一兩年還好，一輩子都要如此，活著還有什麼意思？還不如早死早解脫，許下半輩子投個好胎，就能看得到了。」

「別說了，外面有熱水，咱們先去取點熱水來吧。」

腳步聲漸漸遠去了。

禾晏背對著門，慢慢地滑坐下來。

是啊，一年兩年便罷了，一輩子都要如此，活著還有什麼意思？

主子屋裡的丫鬟，主子高看誰，便不敢踐踏誰。這兩人既能如此若無其事地談論她，便可知，許之恒在屋裡，並非如在她眼前那般無怨無悔。

不過這世上，又有幾人能做到無怨無悔。

禾晏不知道屋裡有沒有亮燈，於她來說，都是一樣黑暗。忽然生出一股萬念俱灰的感覺。幼時練武，少時進學，後來上戰場，爭軍功，一輩子都在為他人做嫁衣。好不容易摘下面具，以為一切能重頭開始，卻又在此時陷入黑暗，並且將一輩子困在一方四角的宅子，走一步也要人跟著。

人的絕望，並不是一朝一夕陡然而生的。那些平日生活中的小事，蠶食鯨吞人的熱情，熱情一點點被消耗殆盡，失望和沉重一層層壓上來，最後一根稻草輕飄飄落下，嘩啦一聲，希望沉入水底。

絕望鋪天蓋地。

她摸索著，慢慢地站起來。

屋子裡有衣裳剩下來的腰帶，她胡亂地抓起外裳披上，拿起失明時候用的竹竿，顫巍巍地出了門。

山寺裡人本就稀少，又因外面天黑下雨，僧人早就進了佛堂。她一路胡亂地走，竟沒撞上旁人。

多虧少年從軍時，養成對路途的驚人記憶。她還記得上山時許之恒對她說過，寺廟不遠處的山澗，有一處密林。懸流飛瀑，如珠玉落盤，壯麗奇美。

有山有水有樹，算不錯了，可惜的是今夜下雨，沒有她喜歡的月亮。

一個瞎子出門，總歸是不方便的，尤其是在泥濘的山路上。她不知道自己摔了多少跤，被石頭絆倒多少次。只覺得渾身上下衣服濕淋淋的，髮髻也散亂了。到最後，氣喘吁吁，不知道自己走在哪裡。

她摔倒在一棵樹前，腦袋磕在樹幹上。禾晏伸手摸索過去，這棵樹很大，應當是上了年紀的老樹。

有瀑布的密林，大約是找不到了，就在這裡也行。她向來對於外物不怎麼在意，費了好半天的勁兒，才搬好一塊石頭。

精疲力竭，禾晏在石頭上坐了下來。

雨下的小了些，綿綿密密的打在人身上。年輕女子仰頭看向天空，彷彿能看見月亮似的。只有雨水順著臉頰滑下來，她抹了一把臉上的水。

「莫作江上舟，莫作江上月。」

「舟載人別離，月照人離別。」

對於這個人間，她並沒有什麼好留戀的地方。唯一的不捨，就是今夜沒有月亮。

禾晏慢慢的站起身來，摸到手邊的布帛，布帛被繫的緊緊地，她往下拉了拉，很穩，應當不會斷開。

一腳踢開了石頭。

被擰成繩子的布帛應聲而斷。

禾晏猝不及防，摔倒在了地上。

滿地的泥濘濺在她身上，她怔然片刻，突然明白，這根布帛斷掉了。

竟然斷掉了？

一瞬間，她的心中，難以抑制莫名的委屈和酸楚，哽咽了一刻，接著小聲抽泣，再然後，趴在地上放聲大哭起來。

禾晏很少掉眼淚。

一個將軍，掉眼淚是很影響士氣的行為，戰場上，她永遠要保持自己自信滿滿精神奕奕的模樣，好似沒有任何人和事能影響到她的判斷。等不做將軍時，再想要掉眼淚，連自己都覺得自己矯情。

可人總有脆弱的時候，被冷落的時候可以忍住，失明的時候可以忍住，聽到侍女嘲諷奚落的時候可以忍住，被婆母暗示成為拖油瓶的時候可以忍住。

但如果連尋死都不成，連布帛都斷掉，她就會忍不住了。

眼淚滾燙，大滴大滴順著臉頰沒入身下的泥土，分不清哪是雨哪是淚。

她哭得撕心裂肺，陡然間，聽到一個陌生的聲音響起。

是個男子的聲音，風雨裡，嗓音低沉悅耳，帶著幾分不耐煩，問：「妳哭什麼？」

禾晏的哭聲戛然而止。

肖玨看著眼前的女人。

這是個尋死的女人，渾身上下寫著狼狽。穿著白色的裡衣，卻拿了件紅色的外裳，外裳連腰帶都繫反了，許是路上摔了不少，衣裳磕破了幾條口子。她的臉上亦是髒汙不堪，跟花貓似的，到處是泥。

肖玨自來愛潔，只覺得這一幕十分刺眼，終是忍不住掏出一方白帕，遞過去。

那女人卻沒有接，做出防禦的姿勢，問：「你是誰？」

他意外一瞬，注意到對方的目光有些游離，思忖片刻，收起帕子，蹲下身問：「妳看不見？」

女人愣了一下，凶巴巴地回答：「對！我是個瞎子！」

說的趾高氣昂。

飛奴站在他身後，就要上前，肖玨對他輕輕搖頭。

禾晏警惕地握著拳。

不過是想要靜悄悄的上個吊，現在好麼，布帛斷掉了，還被陌生人看到了窘迫的情狀。為何老天爺待她總是這般出人意料？

肖玨淡淡地看了她一眼，彎腰撿起地上的飛刀，方才，就是他用這個擦斷了樹上的布帛。

「你想幹什麼？」禾晏問。

肖玨：「路過。」

他實在不是一個愛多管閒事的好心人。

做到此步，已經仁至義盡。肖玨站起身，轉身就走，走了幾步，飛奴湊近，低聲道：

「今日玉華寺只有翰林學士許之恒和他的夫人，此女應當是前段日子眼盲的許大奶奶，禾晏。」

禾晏？他挑了挑眉，禾如非的妹妹？

肖玨轉身去看。

女人已經摸索著找到了斷成兩截的布帛，布帛並不長，但斷成兩截，倒還能用。她先是用一半的布帛在自己脖頸上比劃了兩下，確定了還能用，便顫巍巍的用這布帛打個結。

她居然還想再次上吊。

肖玨有些匪夷所思，過後就有些想笑。

這種執著到近乎愚蠢的勁頭，和她那個堂兄實在很像。

大多數人尋死，不過是一時意氣，仗著一口氣上吊投湖跳斷崖，至於真到了那一刻，一大半的人內心都會後悔，只是後悔已經晚了。

這女人既然已經嘗過瀕死的滋味，當不會再次尋死，沒料到如此執著，繩子斷了也要繼續。

他本不該管的，沒人會攔得住一個一心想死的人。

但肖玨腦中，忽然浮現起許多年前，亦是這樣一個中秋夜，少年忐忑的回府，等來的卻是母親冰冷的屍體。

眼前的一幕似乎和過去重合了，有一瞬間，他分不清這是今夕何夕。

飛奴在背後，不解地看著他。

肖珏深吸一口氣，終於妥協，走到那女人身邊，問：「妳為什麼尋死？」

禾晏嚇了一跳。

她分明已經聽到了對方離開的腳步，怎麼會突然折返？她一生都在委曲求全，被人擺布，如今臨到頭了，再也不願為旁人著想，這人多管閒事已經令她不悅，便一腔怒火全發在對方身上。

她幾乎是吼著回去的：「要你管！」

年輕男人一把攥住她的手臂，將她從地上拖起來。

禾晏震驚，掙扎了兩下，可她原本就磕磕絆絆沒了力氣，又看不見，竟一時被拽著走，走了兩步，被人丟下，一屁股坐在地上。

地上軟軟的，是一塊草地。

那人似乎站在她身邊，彎腰對著她，聲音冷淡：「妳為什麼尋死？」

禾晏心中也憋著一肚子氣，高聲道：「我都說了要你管！今天沒有月亮，所以我尋死！上山路上太滑，所以我尋死！我綁根繩子都要斷，所以我尋死！在這裡遇到你這樣多管閒事的人，所以我尋死！可以了嗎！」

她凶巴巴地大喊，眼淚卻滾滾而下，本是氣勢洶洶的老虎，看起來更像一隻被打濕的，無處可去的野貓。

飛奴緊張地站在肖珏身後。

肖二公子願意耐著性子來管這種閒事，已經很罕見了，這女人還如此凶悍，更是罕見中的罕見。

禾晏吼完後，突然感覺到有什麼在自己臉上擦拭。柔軟的，綿密如春日扯下來的雲朵。漠然的，帶著一絲不易察覺的，包容的溫暖的安慰聲響起。

「妳若真心要強，瞎了又何妨，就算瞎了，也能做瞎子裡最不同的那一個。」

她的暴怒戛然而止。

所有的狼狽和軟弱無所遁形，盡數暴露於人前。

「沒什麼，雖然看不見，但還能聽得見，有你陪著我，沒事的。」她笑著對許之恒這樣說。

怎麼可能沒事？

怎麼可能沒關係？

她在夜裡一遍遍拿手指描摹過自己的眼睛，祈求上天憐惜第二日就可重見光明。那些輾轉反側的夜，咬著牙跟自己說沒關係的夜，裝作若無其事無法自處的夜，他們都不知道。

他們什麼都不明白。

一個路過的陌生人卻明白。

不能哭，不能被人看見軟弱，不能抱怨，不能發脾氣。時間太久了，久到這些情緒如蠶吐絲，一層層繞成一個堅固硬殼。她獨自坐在殼子裡，與外界隔絕。

面具外的禾晏，溫和、樂觀，永遠微笑著替別人著想。面具裡的禾晏，痛苦、委屈，將求救的呼號盡數壓抑。

這麼多年，從「禾如非」到「禾晏」，她的面具，其實一直沒有摘下來過。

直到今夜，有一個路過的陌生人，看穿了一切，將她的面具揭下，發現了她的眼淚。

她的所有防備和警惕瞬間洩氣，慢慢地低下頭，眼淚更大顆的砸下來。

原本以為說完這句話，禾晏不會再哭了，沒料到她竟哭的更大聲。雨沒有要停的痕跡，身下的草地已經被雨水淋濕。

肖玨勾了勾手指，飛奴上前，他接過飛奴手中的傘，撐在禾晏頭上。

禾晏仍然沒有停下來。

他從未見過這麼凶巴巴、脾氣壞，還特別能哭的女人，難以想像禾如非那個傻開心的性子，竟會有如此截然不同的妹妹。

肖玨被哭的發懵，忍無可忍，終是開口道：「不要哭了。」

「我為什麼不能哭，」她如不識好歹的野貓，對著餵食的人亮出爪子，嗓子已經啞了，還要爭辯：「我不僅哭，我還要尋死，我都已經這樣了，活著還有什麼意思，嗚嗚嗚嗚嗚……」

肖玨：「……」

他從未哄過女子，第一次哄女子就是這樣的結果？如此油鹽不進？

「到底要怎樣妳才不會哭？」他忍著怒意，「才不會繼續上吊。」

禾晏抽抽噎噎地哭，她到這裡，其實已經沒有要尋死的念頭了。人有時候不過就是在那個關頭卡著，過去了就是過去了，過不去就是過不去。這路人出來的莫名其妙，那一句話也並無多溫暖，可是……

可是，她不想死了。

她道：「你如果能在現在給我一顆糖，我就不尋死了。」

幼時喜愛吃甜的東西，可過了五歲後，禾大夫人對她的一切看管的很嚴。怕露陷，如姑娘一般嗜甜的習慣也要改掉，再後來，投了軍，軍中沒有甜甜的糖果，只有粗糲的乾餅。等嫁了人後，有一次禾晏見賀宛如生病，許之恒去看她，特意給她帶了一小盒蜜餞。

賀宛如喝一口藥，許之恒就往她嘴裡塞一顆蜜餞。禾晏從窗前路過的時候瞧見，一瞬間，心中浮起酸意，不知道是羨慕許之恒對賀宛如這般好，還是羨慕賀宛如吃一點點苦，便能得到許多甜。

禾晏不曾任性過，可今夜不知為何，偏像是要在這陌生人身上，將自己的任性發揮到極致。

青年微微一怔，側頭看去身邊人。

女人的臉被帕子胡亂擦了幾下，面頰仍帶泥濘，一雙眼睛微微紅腫，卻亮的出奇，倔強的神情似曾相識。

竟很像某個笨拙的少年。

他沉默片刻，修長的指尖去解腰間的香囊。

飛奴一驚。

暗青色的袋子被握在手上，他將袋子的底部捏住，一顆裹著糖紙的桂花糖被倒了出來。

隔得太久，糖紙已經與糖黏在了一起，黑黑的看不出原本的模樣。肖夫人死去後，肖玨將最後一顆桂花糖隨身攜帶，這些年，這顆糖陪他度過很多艱難歲月。撐不下去的時候，看看這顆糖，似乎就能嘗到人間的一點甜。

這是他人生中僅有的一點甜，現在，他要把它送給一個大哭不止的，要尋死的女人。他想，他的人生，已經不需要糖了，那就這樣吧。

禾晏感到有個什麼東西塞到自己手裡。

她下意識地攥緊，就想剝開。

「不能吃。」男子的聲音在身邊響起。

「什麼？」她道：「你是不是在騙我？隨便找塊石頭跟我說是糖？」

禾晏聽見對方的聲音，帶著一點淡淡的悵然，「這顆糖，世上只剩最後一顆。很甜，但妳不能吃。」

「你是不是有病？」禾晏從不知自己是這樣得寸進尺的人，她想這人一定脾氣很好，心腸很軟，才能容忍自己這般一而再再而三的胡鬧，她道：「很甜又不能吃，世上只有一顆，這是陛下御賜的不成？」

她沒有看到，坐在她身邊的俊美青年，低頭淡然一笑，道：「比御賜的還要珍貴。」

禾晏趁著對方不注意，飛快的扯開糖紙，塞進了嘴巴。

「妳……」他愕然。

「我已經吃了，咽下去了！」禾晏耍無賴。

對方沒有回答。

這是她人生中收到的第一顆糖，糖的味道很古怪，混著她的眼淚，好苦，她想，那就這樣吧。

「雨是不是停了？」她沒有感到雨絲飄落在身上，伸手胡亂抓了抓，詢問身邊人。

身側的青年一直單膝跪地，為她撐著傘，傘面不大，他大半個身子已經淋濕，稜角分明的側臉，睫毛沾了細密的水珠，將眸光氤氳出一層淺淡的溫柔。

「停了。」

「天上有沒有月亮？」

天色沉沉，一絲星斗也無，哪裡來的月亮？

他答：「有。」

「外面……是什麼樣的？」

「明月如霜，好風如水，清景無限。」

禾晏露出了今夜第一個微笑，「真好。」

她聽見身側的人問：「不想死了？」

「不想了。」

「不想死就回家吧。」他道，一把將禾晏拉了起來。禾晏下意識的要抓住他的手，那隻骨節分明的，修長的手已經極快的鬆開。

肖玨走到飛奴身前，低聲吩咐：「人送到大嫂房裡，讓大嫂送回去，我是男子，不便出面。」

飛奴應下。

要走時，忽然又加了一句：「警告許之恒，叫他別做的太過分。」

這是要為禾晏出頭的意思了。

飛奴過來，要扶著禾晏，禾晏似有所覺對方要離開，伸手探向那人的方向，她道：「……謝謝你，你是誰啊？」

他沒有說話，禾晏只來得及抓住一片袖子的一角，從她手中滑過去了，冰涼而柔軟，像月光一樣。

明明什麼都看不見，但她恍惚看見了光，溫暖又涼薄，熾熱而明亮，沒有半分責備，耐心的、包容的，一眼看穿了她所有的祕密，又將她溫柔包裹。

她到最後也不知道對方究竟是誰。

那是禾晏度過的，最糟糕的一個中秋，滿身泥濘，蓬頭垢面，與絕境只差一絲一毫，慶幸的是，月亮一直在她身邊。

那個中秋沒有月亮，但那天晚上的月色真美，那點纖薄而柔軟的光，一直溫暖了她許多年。

第四十七章　假夫妻

江河以上，月光千里，冷透人的衣袂。瑩白的光從林間樹枝縫隙漏下，如未來得及化開的殘雪。

禾晏側頭，看向對面的人。

年輕男人眼眸如秋水，無需增色也動人。他側臉輪廓稜角分明，英氣而慵懶，唇邊勾著的淺淡笑意，剎那間讓她回到了當年山寺的那個夜晚。

就是你啊，她腦中有些發懵，又很茫然。

她到最後也不知道對方是誰。

只記得自己被人送到了山寺裡的某個房間，一個聲音溫柔的女子照顧了她，將她梳洗乾淨，送回了許之恒面前。

許之恒問她究竟是怎麼回事，禾晏只答想出去走走不慎迷路了。他並沒有多說什麼，至於送她回來的那個女人，許之恒沒再提起過。因此，她也就更不知道遇到的那個陌生男人究竟是誰。

但對方說的那一句「妳若真心要強，瞎了又何妨，就算瞎了，也能做瞎子裡最不同的那一個」，一直記在她腦中，一個字都不曾忘懷。

她後來嘗試著聽音辨形，不用眼睛也能生活。這個過程很艱難，但每當想放棄的時候，就會想到那天山寺後的月亮。

月色很美，就這麼放棄，未免可惜。

也不是沒想過那一日發生的所有，靜下心來回憶，有些事情，未必就不是故意的。侍女在門口的談話，何以這般巧合被她聽見？一個人跌跌撞撞的往山裡走，許家下人竟無一人發現？等被送還回來時，許之恒輕易相信她說的話，沒有追究。

不過是希望她自個兒解脫罷了。

她並不是富貴人家院子裡豢養的雪白小貓，被夫人小姐抱在懷裡，拿線團逗逗便開心起來，溫順而柔弱。她是從黑夜的巷子裡走出來的野貓，髒且頑強，即便瞎了眼睛，也可以坐在牆上捕獵。

他們希望她死，她就偏偏不要死。畢竟這世上，還有人送過她一顆糖，也讓她嘗過人間的甜。

禾晏一直以為，那一夜的陌生路人，許是一位心腸很好的公子，或是耐心十足的少爺，但竟沒想到，是肖玨。

怎麼會是他呢？

她輕輕開口：「許大奶奶……是個什麼樣的人？」

肖玨笑了一下，懶洋洋道：「很凶，愛哭，脾氣很壞的女人。」

禾晏也跟著笑了，眼睛卻有些潮濕。她道：「你背後這麼說人，許大奶奶知道嗎？」

她一生中，最惡劣的一面，都留給那一夜的肖玨了。而肖玨一生中最溫柔的一面，大概也留給了那一夜的她。

他並不知道，自己當時的停留，成為了絕望中的禾晏唯一的救贖。

月亮孤獨又冷漠，懸掛在天上，但沒有人知道，他曾把月光，那麼溫柔的照在一個人身上。

「她沒有機會知道了。」肖玨淡道。

因為許大奶奶死了。

「也許她知道。」禾晏低頭笑笑，忽而看向天邊，感慨道：「月色真美啊。」

肖玨雙手撐在身側，跟著抬頭，沒有看她，「不是說要和楚子蘭喝酒嗎？沒帶酒？」

禾晏朗聲道：「山川湖海一杯酒！」她將雙手虛握，月光落在手中，彷彿盈滿整整一杯，揚手對著長空一敬：「敬月亮！」

青年冷眼旁觀，嗤道：「有病。」

那姑娘卻又轉過身來，鄭重其事的對他揚起手中的「杯盞」：「也敬你！」

不再如方才疲憊晦暗的眼神，此刻的禾晏，雙眼明亮，笑容燦然，瞧著他的目光裡，竟有一絲感激。

感激？

他挑眉，哼笑一聲，沒有去應她傻乎乎的動作，「諂媚。」

禾晏盯著肖玨的眼睛，心中默然道。

真的……很謝謝你。

那天晚上，禾晏與肖珏坐到很晚。到最後，實在是因為山上太冷，她才和肖珏下了山。待回去已經是半夜，第二日便起得晚了些。等用過午飯，本想去找楚昭說說昨晚的事，一去才發現已經人走樓空。

「找楚子蘭嗎？」林雙鶴從旁經過，見狀就道：「今日一早，楚子蘭已經跟朔京來的人回京了。」

「今早？」禾晏一愣，「他沒告訴我是今早。」

「來人比較匆忙，」林雙鶴展開扇子搖了搖，「禾兄，聚散都是緣，他遲早都是要回到朔京的，妳也不必過於強求。」

禾晏莫名其妙，她過於強求什麼了？不過是覺得臨走之前連告別都不曾與楚昭說，有幾分遺憾而已。畢竟楚四公子在涼州的這些日子，每日都與她認真梳理朔京官場中的關係。

不過人既然已經走了，再說這些，也沒有意義。

楚昭走了不久後，宋陶陶和程鯉素也出發回朔京了。護送他們回京的是肖珏安排的人，小姑娘臨走時眼淚汪汪地拉著禾晏的衣角：「禾大哥，你一定要回來看我……」

「看妳做什麼？妳是姑娘，我大哥一個大男人怎麼能來看妳。」程鯉素一把將她拉開，換成自己，笑呵呵的對禾晏道：「大哥，看我看我，來我們府中做客，我請你吃遍朔京酒樓。」

宋陶陶：「程鯉素！」

「知道了知道了，回去就解除婚約。」程鯉素掏了掏耳朵，小聲嘟囔，「母夜叉，鬼才願意娶妳。」

倆小孩打打鬧鬧，這一路上看來不會寂寞了。

禾晏送他們上了馬車，一時間竟有幾分失落。平日裡覺得他們鬧騰調皮，可真到了離開的時候，便感到十分捨不得。

她做「禾如非」的時候，因著身分的關係，不可與府中兄弟姐妹走得過近，程鯉素和宋陶陶就如尋常人家屋裡的弟弟妹妹，與禾雲生一樣，從某種方面來說，彌補了她對於家人的幻想。

王霸和江蛟走過來，江蛟道：「禾兄。」

誤會解開了後，江蛟總算相信禾晏沒有奪人妻室，態度稍有好轉，他道：「家中來人送了些東西過來，我挑了幾樣吃的用的，等下你過去跟我拿。」

王霸酸溜溜道：「武館家少東家就是好，都過來從軍了還有人送東西。」

「你不是山匪當家的嗎？」禾晏奇道：「你手下怎麼沒給你送東西？」

「沒錢！窮！匪窩解散了不行啊！」王霸惱羞成怒，「問我幹什麼？你不也沒收到嗎！」

「……我就問問，你別激動。」禾晏心想，她能和王霸一樣嗎？她現在是隱姓埋名過日子，要是禾家還給這頭送東西，是嫌她死的不夠快，還是官府的通緝令寫不出？

「不過……江兄，你家人為什麼要突然給你送東西？」禾晏問。

江蛟無奈道：「禾兄，你是不是忘了，馬上新年了。」

新年？

禾晏一怔，她這些日子過的太安逸，竟差點忘記，過不了幾天，就是新年。

新的一年將要來臨了。

是屬於「禾晏」的，新的一年。

她忽地高興起來，看的江蛟和王霸都是一怔，王霸狐疑地問：「你這麼高興做什麼，是不是肖都督又背著我們給你什麼好東西了？」

禾晏一本正經地回答：「對啊！好酒好菜好前程，羨慕不羨慕，嫉妒不嫉妒？」

說罷，轉身就走，王霸愣了片刻，追上去道：「喂，你給我說清楚！到底給了你什麼！你別跑！」

涼州衛的這個新年，過的還不錯。肖玨這個指揮使對手下的新兵還是一視同仁，無論是南府兵還是涼州衛新兵，都飽飽的吃了一頓年夜飯。有菜有肉有好酒，十分熱鬧，喜意將邊關的苦寒沖淡幾分。

但這年照過，訓練照訓。年關一過，禾晏身上的傷也好得差不多了，跟著一起訓練。她雖想進九旗營，可南府兵那頭的日訓量，到底不是剛剛大病初癒的禾晏能負擔得起的，便只能跟著涼州衛這頭一起辛苦。

日子這樣平靜的過著，直到有一日，飛奴接到一封來自樓郡的信。

屋中，飛奴正對肖玨說話。

「少爺，鸞影的意思，都督若是尋著合適的人一同前行，最好就趁著這幾日出發。濟陽離涼州不近，如今出發，等到了都是春日了，能趕得上蒙稷王女的生辰，王女生辰那一日，柴安喜或許會出現。」

肖玨抬眼：「喬渙青？」

「此子是濟陽王女手下大將崔越之的姪子，」飛奴道：「幼時被崔家仇家帶走，後僥倖得人所救，流落中原，被一富商收養。富商無子，喬渙青便承了他萬貫家財。去年娶妻，不知道為何被崔越之查到下落。崔越之如今沒有別的家人，便寫信請他前來一同參加王女壽辰宴。不過喬渙青十分膽小，還未到達濟陽，路過樓郡時，被山匪所劫，受了點輕傷，又聽聞去濟陽路上多有歹人，死活不肯再往前去了。」

肖玨眸光微動，笑了一下沒出聲。

不必說，「歹人」定然是鸞影的手筆。不過將喬渙青嚇了這麼一嚇，這人便不敢再去濟陽，未免也太慫了一點。

「鸞影派去的人與崔越之說好，代替喬渙青前去濟陽赴宴，不過喬渙青得付千兩黃金作為酬勞。喬渙青與家人失散多年，崔越之十幾年沒見過這個姪子，所以如今喬渙青長什麼樣，沒有人知道。此人身分合適，時間合適，鸞影也將通行令和證明身分的玉牌送過來了，少爺，應當不會有差。」

一個與藩王親信失散多年的姪子，這個身分，可以說是十分便利了，可是……

「你說的輕巧，」赤烏忍不住開口，「可鸞影說了，崔越之帖子上邀請的是喬渙青夫婦，還帶著他剛娶的嬌妻。都督是沒什麼，可上哪去尋一個女子來與都督冒充夫婦，總不能說，走到半路夫人不見了吧！」

飛奴木著一張臉，但也知赤烏說的有道理。南府兵、九旗營裡最不缺的就是男子，但凡有什麼要用人的地方，身手矯捷的、頭腦靈活的、長得俊俏的、手段奇詭的應有盡有，就是沒有女子，鸞影倒是唯一的女子，可鸞影……兒子都十二了，哪裡能作「喬渙青」的嬌妻！

肖玨蹙眉，俊俏的臉上第一次顯出有些為難的神色來。

「可以去尋個武功高強的死士……」飛奴提醒。

「那怎麼可以！」赤烏想也不想的拒絕，「不是認識許久的，誰知道是好是歹，要是暗中加害少爺，你我擔得起這個罪責嗎？」

赤烏心直口快，飛奴無話可說，只道：「那你可有人選？」

「我？」赤烏使勁兒想了想，肅然開口，「且不說南府兵，就連咱們肖府上下，都不曾認識幾個會武的姑娘。夫人在世的時候，不喜老爺舞刀弄棍，就連收進來的侍女，也是只會寫詩花花侍弄花草，這樣的女子，我沒見過幾個。」

「找姑娘？」有人在窗外不緊不慢的輕搖摺扇，風度翩翩道：「這個我知道啊，放著我不問去問這兩個大老粗，肖懷瑾你是不是暴殄天物？他們兩個見過姑娘嗎？你就問他們這麼難的問題，不如問問我，本公子來為你解惑。」

肖玨瞥他一眼，淡淡開口：「誰放他進來的？」

赤烏：「不是我！」

飛奴：「並非我。」

「還需要放嗎？」林雙鶴自我感覺非常不錯，「涼州衛的人都知你我是多年摯友，我又是能妙手回春的白衣聖手，當然對我尊敬有加，涼州衛的每一個地方，我都暢通無阻。」

「把他扔出去。」

飛奴：「……」

「哎，肖懷瑾，你這什麼狗脾氣？」林雙鶴一邊說，一邊自然的從大門走進來，揮了揮手，示意飛奴和赤烏離開：「讓我來解決你們少爺的疑難雜症。」

飛奴和赤烏退了出去，林雙鶴將門關好，又將窗子關好，肖玨冷眼旁觀他的動作，林雙鶴在他面前的椅子上坐下來，問：「找姑娘啊？」

肖玨一腳踢過去。

林雙鶴彈了起來，「說話就說話，別老動手動腳，剛才我可沒偷聽你們說話，就聽了半截，沒頭沒腦的，什麼身手好的姑娘，你找身手好的姑娘做什麼？女護衛？」

肖玨盯著他，突然笑了，他懶洋洋勾著嘴角，不緊不慢道：「找個『妻子』。」

林雙鶴：？

半晌後，他突然回過神來，意識到肖玨說的是什麼意思，「你要娶妻了？不能夠吧！」

「不對啊，你成天說這個盲婚那個啞嫁的，你要娶妻也當是你自己找的，怎麼跟找挑菜似的讓飛奴他們找好了給你挑，肖懷瑾，胡說八道呢吧？」

肖玨：「我說是給我找妻子了？」

林雙鶴：「你還給別人找！你自己都沒下落！」

肖玨不耐煩道：「假的，演戲懂不懂？」

「啥？」林雙鶴一愣，慢慢的回過味來，他看了肖玨半晌，看的肖玨面露不悅之色，才湊近道：「你是不是要像上次去涼州衛裡對付孫祥福那次一樣，找個人假扮你妻子去做什麼事。」上次的事，林雙鶴終是從宋陶陶嘴裡套出了實情。小姑娘哪裡是這種人精的對手，三五句就被林雙鶴知道了究竟是怎麼一回事。

「還不算笨。」

「那你眼前不就有個人嗎？」林雙鶴想也不想，立刻道：「當然找我禾妹妹啊！你是不是忘了，我禾妹妹也是個女的，而且身手相當不錯，有勇有謀，不矯情，特可愛！能扮得了你外甥，當然也能演的成你夫人。」

肖玨：「不行。」

「怎麼不行了？」林雙鶴不滿，「人家能叫你一聲爹，你叫一聲夫人委屈你了嗎？」

肖玨捧茶喝了一口，漠然地看著他：「你是收了禾晏的銀子來替她說話？」

「我這麼有錢，收別人的銀子做什麼，倒是你，」林雙鶴湊近他，「你為什麼這麼抗拒？肖懷瑾啊肖懷瑾，你是不是忘了，你找的是假夫人，這個時候就別拿出你挑剔真妻子的條件了。再或者……」他站直身，翩翩搖扇，以一種指點江山的神祕語氣道：「你是怕自己愛上她？」

「咳咳咳。」肖珏嗆住了。

他面無表情道：「你可以滾了。」

「滾就滾，」林雙鶴道：「別怪我沒提醒你，禾晏是你能想到的最好的人選了。雖然我不知道你到底是要去做什麼，可你但凡做什麼，都很危險。這種險境，尋常姑娘肯定招架不住，能招架得住的，你又信不過。禾晏好歹也與你並肩作戰了幾回，你對她也頗有瞭解。論忠心……」他目光落在肖珏身上，似有幾分玩味，「難道你要帶沈暮雪去？我想她倒是很樂意同你一道前往，不過，我怕沈大人知道了，會忍不住衝到涼州來剁了你的腿。」

「我啊，見過的姑娘比你練過的兵還多。我看禾妹妹如今也不喜歡你，一個不喜歡你的女子與你扮夫妻，那是最不會生出事端的了。你換了沈暮雪？那才會出大事。最重要的是，禾妹妹一直做男子打扮，除了你，沒人知道她長什麼樣，就好像從天而降一個人，要真暴露了，也好隱瞞身分。」

肖珏平靜地看著手中茶盞，不知道林雙鶴的話是聽進去了，還是沒聽進去。

「女兒家的心思最難猜了，如禾妹妹這樣簡單明瞭，有什麼都寫在臉上，要麼就直接說出來的姑娘，才適合做事。」

「你不如說她是白癡。」

林雙鶴噎了一噎，氣道：「該說的我都說了，看在我們是兄弟的份上我才說這麼多的，你好好想想吧！想好了再挑人！」說罷，抓著扇子出去了。

等他走後，肖玨將茶盞放回桌上，極淺地嘆了口氣。

夜深了，禾晏梳洗過後，坐在鏡前。

新年軍中吃的太好，看銅鏡裡的自己，似乎略圓潤了一點。好在禾大小姐本就生得纖細羸弱，稍長點肉，非但不會過分豐腴，反而少了幾分饑瘦，多了一點嬌態。還挺像哪戶人家裡金貴養著的小姑娘。

只是這嬌態在軍營裡，實在是很不合時宜。禾晏朝著鏡子裡的自己揮了揮拳，做了個凶神惡煞的表情，自覺威風不減，才放下心來。又走到榻前爬上去。

榻上冷的跟塊冰似的，軍中炭不足，雖是過了年關天氣稍微回暖了一點，但這樣的夜裡，還是有些冷。

須得用身體將身下的褥子捂熱。

才稍微有點熱意，忽然聽得外頭有人敲門，禾晏愣了一下，心中暗暗罵了一聲，誰啊這是，大半夜的，好不容易才將被窩暖好，這一出去，又得冷颼颼的。敲門聲還在繼續，禾晏縱然想當沒聽到也不可能，只得披著外裳又去開門，一開門，林雙鶴站在門外。

這人真的，這麼冷的天，穿一件薄薄的白衫，縱然是加了棉，也必然不會很厚，否則做不出如此飄逸之態。他甚至還搧扇子，禾晏忍不住將他的扇子攥住：「林大夫，能不能別扇了，真的好冷。」

林雙鶴動作一停，微笑道：「好的。」

「這麼晚來找我，可是有什麼事？」

林雙鶴：「禾兄，我們進屋說可好。」

「我是沒問題，」禾晏回答，「不過林兄不是說，孤男寡女……」

話沒說完，就見那年輕人自顧自的越過她身子進去，邊跺腳道：「冷死我了！」

禾晏：「……」

她將門掩上，轉過身，林雙鶴還在絮叨地講：「妳這屋裡怎麼也不生個炭盆，太冷了吧。」

「炭用完了，」禾晏耐著性子道：「既然很冷，林大夫可不可以直接說到底是何事？」

「我想了想，這件事情一定要跟妳說……」

「篤篤篤」的聲音，打斷了他的話，二人一道看向屋裡的中門，敲門聲正是從那裡傳出來的。

禾晏一愣，中門敲門，就是肖玨了？肖玨半夜敲門是什麼意思？她看向林雙鶴，林雙鶴也是一臉狐疑。禾晏便走過去，猶豫了一下，直接將鎖打開。

肖二公子神情淡定優雅，目光在林雙鶴身上掠過一瞬，很快回到禾晏身上，不知道是不是禾晏的錯覺，總覺得他的表情有些奇怪。

「都督……什麼事？」

「禾大小姐。」他上前一步，微微俯身，視線平視著自己，年輕男子容顏俊美，秋水般的長眸盛滿月光，這般近的距離，可以看清他長而微翹的睫毛，聲音亦是低低帶著磁性，聽的人臉熱心動。

「妳喜歡我嗎？」

他的聲音彷彿有勾魂的能力，將禾晏定在原地，半分也不能動彈，忍不住咽了口口水。

肖玨微微蹙眉：「禾晏？」

「我……」禾晏下意識地蜷起手指，指尖掐進掌心。

這人尋常懶倦的時候不覺得，欺身逼近時，便連氣息也變得格外危險。他挑眉，彎了彎唇角，近乎蠱惑般的再次問：「妳喜歡我嗎？」

「不……不喜歡。」禾晏下意識地蜷縮起手指，指尖掐進掌心，刺痛令她頭腦清醒了一瞬，才不至於昏了頭說出什麼驚世駭俗的話。

再看一邊的林雙鶴，早已目瞪口呆。

聞言，肖玨並沒有生氣，反而像是微微鬆了口氣，站直身子，揚眉道：「很好，就是妳了。」

「我？」方才曖昧的氣息一掃而光，禾晏得了空隙後退一步，聞言忍不住看向他，「什麼是我？」

「喬夫人。」

「喬……夫人？」禾晏一頭霧水。

倒是那頭的林雙鶴，像是忽然明白了過來，走過來道：「你終於肯聽我說的，覺得我禾妹妹才是最佳人選，是不是？」

禾晏聽的更不明白了。

「此事說來話長。」

「那就慢慢說。」禾晏去給他們搬凳子。

肖玨瞥她一眼，側過頭去，淡淡提醒：「妳先把衣服穿好。」

禾晏低頭一看，林雙鶴敲門的時候，她隨便披了件衣裳，也沒好好穿，這會兒彎腰搬凳子，衣裳滑落肩頭。

林雙鶴道：「我什麼都沒看見！」

禾晏就覺得肖玨有些小題大做了，這裡頭又不是沒穿中衣，該捂的都捂嚴實了，肖二公子未免太過君子。但既然人都說了，她也就整理一下。

等整理好了，才聽得肖玨將事情挑重要的與她說了一遍。

「都督的意思是，要我與你扮作夫婦，出發去濟陽？」禾晏一拍桌子：「這怎麼可以！這是毀我清譽的事！」

扮外甥，無非是叫肖玨一聲舅舅，扮夫妻，那可是要叫肖玨夫君的！想想自己叫肖玨夫君的模樣，禾晏無論如何，都無法直視。

「毀妳清譽？」肖玨漂亮的眸子一瞇，微微冷笑：「妳還委屈上了是嗎？」

禾晏：「……」

這話倒也是，這事說出去，以旁人的眼光來看，被毀清譽的，大概是肖珏。

可是……他想怎麼樣就怎麼樣，豈不是很沒面子？

難得肖珏有求於自己，禾晏昂高了腦袋，正準備坐地起價，好好勒索一番，就聽見這人輕描淡寫地開口：「這件事做成，妳可以進南府兵。」

禾晏：「成交！」

「我說，」林雙鶴有些頭疼，「禾妹妹，妳是姑娘家，該矜持一點。」

「那你恐怕高看她了，」肖珏嘲道：「她怎麼可能有那種東西。」

「矜持在這種事情上不值一提。」禾晏笑嘻嘻道：「都督，你放心，我絕對能扮演一個好夫人，為你爭面子，讓旁人對你豔羨有加，誇讚你幾輩子才能修得的好福氣。」

肖珏忍了忍，平靜道：「喬渙青的夫人是大魏有名的才女。」

禾晏的自誇戛然而止。

「琴棋書畫樣樣精通，」他看了禾晏一眼，似有幾分憐憫，「乖巧懂事善解人意，這十六個字，請問哪個字與妳沾的上邊？」

「人樣。」禾晏老實地答。

「噗。」林雙鶴忍不住笑出聲，笑了一半大概又覺得這樣不太好，便道：「胡說八道，肖懷瑾你又在亂說了，禾妹妹怎麼就不乖巧懂事善解人意了，至於琴棋書畫……」他看向禾晏，「妳會嗎？」

禾晏：「不太會。」

肖玨嗤笑一聲。

林雙鶴立馬道：「那也沒關係，我會！妳跟著我，不是還要等幾日再出發嗎，出發前，我保管教會妳，不敢說十分擅長，騙騙那群大老粗是肯定沒問題了。肖懷瑾，妳把禾妹妹交給我，不出五日，還給妳一個不一樣的窈窕淑女。」

「又矮又蠢又無才藝特長，那還真是辛苦你了。」肖玨漫不經心開口，站起身來，走到禾晏身邊，目光直直盯著她。

禾晏被他看的發毛，這人又微微靠近，歪頭湊近，彎唇輕笑，「不過也說不準，畢竟我們禾大小姐最擅長騙人了。」

禾晏：「……」

肖玨總能把誇人誇出一種貶義。

「讓旁人對我豔羨有加的好夫人，我就……」他眸光深深，笑意淺淡，「拭目以待了。」

他離開了。

中門被關上，那頭傳來上鎖的聲音，禾晏鬆了口氣，坐在榻上。林雙鶴也站起身，笑道：「不早了，那我也先走一步，禾妹妹，明日我再來找妳，咱們先熟悉一下琴棋書畫。」

禾晏點頭。林雙鶴欲言又止，禾晏問：「林大夫還有什麼事？」

他神情複雜地看了禾晏一眼，道：「沒什麼。」搖著扇子出了門。

待身後的門關上，林雙鶴吁了口氣，按了按胸口。

他與肖玨誇下海口，說禾晏不喜歡肖玨，共處起來才最自在，這話不假，畢竟先前與禾晏交談中，察覺不到一絲一毫對肖玨的青睞。可是方才，肖玨欺身逼近禾晏的時候，林雙鶴分明看到了禾晏的緊張和無措。

好像有點不對啊！

這也不像是對肖玨完全無意的模樣啊！

怎麼回事？林雙鶴心急如焚，要是禾晏其實是喜歡肖玨的，這一路同行，豈不是要惹麻煩？

不不不，一定只是因為肖玨生的太好，女子看見他的容貌，一瞬間為美色所惑的動搖。多看幾次就沒感覺了，他安慰自己，一定是這樣。

屋裡，禾晏坐在榻上。

肖玨居然讓自己和她扮夫妻去濟陽，這也太不可思議了一些。且不提她如何，光是肖玨與人扮夫婦這一條，說出去也會令人懷疑自己的耳朵。

如今知道了當年九旗營的來由，禾晏便不抱希望自己真能進得去九旗營了，能進九旗營的人，是肖玨過命的兄弟，是在當時冒著赴死的決心站出來的英雄。這和能力無關，想來九旗營未來，不會再輕易招人。能進南府兵也不錯，說起來在大魏，南府兵也是赫赫威名。

不過，禾晏一口爽快答應肖玨的提議，縱然沒有這些條件，她最後也會做出讓步，只因為肖玨提出的那個地方，濟陽。

禾晏的師父，前生從軍時，漠縣一戰時，將她從死人堆裡救出來的那個路人，也是後來教會了她排兵布陣，刀劍弓馬的奇人，叫柳不忘。

當年分別之時，她曾問過柳不忘：「師父，若有一日我想去找你，應該去什麼地方？」

「有緣自會相逢，」柳不忘微笑道：「但妳若有要事執意尋我，就去濟陽城外。我終會到達此處。」

她記在心中。

如今那個「禾如非」已經死了，陰差陽錯的，卻得了這麼個奇奇怪怪的任務，但若真的到了濟陽，或許能見得著柳不忘。前生知道她身分的，除了禾家人，也就只有柳不忘了。

她很想見見師父。

「濟陽……」禾晏微微嘆了口氣，心中竟有些躑躅起來。

不知道能不能見到他，也不知道見到了……柳不忘還能否認得出自己。

十分忐忑。

第二日一早，禾晏早起用過飯，就要跟著一道去演武場日訓，才走到門口，就被院子外的人一把拉住：「禾兄！」

回頭一看，正是林雙鶴。

禾晏問：「林兄，你怎麼在這裡？」

瞧他的樣子，應當是早就到了。林雙鶴搖搖扇子，「我在這裡等妳。」他上下打量一下禾晏的黑色勁裝，問：「妳這是要去作何？」

「演武場日訓啊！早上還沒行跑。林大夫，我晚些跟你說，再不去要晚了。」

「哎，」林雙鶴擋在她面前，「妳若說的是日訓的話，暫且可以不去。我讓懷瑾與沈總教頭打過招呼，這幾日，妳都不必去。」

禾晏：「為什麼？」

「妳是不是忘了，再過幾日妳要去濟陽了。」林雙鶴笑道：「事情也分輕重緩急，演武場就在這裡，等妳從濟陽回來，想怎麼練就怎麼練。但現在留給妳的時間不多了，當然要抓緊時間做眼前的事。」

禾晏莫名其妙：「眼前什麼事？」

「妳看。」林雙鶴指給禾晏看。

院子裡的石桌上，眼下擺著一架琴，一方棋，幾張紙，筆墨硯臺，涼州衛本就是男兒練武之地，乍然間見到這些風雅之物，一瞬間，禾晏還以為楚昭又回來了。

「妳既要扮喬渙青的『妻子』，琴棋書畫都要懂一點。蒙稷王在世的時候，就極佩服文人墨客，藩王屬地濟陽城內，百姓崇拜才華橫溢之人。恰好喬渙青的妻子，溫玉燕又是有名的才女。禾……禾兄，」林雙鶴道：「妳生的極好，身手也是讓人放心，可不能在這上面出什麼岔子。來，寫個字我看看。」

禾晏：「……」

有那麼一瞬間，禾晏覺得自己又回到了朔京的賢昌館，與同為倒數第一的林雙鶴馬上就要坐下來互相背誦了。

林雙鶴絲毫不覺自己說的話給人帶來了怎樣回憶的噩夢，還在催促：「來，禾兄，寫個字，讓為兄來看看妳寫的如何。」

這人成天無所事事，禾晏懶得和他爭辯，當即提起筆來寫了個字。

「煩」！

這個字，寫的龍飛鳳舞，潦草不堪，林雙鶴見狀，搖扇子的動作一頓，大約怕傷害到禾晏，說的亦是比較溫和：「禾兄寫字，頗有氣概，就是太有氣概了些，不覺得……女子寫字，當柔和一些麼？」

禾晏覺得他這話說的很有問題，當即反問：「誰說女子寫字就要柔和了？照林大夫這麼說，男子就不能寫簪花小楷了麼？」

「是是是，」林雙鶴道：「可就算不柔和，也不能這麼潦草吧！」

禾晏無言以對。

林雙鶴便道：「沒事沒事，妳要不畫個畫，就畫個寒梅映雪圖，糊弄那些濟陽人，應當是綽綽有餘。」

禾晏將紙攤開，抬手畫了三朵花，幾點麻點似的雪。

林雙鶴看著看著，狐疑地問：「禾兄，妳這畫的是煎燒餅不小心將芝麻煎飛了？」

禾晏：「……我只會畫地圖。」

接二連三如此，林雙鶴開始慌了，他說：「那棋呢？棋會不會？」

「我棋品很差，酷愛悔棋。只怕登不得臺，否則控制不住自己，讓人看了笑話就不好了。」

「琴呢！琴總會吧！」林雙鶴眼裡有些絕望，「如今府中有姑娘的，五歲起就要開始學琴了。」

禾晏兩手一攤：「樂器一竅不通。」

兩個人面面相覷，氣氛尷尬而寂靜。

禾晏很不自在，也很委屈，她從小被當男孩子養，學什麼琴棋書畫。後來去了賢昌館，又於學科上不太靈光，就連最後天上掉餡餅，得了名師指點，有了柳不忘將一身本領傾囊相授，但也都是關於上戰場保命的功夫。琴棋書畫，既不能在沙場上讓自己少流一點血，也不能在戰役中幫著多添幾場勝仗，與她來說，實在是太奢侈了。沒有那個條件，更沒有那個時間。

當然最最重要的是，沒有那個天賦。

委屈的不只是禾晏，林雙鶴也很委屈。他在朔京見過那麼多貴女，每個人才藝擅長沒有五樣也有三樣。琴棋書畫這是人人都會的，禾晏居然連樣子都做不出來？

林雙鶴突然懷疑自己，跟肖玨提議讓禾晏去扮演溫玉燕究竟是不是做錯了？

「林大夫？」禾晏見他一直不說話，怕林雙鶴是被自己的無才嚇到了，關切地問道。

林雙鶴回過神，勉強笑道：「沒事，我在想事情。」

爛成這樣，都不用說顯得有多精妙了，只能說將最普通的學會，到時候做做樣子就好。

涼州衛倒是有個現成的女先生沈暮雪，才情出眾，只是若是讓沈暮雪知道禾晏是女子，還被肖玨點名要扮夫妻，只怕會出岔子。

雖然林雙鶴對沈暮雪也沒什麼，可讓任何一個姑娘傷心，都是他不願看到的。

罷了，他不下地獄，誰下地獄？林雙鶴看向禾晏，內心在滴血，面上卻咬牙笑道：「禾兄不必驚慌，只要功夫深鐵杵磨成針，有志者事竟成，水滴石穿，妳既然不會，就讓為兄來教妳，咱們從頭學起，定能讓人刮目相看！」

禾晏見這人莫名激動起來，輕咳一聲：「那個……林大夫，你會嗎？」

沒記錯的話，林雙鶴是當年與她同為倒數第一的，有什麼資格和能力教別人？

林雙鶴一把展開摺扇，傲然道：「本公子別的不會，詩情畫意最會了。看我的。」

夜深了，隔壁的屋子裡傳來尖銳的琴聲。

飛奴正幫著肖玨收拾桌上的公文，聞聲手一抖，軍文散的亂七八糟。他再抬眼去看肖玨，肖玨伸手扶額，一副難以忍受的模樣。

飛奴在心裡暗暗嘆了口氣，這禾晏在演武場上大放異彩，無所不通，沒想到竟在琴棋書畫一事上如此遲鈍，這琴，換了朔京城裡任何一戶學過琴的姑娘，哪怕是五歲，也彈得比這好得多。

三日了，整整三日了，再過兩日就要啟程，可禾晏的琴聲就在一牆之隔，沒見半分進步，彷彿還因為人越來越沒耐心，越發難聽起來。

赤烏是個性急的，好幾次偷偷拉著飛奴在暗處道：「不會彈就別彈了！少爺這是瘋了不成，找個男子扮夫人就罷了，還找個什麼都不會的，這不是讓人揪破綻呢！就算再怎麼缺人也不至於如此！」

他尚且不知禾晏女子身分，飛奴也不好多嘴，只道：「少說話，多做事。」

不過今夜如此，飛奴心中也泛起嘀咕，禾晏這般駑鈍，真能當得起如此重任？懸。

隔壁屋裡，林雙鶴擺了擺手，有氣無力道：「禾妹妹，夠了，夠了，可以不彈了。」

禾晏住手，看向他，謙虛請教：「林兄，我今日可比昨日有進步？」

林雙鶴噎了一噎，無言以對。

他雖在琴棋書畫一向上，算不得多出眾，但好歹也是京城中的翩翩公子，這些場面絕活還是會一二的。本以為有自己教導，不說三日內能練的特別好，至少能做做樣子。

不過看禾晏如今的模樣，才知道原是自己托大了。

他就沒見過如此油鹽不進的女子！三日下來，非但沒有長進，一次比一次彈得刺耳，林雙鶴如今才知道，世上原來會有人將琴彈出這樣的聲音？都說近朱者赤近墨者黑，好歹肖玨也是文武雙絕，風雅無雙，禾晏與肖玨待了這麼久，怎麼一點雅意都沒沾上一點？

偏偏這姑娘還一副非常努力的模樣，看她如此勤奮，連苛責的話都說不出。令林雙鶴想起年少進學時的一位同窗，亦是如此，頭懸梁錐刺股，依舊次次倒數。

慘不忍睹。

罷了罷了，孺子不可教也，林雙鶴站起身，微笑道：「可以，很不錯，禾妹妹，妳果然頗有天分，只要稍加勤練，定能一鳴驚人。這幾日妳便練著，等到了濟陽，再讓懷瑾親自給妳指點一二，我看，妳就能出師了。」

禾晏：「果真？」

林雙鶴：「真的不能再真了。」他想，禾晏實在太難辦了，他還是早些知難而退為妙，這等複雜的教導，還是留給肖玨自個兒解決，反正禾晏是他的人，是他的「夫人」，這本也是肖玨分內之事。

想到此處，沒了負擔，頓覺一陣輕鬆，林雙鶴笑道：「那剩下兩日我就不來了。禾妹妹，妳多練、多練。」

他無債一身輕，翩然離開了。

禾晏尚且將信將疑，她聽著分明很難聽，林雙鶴卻這麼說，有這麼好？

風雅人的興趣，果真與常人不同。

剩下的兩日，禾晏除了練琴外，還尋了個空與洪山他們告別。

濟陽不比涼州城，來去加上辦事，只怕小半年都在外，回不來涼州衛。有這麼長時間見不到昔日夥伴，還怪想念的。

「你又和肖都督去辦事？」洪山湊近道：「阿禾，你是不是要升了？」

「生了？什麼生了？」小麥正在烤撿來的鳥蛋，鳥蛋剛從火裡扒出來，燙的很，他在手心裡左右倒騰了兩下，「誰要生孩子了？」

石頭輕輕敲了一下他腦袋，看向禾晏：「一路多保重。」

禾晏笑笑，「當然。還沒恭喜你們，進前鋒營了。」

年關過後，新兵裡又挑了一部分去前鋒營，石頭、江蛟、王霸和黃雄赫然在列。小麥年紀小，訓練的尚不太出色，洪山一直都各項平平，好在他們二人並不在意如此，做個普通兵士已經滿足。

「進前鋒營哪有你滋潤哪。」王霸逮著機會就要酸禾晏一下，「隔三差五就能和肖都督一起外出，既不必日訓，又能在上司面前賣個好，神仙都沒你好過。」

「王兄，此話不對，禾兄與都督外出，定然不會像我們想的那般輕鬆。指不定有什麼危險，」江蛟看向禾晏：「萬事務必小心。」

禾晏伸了個懶腰：「我一向很小心。」

黃雄見狀，撚了一下脖子上的佛珠，就道：「你既然心心念念升遷，這次正是好機會。肖都督願意帶上你，必然是看中你身上某樣東西。你若能抓住這個機會，掙上軍功，離你想要的就能更進一步，也能更快做成你想做的事。」

禾晏心道，肖玨願意帶上她，確實是看中了她身上某樣東西，那就是看中了她是個女的，沒想到吧！

「好說好說。」她揮了揮手，「諸位放心，我們都是一起在白月山上爭過旗，大通鋪上睡過覺的兄弟。但凡有我一口吃的，就有各位一口湯喝。我若真能升遷，定然不會忘記同袍。只是我也相信，就算沒有我，各位也能在涼州打出自己的一片天。」

「說得好！」黃雄道：「不靠人靠己，俱是好漢。」

禾晏微微一笑，看向涼州衛曠遠的天空。

遠山白雪皚皚，終會漸漸消融，冬日已經過去，春日好景不久就臨。濟陽與涼州又有不同，山高水遠，誰知道未來又會發生什麼事。

她拍了拍手，站起身來。

未來從不是靠想就想的出的，不過是，埋著頭，一直不斷地往前走就是了。

——《女將星》（卷三）完——

——敬請期待《女將星》（卷四）——

高寶書版集團
gobooks.com.tw

YE 076
女將星（卷三）
作　　者　千山茶客
責任編輯　吳培禎
封面設計　張新御
內頁排版　賴姵均
企　　劃　何嘉雯

發 行 人　朱凱蕾
出　　版　英屬維京群島商高寶國際有限公司台灣分公司
　　　　　Global Group Holdings, Ltd.
地　　址　台北市內湖區洲子街88號3樓
網　　址　gobooks.com.tw
電　　話　(02) 27992788
電　　郵　readers@gobooks.com.tw（讀者服務部）
傳　　真　出版部(02) 27990909　行銷部 (02) 27993088
郵政劃撥　19394552
戶　　名　英屬維京群島商高寶國際有限公司台灣分公司
發　　行　英屬維京群島商高寶國際有限公司台灣分公司
法律顧問　永然聯合法律事務所
初　　版　2024年6月

本著作物由瀟湘書院（天津）文化發展有限公司授權出版。

國家圖書館出版品預行編目(CIP)資料

女將星/千山茶客著. -- 初版. -- 臺北市：英屬維京群島商高寶國際有限公司臺灣分公司, 2024.06
冊；　公分. --

ISBN 978-626-402-011-4(卷3：平裝). --
ISBN 978-626-402-012-1(卷4：平裝)

857.7　　113008639